KB173089

동주

꽃지

완역 결정본

동주 열국지

東周 列國志

맹상군 孟嘗君

11

솔

◉ 일러두기

1 본문의 옮긴이 주는 둥근 괄호로 묶었으며, 한시와 관련된 주는 시 하단에 달았다. 편집자 주는 원저자 풍몽룡의 오류를 바로잡은 것으로 —로 표시하였다.

2 관련 고사, 관직, 등장 인물, 기물, 주요 역사 사실 등은 본문에 ˙ 로 표시하였고, 부록에서 자세히 설명하였다.

3 인명의 경우 춘추 전국 시대 당시의 표기법을 따랐다.
예) 기부忌父 → 기보忌父, 임부林父 → 임보林父, 관지부管至父 → 관지보管至父

4 '주周 왕실과 주요 제후국 계보도'는 독자의 편의를 위해 각 권마다 해당 시대 부분만을 수록하였다.

5 '등장 인물'은 각 권에서 등장하는 주요 인물을 다루었으며, 가나다순으로 정리하였다.

6 '연보'의 굵은 글자는 그 당시의 중요한 사건을 말한다.

차례

굴원 · 위혜왕

굴원屈原

위혜왕魏惠王

진秦나라의 확대와 초楚나라의 동천

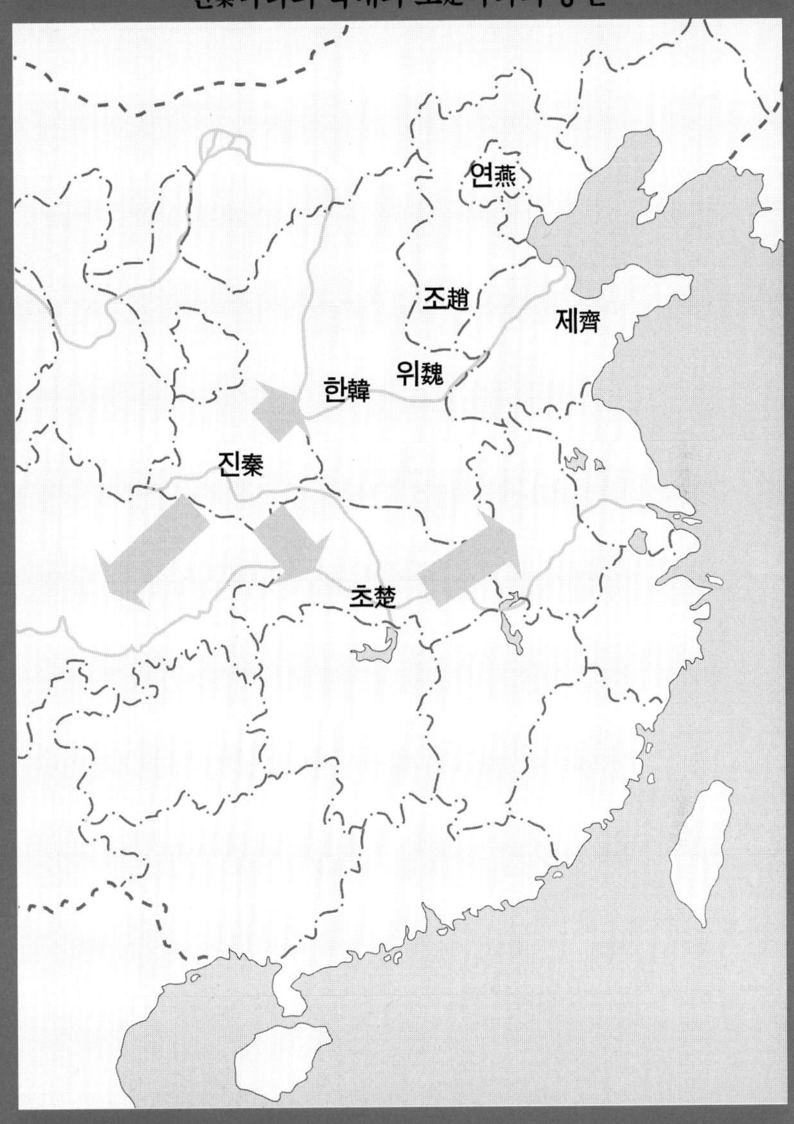

장평長平 대전大戰(B.C. 260) 형세도

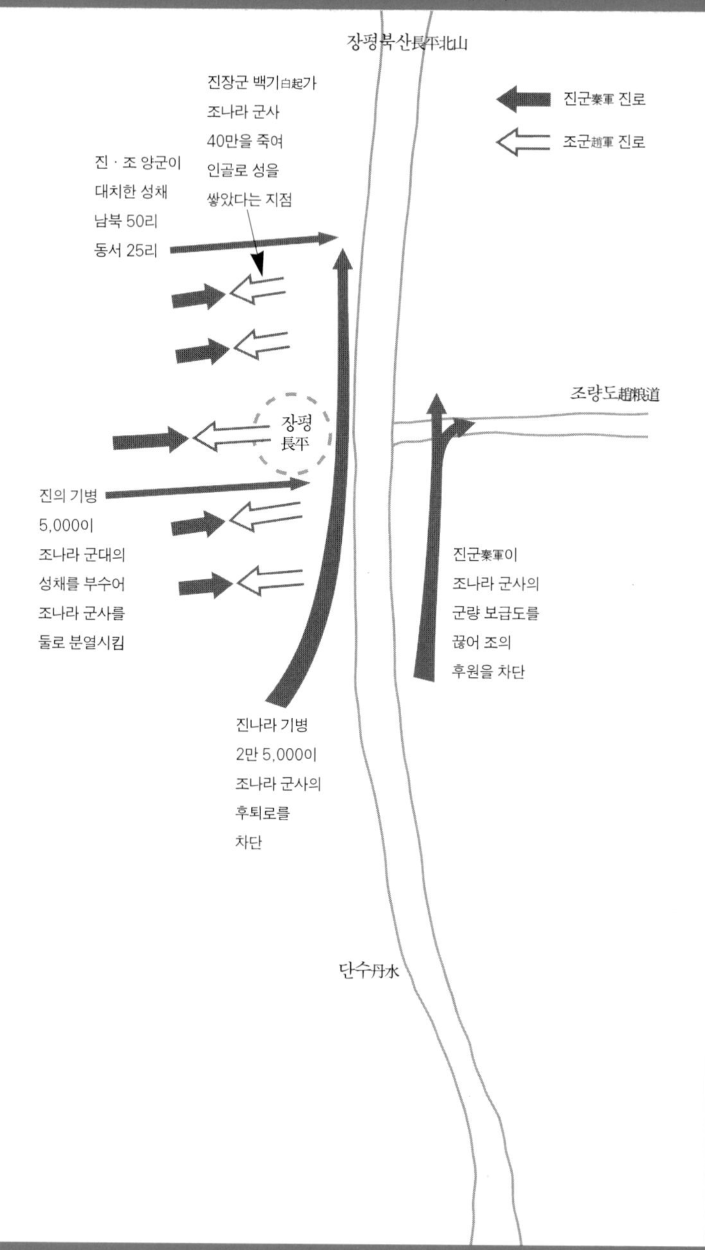

맹상군孟嘗君

이때 조趙나라의 실정은 어떠했던가?

조나라 조무령왕趙武靈王은 키가 8척 8촌인데다 얼굴 모습은 새의 부리 같고, 넓은 구레나룻에 수염은 규룡虯龍같이 굽슬굽슬했으며, 피부는 검으면서도 윤이 나고, 가슴 넓이만도 3척이나 되었다. 그의 기상은 참으로 웅대하고, 그 뜻은 천하를 삼키고도 남을 만했다.

조무령왕은 즉위한 지 5년째 되던 해에 한韓나라 여자를 왕후로 맞이했다. 그후 왕후의 몸에서 아들이 태어났다. 그 아들 이름이 장章이다. 조무령왕은 공자 장을 세자로 삼았다.

그러니까 조무령왕 16년 되던 해였다. 어느 날 밤 조무령왕은 꿈에서 한 미인을 보았다. 그 미인은 거문고를 타고 있었다. 조무령왕은 그녀의 자태를 흠모하다가 꿈에서 깨었다.

이튿날 조회朝會를 마치고 나서 조무령왕은 모든 신하에게 꿈 이야기를 했다.

대부大夫 호광胡廣이 아뢴다.

"왕께서 꿈에 보신 여자는 필시 맹요孟姚인가 하옵니다. 맹요는 우리 나라에서 거문고를 잘 타기로 유명한 여자입니다."

그날 조무령왕은 맹요를 대릉대大陵臺로 불러들였다.

조무령왕이 들어오는 맹요를 본즉 바로 꿈에 본 그 여자였다. 조무령왕은 맹요에게 거문고를 타보게 했다. 그는 그 거문고 소리를 듣고서 감탄하고 그날부터 맹요를 사랑하게 되었다. 그후로 궁중 사람들은 맹요를 오왜吳娃라고 불렀다.

그 뒤 오왜도 아들 하나를 낳았다. 그 아들 이름을 하何라고 했다.

다시 몇 해가 지나자 한나라 출신인 왕후가 죽어 마침내 오왜가 그 뒤를 이어 왕후가 되었다.

조무령왕은 전前 왕후의 소생인 세자 장을 폐하고, 오왜의 소생인 공자 하를 세자로 삼았다.

조나라의 지리를 살펴보건대 북쪽으론 연燕나라와 접했고, 동쪽으론 호胡라는 오랑캐 땅과 접했고, 서쪽으론 임호林胡 · 누번족樓煩族들과 접했고, 진秦나라와는 강 하나를 사이에 두고 있었다. 그러니까 조나라는 사방으로 여러 나라에 에워싸여 있는 형국이었다.

조무령왕은 오로지 어떻게 해서든 조나라를 튼튼한 나라로 만들어야겠다는 일념뿐이었다. 그래서 자기 자신부터 친히 오랑캐 옷인 호복胡服을 입고, 비단 대신 가죽으로 만든 띠를 두르고, 가죽으로 만든 신을 신었다.

그리하여 조나라는 어디를 가나 전부 오랑캐 풍속이었다. 백성들도 오랑캐 풍속에 따라 옷섶을 왼쪽으로 달고 소매 좁은 옷을 입었다. 이는 주로 활 쏘고 말 타기에 간편한 차림이었다. 그리고 조나라에선 정책적으로 수레를 일체 폐하고 말을 타고 다녔기 때문에 누구나 다 사냥을 즐겼다.

조무령왕은 이렇게 해서 은근히 백성들을 훈련시키고 그들의 사기를 앙양시켰다. 과연 조나라 사람들은 모두 강하고 씩씩해졌다.

조무령왕은 틈틈이 친히 군사들을 거느리고 변경 밖으로 나가서 노략질과 침략을 일삼았다. 이리하여 조나라 지역은 상산常山까지 이르렀고, 서쪽으론 운중雲中 땅과 북쪽으론 안문雁門 땅까지 이르렀다. 조무령왕은 수백 리의 땅을 개척한 것이다.

드디어 조무령왕은 이제 진秦나라를 집어삼키기로 작정했다. 그는 장차 운중 땅을 지나 구원九原 땅으로 나아가서 곧장 남쪽 진나라 도읍 함양咸陽을 칠 계획이었다. 물론 그 일을 모두 장수에게만 맡길 수는 없었다. 그는 자기가 친히 나아가 싸움을 지휘하는 동안 아들에게 나라를 맡겨야겠다고 생각했다.

이에 조무령왕은 모든 문무백관을 동궁東宮으로 불러들여 큰 조회를 열고 왕위를 세자 하何에게 전했다. 이리하여 살아 있는 아버지로부터 왕위를 전해받은 세자 하는 조혜문왕趙惠文王이 되었다.

아들에게 왕위를 전한 조무령왕은 주부主父라고 자칭했다. 이 주부라는 새로운 말이 변해서 후세에 태상황太上皇이란 말이 나오게 된 것이다.

이에 조무령왕은 주부가 되어 비의肥義를 정승으로 삼고, 이태李兌를 태부太傅로 삼고, 공자 성成을 사마司馬로 삼았다. 그리고 한나라 여자인 전 왕후의 소생 장자長子 장章에겐 안양安陽 땅을 주어 안양군安陽君으로 봉하고, 전불례田不禮에게 안양군을 보필하도록 했다. 이때가 바로 주난왕周赧王 17년이었다.

주부는 진나라를 치기 전에 우선 진나라 산천의 형세形勢와 진소양왕秦昭襄王의 인품부터 한번 봐둬야겠다고 생각했다. 그래서 그는 조나라 사신 조초趙招라는 사람의 이름을 빌리고 진짜 사신처럼 가장하고서 국서國書를 들고 친히 진나라로 들어갔다.

주부의 수행인 중엔 지리에 능통한 사람들이 끼여 있었다. 그들은 도중마다 진나라의 산과 냇물, 그리고 험하고 평탄한 지형을 일일이 그림으로 그려가며 지도를 만들었다.

주부 일행은 마침내 진나라 도읍 함양에 이르러 진소양왕을 알현했다.

진소양왕이 묻는다.

"너희 나라 왕은 금년에 연치年齒('나이'의 높임말)가 몇이더냐?"

주부인 가짜 조초가 대답한다.

"아직도 근력이 한창인 장년壯年이십니다."

진소양왕이 다시 묻는다.

"들리는 소문으로 너희 나라 왕은 아들에게 왕위를 전했다더구나. 아직도 근력이 좋다면서 왜 죽기도 전에 왕위를 아들에게 전했을까?"

조초가 대답한다.

"우리 주부께서는 처음에 왕위를 계승하셨을 때 모든 일에 익숙하지 못했습니다. 그래서 주부께서는 일찌감치 세자에게 왕위를 물려주어 나라 다스리는 법을 익히게 하신 것입니다. 비록 전왕前王께선 지금 주부로 계시지만 중요한 나랏일은 다 친히 돌보십니다."

진소양왕이 다시 묻는다.

"음, 그것도 그럴 법한 일이다. 그래, 너희 나라도 우리 진나라를 두려워하겠지?"

조초가 대답한다.

"우리 왕께선 진나라를 두려워하지 않습니다. 조나라 백성은 누구나 말을 잘 달리며 활도 잘 쏩니다. 그래서 조나라 군사는 옛날보다 10배나 더 강해졌습니다. 곧 진나라에 대한 조나라 국방력國防力이 그만큼 커진 셈입니다. 어떤 자는 장차 우리 조나라와 진나라가 결국 손을 잡고 동맹하게 될 것이라고 예언하고 있습니다."

진소양왕은 조나라 사신인 조초의 응대하는 품이 조금도 거침이 없고 늠름한 것을 보고 속으로,

'거참, 사람이 출중하게 생겼구나!'

하고 은근히 감탄했다.

진소양왕이 말씨를 고쳐 존대를 한다.

"먼 길 오시느라 고생했겠소. 공관에 나가서 편히 쉬오."

이에 주부 일행은 궁을 나와 안내를 받고 공관으로 갔다.

그날 밤이었다.

한밤중에 진소양왕은 잠이 깨어 한참을 골똘히 생각했다. 아무리 생각해도 이상했다. 조나라 사신으로 온 조초란 자의 그 풍신과 늠름한 태도가 자꾸 눈앞에 떠올랐다.

'이상하다. 암만 사람이 잘나도 신하로서 왕을 섬기는 자는 어딘지 다른 법인데…… 그 조초는 전혀 윗사람을 섬기는 사람 같지가 않았다!'

마침내 진소양왕은 더럭 의심이 나서 잠을 이루지 못하고 몸을 뒤척이며 이리도 생각해보고 저리도 생각해보았다.

어느덧 날이 샜다.

진소양왕이 시신侍臣을 불러 분부한다.

"그대는 공관에 가서 조나라 사신에게 아침 식사가 끝나는 즉시 궁으로 들라 일러라."

그 시신은 공관에 가서 진소양왕의 분부를 전했다.

이에 조나라 수행인 한 사람이 나와서 대답한다.

"우리 나라 사신은 지난밤에 갑자기 병환이 나서 오늘은 궁에 들어갈 수가 없소. 사흘만 말미를 주면 조섭한 후에 들어가서 진왕을 뵙겠소."

시신은 궁으로 돌아가서 진소양왕에게 그대로 아뢨다.

그후 사흘이 지났다. 그런데 어찌된 셈인지 조나라 사신은 나타나지 않고 아무런 기별도 없었다.

진소양왕이 화를 내며 시신에게 다시 분부한다.

"지금 곧 공관에 가서 그 조나라 사신을 데리고 오너라."

이에 시신이 공관에 가본즉 조나라 사신 조초는 없고 자기가 진짜 조초라면서 수행인 한 사람이 나왔다. 시신은 누가 진짜이고 가짜인지를 알 수가 없어서 어리둥절했다. 좌우간 시신은 그 진짜 조초라고 자칭하는 수행인을 데리고 궁으로 갔다.

진소양왕이 묻는다.

"음, 그래! 네가 진짜 조초라면 전날 조초라고 자칭하던 그 사람은 도대체 누구냐?"

조초가 대답한다.

"그 어른께선 실은 우리 조나라 왕의 아버지 되시는 주부이십니다. 주부께서는 대왕의 위엄을 한번 보시고자 사신으로 가장하고 이름까지 바꾸고 오셨던 것입니다. 주부께서는 사흘 전에 이곳 함양을 떠나셨습니다. 그리고 신이 남아서 대왕의 꾸중을 듣기로 되어 있습니다."

진소양왕이 놀라며 발을 구른다.

"조나라 주부가 나를 단단히 속였구나! 속히 군사를 보내어 주부를 잡아오너라!"

이에 진소양왕의 동생인 경양군涇陽君과 대장 백기白起가 군사 3,000명을 거느리고 주부를 잡으려고 풍우같이 떠났다.

그들이 함곡관函谷關에 이르러 관문을 지키는 장수에게 묻는다.

"조나라 사신이 여기 오지 않았느냐?"

그 장수가 대답한다.

"조나라 사신은 사흘 전에 이미 관문을 나갔습니다."

경양군과 대장 백기는 하는 수 없이 그냥 함양으로 돌아가서 진소양왕에게 사실을 보고했다.

그후 진소양왕은 며칠 동안 가슴이 울렁거리면서 어쩐지 불안했다. 그러나 진소양왕은 남아 있는 조나라 신하를 예로써 대접하여 조나라로 돌려보냈다.

염옹髥翁이 시로써 이 일을 읊은 것이 있다.

> 진소양왕이 무서운 범처럼 함양에 버티고 앉았으니
> 누가 감히 진나라를 건드릴쏘냐!
> 조나라 주부를 용에다 비유하지 마라
> 그는 결국 높이 앉은 진왕을 우러러본 데 불과하다.
> 分明猛虎踞咸陽
> 誰敢潛窺函谷關
> 不道龍顏趙主父
> 竟從堂上認秦王

그 다음해에 조나라 주부는 군사를 거느리고 운중雲中 땅을 순시하면서 서쪽 누번樓煩을 무찔러 중산中山을 진압했다. 그리하여 영수靈壽 땅에 성을 쌓고 조왕성趙王城이라고 명명했다. 그리고 주부의 두번째 부인인 오왜는 비향肥鄕 땅에 성을 쌓고 부인성夫人城이라고 불렀다.

이리하여 조나라는 점점 강성해져서 삼진三晉과 서로 어깨를 겨루게 되었다.

바로 그해에 초회왕楚懷王이 진나라 함양을 탈출해서 조나라 접경으로 도망쳐왔다.

이에 조나라 조혜문왕이 모든 신하에게 묻는다.

"변방 관리의 보고로는 초왕이 우리 나라 접경으로 도망와서 망명을 청한다는구려. 장차 초왕을 받아들여야 할지요?"

모든 신하가 대답한다.

"초왕을 받아들이면 우리 나라는 틀림없이 진나라의 노여움을 살 것입니다."

조혜문왕이 머리를 끄덕이며 분부한다.

"지금 아버지께서 서쪽을 개척하시고 누번에서 성을 쌓는 중이신데 과인이 어찌 마음대로 초왕을 받아들일 수 있으리오. 변경에서 온 사람에게 관문을 닫고 초왕을 받아들이지 말라고 일러보내오."

드디어 조나라 관리는 초회왕의 입국을 거절했다. 조나라로부터 거절을 당하자 초회왕은 눈앞이 캄캄해졌다. 그렇다고 가만히 있을 수도 없는 노릇이었다.

초회왕은 다시 위魏나라 대량大梁을 향해 허둥지둥 달아났다. 그러나 초회왕은 도중에서 뒤쫓아온 진나라 군사에게 붙들렸다.

이에 경양군과 백기는 초회왕을 함거檻車에 싣고 군사를 거느리고 함양으로 돌아갔다.

초회왕은 다시 함양 땅으로 붙들려가서 별궁에 갇히자 마침내 분통이 터졌다. 그는 피를 한 말〔斗〕 남짓이나 토하고 쓰러졌다. 참으로 슬픈 일이다. 초회왕은 발병發病한 지 수일 만에 세상을 떠나고 말았다. 진소양왕은 그제야 초회왕의 시체를 관에 넣어 초나라로 돌려보냈다.

초나라 백성들은 초회왕이 진나라의 속임수에 걸려들어 객사客死한 데 대해 몹시 슬퍼했다. 초회왕의 시체가 돌아오자 백성들은 길마다 몰려나와서 방성통곡했다. 모든 나라 제후들도 이 소문을 듣고서 진나라의 무도한 처사를 비난했다.

그리하여 천하대세는 다시 진나라를 배척하는 데로 기울어지게 되었다.

초나라의 굴원屈原•은 특히 초회왕의 죽음을 매우 통탄했다. 이런 일이 생기게 된 책임은 결국 공자 난蘭과 간신 근상靳尙에게 있었다. 그런데도 두 사람은 여전히 조정에서 활약하고 있었다. 더욱이 왕과 신하들조차 우선 편안한 것만 좋아하여 진나라에 원수 갚을 생각은 하지 않았다.

이에 굴원은 기회 있을 때마다 초경양왕楚頃襄王에게,

"대왕께서는 어진 사람을 초청하고 간신을 멀리하십시오. 그리고 군사를 조련시켜 세상을 떠나신 부왕父王의 원수를 갚도록 힘쓰십시오."

하고 간했다.

누구보다도 먼저 굴원의 이러한 심정을 눈치챈 공자 난은 다시 근상과 함께 일을 꾸몄다.

근상이 초경양왕에게 가서 굴원을 참소한다.

"굴원은 자기 벼슬이 더 오르지 않는다 해서 늘 불평을 품고 있습니다. 그래서 자기 분풀이 겸 툭하면 사람들에게, '우리 대왕은 불효한 사람이다. 진나라를 쳐서 아버지의 원수를 갚을 생각도 하지 않고 있다. 뿐만 아니라 공자 난 일파도 불충한 놈들이다. 어째서 그놈들은 진나라를 쳐야 한다고 왕에게 주장하지 않느냐 말이다' 하고 분개한답니다."

초경양왕은 이 말을 곧이듣고 분이 솟아 즉시 굴원을 삭탈관직하고 시골로 추방했다. 굴원은 하는 수 없이 시골 고향으로 내려갔다.

원래 굴원에겐 수嬃라는 누님이 한 사람 있었는데, 먼 지방에 시집가서 살고 있었다. 어느 날 그녀는 자기 친정 동생인 굴원이 벼슬에서 쫓겨나 시골 고향에 와 있다는 소문을 들었다. 그녀는 오랜만에 친정도 다녀올 겸 동생 굴원을 위로하려고 기夔 땅의 고향 집으로 갔다.

그녀는 동생 굴원을 보고 적이 놀랐다. 굴원은 빗질을 하지 않아서 머리는 산발인데다, 얼마나 오랫동안 세수를 하지 않았는지 얼굴은 때투성이였다. 뿐만 아니라 몸이 말라 매우 수척해 보였다. 굴원은 늘 그 꼴을 하고 강가를 거닐며 자기 소회所懷를 시로 읊었다.

누님이 그 참혹한 모습을 보다못해 사정한다.

"초왕은 동생의 말을 듣지 않는데 동생만 혼자서 몸과 마음을 이렇듯 소모했구나! 근심하고 생각한들 무슨 보람이 있으리오. 그러지 말고 다행히 집안에 전해내려오는 논밭이 있으니 그거나마 열심히 갈아서 굶지 않고 살다가 여생을 마치도록 하게."

굴원은 누님의 뜻을 어길 수 없어 그날부터 밭을 갈았다. 마을 사람들도 굴원이 간신들의 참소로 쫓겨났다는 사실과, 그가 얼마나 나라를 깊이 사랑하는 충신인지를 잘 알고 있었다. 그래서 사람들은 밭 가는 굴원을 여러모로 도와주었다.

반달쯤 지난 후에 누님은 굴원을 위로하고 시가媤家로 돌아갔다.

누님이 떠난 후 굴원이 길이 탄식한다.

"초나라 꼴이 이 지경에 이르렀으니 어찌 나라가 망하는 걸 볼 수 있으리오."

굴원은 이른 새벽에 강으로 나가 마침내 큰 돌을 가슴에 안고 멱라강汨羅江에 몸을 던졌다. 그날이 바로 5월 5일이었다.

마을 사람들은 굴원이 강물에 빠져 죽었다는 말을 듣고 매우 놀라 즉시 강으로 달려나갔다. 그리고 모든 배에 나눠 타고서 하루 종일 멱라강을 오르내리며 굴원의 시체나마 찾으려고 무진 애를 썼다. 그러나 결국 시체를 찾지 못하고 말았다.

이에 사람들은 채색 비단줄에 음식을 매어 강물에 던지고 굴원의 고혼孤魂을 제사지냈다. 채색 비단줄에 음식을 맨 것은 강물 속의 교룡蛟龍이 따먹지 못하도록 하기 위해서였다.

그후로 마을 사람들은 매년 5월 5일이 되면 각기 배를 타고 강을 건너는 경기를 했다. 누가 먼저 굴원의 시체를 건져낼 수 있느냐를 겨루는 데서 이러한 경도희競渡戱가 시작된 것이다.

오늘날 옛 초나라 땅에서 오吳나라에 이르는 대강大江 연안 일대에 사는 백성들은 5월 5일만 되면 경도희를 한다. 굴원이 죽은 날을 기리는 행사가 어느덧 풍속이 된 것이다.

그해 가을에 굴원이 농사지은 논에서 백옥白玉 같은 쌀이 소출되었다. 그래서 마을 사람들은 그 논을 옥미전玉米田이라고 불렀다.

또 사람들은 각기 추렴해서 마을에 사당을 짓고 굴원을 모셨다. 그리고 마을 이름을 자귀향姊歸鄕이라고 고쳤다. 오늘날 형주부荊州府 귀주歸州 땅이 바로 그곳이다. 이는 굴원의 누님이 동생을 보려고 친정 고향에 돌아왔던 일을 기념하기 위해서 자귀향이라고 한 것이다.

후세 송나라 원풍元豐 연간年間 때 일이다. 나라에선 비로소 굴원에게 청렬공淸烈公이란 시호諡號를 내리고, 겸하여 굴원의 누님을 모시는 사당까지 지어 이름을 자귀묘姊歸廟라고 했다. 그후에 나라에선 다시 굴원을 충렬왕忠烈王으로 봉했다.

염옹이 충렬왕묘忠烈王廟를 참배하고 나서 지은 시가 있다.

> 사당은 강가에 우뚝 섰는데
> 충렬왕에게 바치는 향불이 그칠 때가 없더라.
> 그후 간신들의 뼈는 어디서 썩었는지 모르지만
> 백성들은 해마다 그날이 되면 배를 타고 충신을 조상하는도다.
> 峨峨廟貌立江旁
> 香火爭趨忠烈王
> 佞骨不知何處朽
> 龍舟歲歲弔滄浪

한편, 조나라 주부主父는 운중雲中 땅을 순시하고 나서 도읍지인 한단邯鄲 땅에 돌아와 두루 논공행상論功行賞을 했다. 주부는 나라 안 모든 백성에게도 닷새 동안 술을 나눠주라고 분부했다. 이에 모든 신하는 주부의 분부를 칭송했다.

주부는 아들인 조혜문왕에게 조회를 맡아보게 하고, 자기는 그 곁에 자리를 마련하고 앉아서 왕과 신하 간에 행하는 예절을 지켜보았다.

어린 아들 조혜문왕은 왕이랍시고 왕좌에 높이 버티고 앉아 있었다. 그런데 지난날에 세자였다가 폐위당한 큰아들 공자 장章은 몸집이 크고 씩씩한 대장부이건만 무릎을 꿇고 어린 동생에게 깍듯이 절하고 나서 모든 신하와 발을 맞추어 축하의 춤을 추고 있었다.

주부는 태산만한 형이 손가락만한 동생에게 굽실거리는 모습을 바라보노라니 아비로서 측은한 생각이 들었다.

조회가 끝난 후였다. 주부가 공자 승勝을 돌아보고 말한다.

"너는 이번 조회 때에 안양군(공자 장의 작호)을 봤겠지? 맏아들인 그가 조그만 동생을 왕으로 섬겨야 하니 자연히 불평이 없지 않을 것이다. 내 장차 우리 조나라 땅을 둘로 나누어 두 아들에게 다 왕을 시켜볼까 한다. 네 뜻은 어떠하냐?"

공자 승이 대답한다.

"대왕께서는 이미 지난날에 일을 잘못 처리하셨습니다. 벌써 임금과 신하의 분수가 정해졌는데 다시 문제를 일으킨다면 혹 무슨 변란이라도 일어나지 않을까 염려스럽습니다."

"염려라니? 아직도 이 나라의 실권實權은 모두 내가 잡고 있는데 무슨 염려가 있단 말이냐!"

주부는 짜증을 내면서 벌떡 일어나 내궁內宮으로 들어갔다.

부인 오왜가 주부의 안색이 좋지 못한 걸 보고 묻는다.

"오늘 조회 때 무슨 일이라도 있었습니까?"

"조회 때 맏아들 장이 어린 동생인 왕에게 조례를 드리는데 보기가 매우 거북했소. 그래서 이 나라를 둘로 나누어 두 아들을 다 왕으로 세울까 하고 공자 승에게 상의했더니 말리는지라. 그래 결정을 짓지 못하고 지금 주저하고 있는 참이오."

오왜가 고한다.

"옛날 진晉나라 진목공晉穆公에게도 아들이 둘 있었습니다. 큰아들은 이름이 구仇이며, 둘째아들은 성사成師였습니다. 그후 진목공이 죽자 큰아들 구는 임금 자리를 계승하고 익翼 땅에 도읍을 정했으며, 동생 성사에겐 곡옥曲沃 땅을 내주었습니다. 그 결과가 어찌되었습니까? 그후 곡옥 땅 계통인 성사의 자손들이 점점 강성해져서 마침내 익 땅으로 쳐들어가 구의 자손들을 모조리 쳐죽였다고 합니다. 그리하여 진晉나라가 비록 다시 통일은 했지만 그간의 비극이 어떠하였던가는 주부께서 사적史籍을 통해 더 잘 아실 것입니다. 그 당시는 동생인 성사의 자손이 형님뻘인 구의 자손을 치기도 했는데, 이제 큰아들인 공자 장이 어린 동생과 자리를 겨룬다면 그 결과가 어찌되겠습니까? 장차 우리 모자는 공자 장의 손에 천참만륙千斬萬戮(수없이 동강내어 끔찍하게 죽임)을 당할 것입니다."

주부는 오왜의 말에 혹해서 공자 장에게도 왕을 시키려던 생각을 그만두었다.

지난날 공자 장이 아직 동궁에서 쫓겨나지 않고 세자로 있었을 때부터 그를 끔찍이 모시던 시자侍者 한 사람이 있었다. 그 시자가 우연히 지나다가 마침 주부와 오왜가 하는 이야기를 엿듣게 되었다. 시자는 즉시 공자 장에게 가서 들은 바를 그대로 고했다. 이에 공자 장은 전불례田不禮와 함께 상의했다.

전불례가 공자 장에게 말한다.

"주부께서 두 아들을 다 왕으로 삼겠다는 것은 공평한 마음에서 하신 말씀입니다. 그런데 오왜 때문에 이 일이 틀어졌나 봅니다. 지금 왕은 너무 어려 철이 없습니다. 이 기회를 놓치지 말고 대사를 도모하면 주부께서도 우리가 하는 일을 막진 못하실 것입니다."

공자 장이 장중한 목소리로 부탁한다.

"그대는 이 일을 잘 생각해서 어떻게 해서든 성사되도록 힘쓰오. 장차 나는 그대와 함께 이 나라 부귀를 누릴 작정이오."

이 무렵에 태부로 있던 이태李兌와 정승 비의肥義는 서로 친한 사이였다.

어느 날 이태가 비의에게 비밀히 말한다.

"안양군은 굳세고 씩씩하지만 교만한 사람이오. 그는 많은 사람을 자기 일당으로 거느리고 있소. 게다가 그는 자신의 지위에 많은 불평을 품고 있소. 더구나 표독하고 강한 전불례가 지금 안양군을 섬기고 있는 실정이오. 그들은 원래 나아갈 줄만 알지 물러설 줄은 모르는 사람들이오. 만일 안양군과 전불례가 요행수만 믿고서 음흉한 짓을 할 작정이라면 머지않아 반드시 무슨 일을 일으키고야 말 것입니다. 그렇게 되면 그대는 책임이 막중한 정승이며 세도도 크고 많은 존경을 받고 있기 때문에 누구보다 먼저 화를 입을 염려가 있소. 이런 계제에 그대는 병이 났다는 핑계를 대고 공자 성에게 정승 자리를 내주고 화를 면하도록 하오."

비의가 대답한다.

"주부께서 나 같은 사람에게 막중한 정승 자리를 맡기신 것은 국가의 안위를 부탁하신 것이나 다름없소. 아직 변란도 일어나지 않았는데 미리 겁을 먹고 피한다면 어찌 세상 사람들의 웃음거리가 되지 않겠소."

이 말을 듣고 이태가 탄식한다.

"그대는 충신은 될 수 있을지언정 지사智士는 못 될 사람이오. 자, 잘 있으오. 나는 가봐야겠소. 우리는 그간 참으로 친하게 지냈소이다."

이태는 눈물을 닦으며 비의와 작별하고 돌아갔다.

그후로 정승 비의는 이태의 말이 자꾸 생각나서 밥도 제대로 먹지 못하고 잠도 이루지 못하며 고민고민했다. 정승 자리를 내놓자니 아깝고, 그렇다고 무슨 뾰족한 수가 있는 것도 아니었다.

비의는 근시近侍(임금을 가까이서 모시는 신하) 고신高信을 불렀다.

"이후에 누구든지 우리 왕을 모시러 오는 사람이 있거든 반드시 나에게 먼저 알려라."

고신이 대답한다.

"명심하고 분부대로 하겠습니다."

그후 어느 날이었다.

주부는 조혜문왕과 함께 사구沙邱 땅으로 놀러 갔다. 안양군인 공자 장도 그들 일행을 따라갔다. 원래 사구 땅에는 상商나라 때 주왕紂王이 쌓은 높은 대가 있고, 이궁離宮이 두 채나 있었다. 그래서 주부와 조혜문왕은 각기 이궁을 하나씩 차지하고 거처했다. 두 이궁 사이는 약 10리 가량 떨어져 있었다. 그리고 안양군이 거처하게 된 공관은 두 이궁의 거의 중간쯤 되는 지점에 있었다.

전불례가 안양군에게 속삭인다.

"왕이 휴양차 왔기 때문에 이번엔 군대가 많이 따라오지 않았습니다. 지금이야말로 우리가 일을 일으켜야 할 때입니다. 그러니 우선 왕에게 사람을 보내어 주부의 명이라 속이고서 왕을 이리로 부르십시오. 왕은 정말로 주부가 부르시는 줄 알고 올 것입니다. 저는 군사를 거느리고 도중에서 매복하고 있다가 왕이 오면 즉시 나가서 쳐죽이겠습니다. 그런 후에 우리는 즉시 주부를 받들어모시고 모든 신하와 군사를 무마撫摩하면 됩니다. 누가 감히 주부를 거역하겠습니까?"

안양군이 흔연히 머리를 끄덕인다.

"그 계책이 참 묘하오."

그날 밤에 안양군은 심복 부하인 내시 한 사람을 조혜문왕이 있는 이궁으로 보냈다.

그 내시가 이궁에 가서 조혜문왕에게 천연스레 거짓말을 아뢴다.

"주부께서 갑자기 병이 나셨습니다. 속히 왕을 불러오라 하시기에 이렇듯 한밤중에 달려왔습니다. 왕께선 속히 신과 함께 가사이다."

조혜문왕 곁에서 이 말을 들은 고신高信은 전번에 각별한 분부를 받았기에 즉시 정승 비의에게 갔다.

"주부께서 갑자기 병환이 나셨다면서 내시 하나가 왕을 모시러 왔습니다."

비의가 고개를 갸웃거린다.

"주부께선 원래 건장한 어른이시라. 이거 수상하구나!"

비의는 즉시 조혜문왕에게로 갔다.

"왕께선 가지 마십시오. 신이 먼저 주부가 계시는 이궁으로 가보겠습니다. 신의 기별이 있기 전에는 절대 행차하지 마십시오."

그러고 나서 비의가 다시 심복 부하 고신에게 분부한다.

"그대는 궁문을 굳게 닫아걸고 왕을 잘 모셔라. 내가 기별할 때까지는 결코 궁문을 열어선 안 된다."

이에 정승 비의는 약간의 기병騎兵들을 거느리고 심부름 온 사람을 따라 주부가 머물고 있는 이궁으로 출발했다.

비의 일행이 말을 타고 밤길을 달려가던 도중이었다. 이미 군사를 거느리고 길가에 매복하고 있던 전불례는 어둠 속에 달려오는 사람들을 조혜문왕 일행인 줄로 믿었다. 전불례는 군사를 거느리고 뛰어나가서 그들을 포위하고 모조리 쳐죽였다. 그런 후에 전불례는 횃불을 켜서 죽은 자들을 살펴보았다. 그런데 조혜문왕은 없고 뜻밖에도 정승 비의가 죽어 있었다.

전불례가 기겁을 하며 외친다.

"이거 야단났구나! 비밀이 누설되었나 보다! 기왕 일이 이렇게 된 바에야 잠시도 지체할 수 없다. 이 밤이 새기 전에 왕을 습격해야 한다!"

마침내 전불례는 안양군을 모시고 가서 직접 조혜문왕이 거처하는 이궁을 쳤다. 그러나 고신은 이미 궁문을 굳게 닫아걸고 모든 방비를 마친 뒤였다. 안양군과 전불례는 그런 줄도 모르고서 이궁을 공격했다. 그러나 아무리 공격해도 그들은 안으로 들어가지 못했다.

어느덧 동쪽 하늘이 훤히 밝아오기 시작했다. 고신은 군사를 거느리고 이궁 지붕 위로 올라가서 안양군의 군사를 향해 마구 활을 쏘았다. 이에 안양군의 군사는 많이 상하고 수없이 죽어 쓰러졌다. 화살이 다 떨어지자 고신과 군사들은 기왓장을 집어던졌다.

전불례는 군사들을 시켜 나무 위에다 큰 돌을 비끄러매어 궁문을 향해 쏘았다. 큰 돌이 궁문을 치는 소리가 마치 우레 소리처럼 계속 울려퍼졌다. 조혜문왕은 이궁 안에서 이 소리를 듣고 벌벌 떨었다. 참으로 정세는 점점 급박해졌다.

이때 궁문 밖에서 난데없는 큰 함성이 일어났다. 어디에서 오는 어느 쪽 군사인지, 말을 탄 두 부대部隊가 이궁 쪽으로 나는 듯이 달려왔다. 그 군사들은 풍우처럼 달려와서 안양군의 군사를 마구 무찔렀다. 이에 안양군과 전불례는 대패하여 군사들과 함께 흩어져 달아났다.

그 두 부대를 거느리고 온 사람은 공자 성과 이태였다. 그들은 안양군이 이번 기회에 변란을 일으키지나 않을까 염려한 나머지 도성에서 군사를 거느리고 왔던 것이다. 그들이 왔을 때 과연 안양군의 일당은 조혜문왕을 공격하던 참이었다. 그래서 그들은 때마침 큰 공을 세웠다.

안양군이 달아나면서 전불례에게 묻는다.

"호사다마好事多魔라더니 난데없이 군대가 나타나 우리는 패하고 말았소. 장차 이 일을 어찌하면 좋겠소?"

전불례가 대답한다.

"이젠 별수 없습니다. 공자께선 속히 주부께 가서 목숨을 보호해달라고 울며 애원하십시오. 주부께선 반드시 공자를 보호해주실 것입니다. 그동안에 저는 뒤쫓아오는 군대를 막겠습니다."

이에 안양군은 혼자 말을 달려 주부가 있는 이궁으로 갔다.

과연 주부는 큰아들인 안양군이 난을 일으켰으나 실패하고 도망왔다는 말을 듣자 즉시 궁문을 열고 맞이해들여 깊숙한 곳에 숨겨주었다.

한편 전불례는 남은 군사를 거느리고 뒤쫓아오는 공자 성과 이태의 군사를 맞이해서 싸웠다. 그러나 사세는 이미 기울어진 뒤였다. 전불례의 군사가 어찌 그 많은 군사를 당적할 수 있겠는가. 마침내 전불례는 싸우다가 이태의 칼에 맞아 외마디 소리를 지르면서 쓰러져 죽었다.

이태가 공자 성에게 말한다.

"전불례는 죽었으나 안양군이 보이지 않는구려. 필시 안양군은 주부가 계신 곳으로 달아났을 것이오. 속히 갑시다."

이태와 공자 성은 다시 군사를 휘몰아 주부가 거처하는 이궁으로 달려갔다. 이태가 칼을 짚고 앞장서서 이궁의 궁실로 들어가고 공자 성이 뒤따라 들어갔다.

이태와 공자 성이 동시에 꿇어 엎드려 주부에게 아뢴다.

"이번에 반역한 안양군은 법으로도 용서할 수 없습니다. 원컨대 주부께서는 안양군을 내주십시오."

주부가 대답한다.

"안양군은 이곳에 오지 않았다! 그대들은 다른 곳에 가서 찾아보아라."

이태와 공자 성이 거듭거듭 청한다.

"그러지 마시고 안양군을 내주십시오."

그러나 주부는 아무 대답이 없었다. 주부에게 조혜문왕과 안양군은 둘 다 자기 아들인 것이다. 원래 부모에겐 미운 자식이 없는 법이다.

이태와 공자 성은 하는 수 없이 일단 주부 앞에서 물러나왔다.

이태가 공자 성에게 말한다.

"이젠 별수 없소. 우리가 안양군을 잡아내야 하오. 역적을 도모한 사람을 그냥 두고서야 우리가 어찌 이 나라의 신하라고 하겠소!"

공자 성이 찬성한다.

"옳은 말이오!"

그들은 군사들을 시켜 이궁 속을 샅샅이 뒤졌다. 군사들은 마침내 이중二重으로 된 벽 속에 숨어 있는 안양군을 찾아냈다. 이태는 즉시 칼을 뽑아 그 자리에서 안양군을 쳐죽였다.

공자 성이 황망히 묻는다.

"어찌 이렇듯 성급히 죽이오?"

이태가 대답한다.

"만일 주부께서 우리에게 안양군을 돌려달라고 명령하시면 일이 까다로워지기 때문이오. 우리가 명령을 거역하면 이는 신하의 도리가 아니며, 그렇다고 역적을 순순히 내줄 수도 없는 일이오. 그러니 차라리 죽여버리는 것이 낫소!"

공자 성은 그제야 머리를 끄덕였다.

이태가 안양군의 목을 칼에 꿰들고 섬돌을 내려오는데 궁실 쪽에서 주부가 흐느껴 우는 소리가 들려왔다.

이태가 다시 공자 성에게 말한다.

"주부는 안양군을 동정하여 이궁 안에 감춰주었소. 우리가 할 수 없이 직접 안양군을 잡아내어 죽이긴 했소만, 지금 주부는 저렇듯 울고 있소. 주부는 장차 우리에게 이궁을 포위한 죄와 허락 없이 안양군을 잡아죽인 일을 문책할 것이오. 그리고 우리 일족을 모조리 죽여버릴지도 모르오. 그러니 이제는 매사를 과감히 처리해야 하오. 그래야만 우리가 살 수 있소. 게다가 지금 왕은 워낙 어리고 철이 나지 않았으니 족히 염려할 것 없소."

그리하여 이태와 공자 성은 군사들을 시켜 이궁을 철통같이 포위했다.

군사들이 이태의 분부를 받고 이궁을 향해 일제히 외친다.

"지금 왕명을 전하니 자세히 듣거라. 속히 궁 밖으로 나오는 자에겐 벌을 내리지 않으리라. 그러나 만일 늦게 나오는 자는 역적 일당과 내통한 죄로써 다스리고, 그 일족까지 모조리 능지처참

(대역 죄인을 도막 쳐서 죽이는 극형)을 하겠다!"

이궁 안의 모든 관리와 내시들은 왕명이란 이 끔찍한 소리를 듣고서 서로 앞을 다투어 일제히 궁문 밖으로 뛰쳐나왔다. 결국 이궁 안엔 주부 혼자만이 남았다.

주부는 내시를 불렀으나 아무도 대답하는 사람이 없었다. 주부는 이궁 밖으로 나가보려고 궁문을 밀었다. 그러나 아무리 외치고 밀어도 궁문은 열리지 않았다. 궁문 밖으로 큰 쇠가 채워져 있었던 것이다.

군사들이 이궁을 포위한 지도 닷새가 지났다. 이궁 안에서 주부는 너무나 배가 고팠다. 그러나 아무리 뒤져봐야 먹을 것이라곤 없었다.

어느 날 주부는 뜰에 서 있는 나무 위에 튼 참새 둥지를 발견했다. 그는 간신히 나무 위로 올라가서 참새 알을 집어먹었다.

어느덧 한 달이 지났다.

주부는 이궁 섬돌 위에 쓰러진 채 더 이상 움직이지 않았다. 그는 이미 굶어죽은 송장이었다.

염선髥仙이 시로써 이 일을 탄식한 것이 있다.

> 오랑캐 복장을 하고 변방을 넓힌 그는
> 드디어 서쪽 진나라까지 삼키려고 도모했도다.
> 그러나 오왜 일파에게 불행을 당했으니
> 꿈에 들은 여자의 거문고 소리 때문에 일생을 망쳤도다.
> 胡服行邊靖虜塵
> 雄心直欲幷西秦
> 吳娃一脈能胎禍

夢裏琴聲解誤人

그러나 이궁 밖에 있던 사람들은 주부가 죽은 것도 몰랐다. 이태와 공자 성 등은 감히 이궁 안으로 들어가보질 못했다. 석 달이 지난 뒤에야 그들은 비로소 자물쇠를 열고 이궁 안으로 들어갔다. 이때 주부의 시체는 완전히 시들고 말라버려서 뼈에 가죽만 발라 놓은 것 같았다.

이에 공자 성은 조혜문왕을 모시고 사구沙邱 땅 이궁에 가서 주부의 시체를 염하고 발상發喪했다. 그리고 사구 땅에다 주부를 장사지냈다.

주부가 조무령왕이었다는 것은 독자도 기억할 것이다. 오늘날 영구현靈邱縣은 조무령왕의 영靈자와 사구沙邱의 구邱자를 따서 붙인 고을 이름이다. 그곳에 조무령왕의 무덤이 있다.

사구 땅에서 조무령왕을 장사지내고 도성으로 돌아온 조혜문왕은 공자 성을 정승으로 삼고, 이태를 사구司寇로 삼았다. 그러나 오래지 않아 공자 성은 병으로 죽었다. 이에 조혜문왕은 공자 승勝을 정승으로 삼았다.

지난날에 공자 승은 주부가 나라를 둘로 나누어 아들 둘을 다 왕으로 삼으려 했을 때, 그러면 좋지 못하다고 간한 일이 있었다. 그래서 조혜문왕은 그 공로에 보답하기 위해서 공자 승을 정승으로 삼았던 것이다. 그뿐만 아니라 공자 승에게 평원平原 땅을 봉하고 평원군平原君•이란 칭호를 주었다.

그럼 조나라 정승 평원군에 대한 이야기를 해야겠다.

평원군은 원래 선비를 좋아했다. 그는 제齊나라 맹상군孟嘗君•과 같은 기풍이 있었다. 그래서 그의 부중에는 많은 선비들이 모여들었다. 부중에서 지내는 식객들만 해도 늘 수천 명씩 들끓었다.

그런데 평원군의 부중에는 단청丹靑이 아름다운 높은 누각이 솟아 있었다. 그 누각에는 평원군이 사랑하는 미인이 거처하고 있었다.

한편 그 누각 근처의 민가에 한 절름발이가 살고 있었다.

어느 날 그 절름발이는 새벽 일찍 일어나 다리를 절룩거리며 우물에 가서 물을 길었다. 이때 누각 위에서 미인이 물을 퍼올리는 절름발이의 꼴을 굽어보다가 그만,

"호호호…… 호호…… 호호호……"

하고 큰 소리로 웃고 말았다.

이에 분개한 절름발이는 부중府中으로 가서 평원군을 좀 만나야겠다고 청했다.

평원군은 마루까지 나와서 그 절름발이를 맞이해 방으로 데리고 들어갔다.

평원군이 묻는다.

"무슨 일로 나를 찾아왔소?"

절름발이가 고한다.

"듣건대 공자께서는 선비를 좋아하신다더이다. 그래서 천하의 모든 선비들이 천리를 멀다 않고 공자의 문하에 모여들고 있습니다. 이는 공자께서 선비를 존경하되 조금도 거만하시지 않기 때문입니다. 그런데 이 몸은 불행히도 일찍이 다리에 병을 앓아서 보시다시피 걸음을 잘 걷지 못합니다. 오늘 아침에 이 몸은 후원 누각에 있는 여자로부터 자못 모욕적인 비웃음을 받았습니다. 그

래, 이 몸이 한낱 여자의 웃음거리가 되어야 마땅하겠습니까? 공자께선 즉시 그 여자의 목을 끊으시고 모든 사람에게 차별이 없다는 것을 밝히십시오."

평원군이 웃으면서 대답한다.

"그렇게 하지요."

이에 절름발이는 평원군에게 절하고 부중에서 물러나갔다.

절름발이가 가버리자 평원군은,

"참으로 어리석구나! 그래, 한번 비웃음을 당했다 해서 나더러 미인을 죽이란 말인가? 참 어처구니가 없는 자로다!"

하고 웃었다.

원래 평원군의 부중府中에는 일정한 규약規約이 있었다. 그것은 한 달에 한 번씩 부중에 머무는 선비들의 명부名簿를 열람하는 일이었다. 이는 드나드는 손님의 실태를 조사해서 다음달에 필요한 양식과 물품을 미리 준비하기 위한 것이었다. 지금까지는 선비들의 수효가 늘면 늘었지 준 일은 한번도 없었다. 그런데 명부를 본즉 웬일인지 나날이 손님이 줄어드는 실정이었다.

어느덧 1년이 지났다.

부중에 머물던 손님들은 그새 거의 떠나버리고 반밖에 남지 않았다.

평원군이 명부를 보면서 말한다.

"이거 이상하구나! 어찌 이럴 수가 있담! 무슨 곡절이 있는 모양이다."

평원군은 친히 종鐘을 쳐서 모든 손님을 대청으로 모으고 회의를 열었다.

평원군이 좌중에게 묻는다.

"내 오늘날까지 모든 손님을 대접하면서 한번도 예의에 어긋난 짓을 한 일이 없었다고 생각하오. 그런데 불과 1년 만에 이렇듯 많은 손님들이 나를 버리고 떠나갔으니 이게 웬일이오?"

그들 중에서 한 손님이 대답한다.

"평원군께선 절름발이를 비웃는 미인을 죽이겠다고 약속까지 하고서 오늘날까지 아무런 조처도 내리시지 않았습니다. 그래서 선비들 사이에 그간 여러모로 말이 많았습니다. 곧 평원군께선 본의든 본의 아니든 여색을 사랑하여 사람을 차별한 결과를 가져왔습니다. 그래서 선비들이 뿔뿔이 떠났습니다. 이제 우리들도 떠날 준비를 하고 있습니다."

이 말을 듣고 평원군은 깜짝 놀라,

"이는 과연 나의 잘못이오!"

하고 허리에 찬 칼을 풀어 시자侍者에게 내주고 분부한다.

"즉시 이 칼을 가지고 가서 누각에 있는 미인의 목을 끊어오너라!"

얼마 후에 시자는 피가 흐르는 미인의 목을 쟁반에 받쳐들고 왔다. 평원군은 친히 미인의 목을 들고 절름발이의 집에 가서 정중히 사과했다.

이에 문하門下 선비들은 모두 평원군의 덕을 높이 칭송했다. 그 후로 천하의 선비들이 다시 평원군의 부중으로 모여들었다.

그 당시 사람이 삼자시三字詩로써 평원군을 찬한 것이 있다.

우리를 배불리 먹게 하고
우리를 따뜻이 입혀주는도다.
우리는 그 부중에서 거처하며

우리는 그 문하에서 노니는도다.
제나라엔 맹상군이 있다지만
조나라엔 평원군이 계시는구나.
그는 우리의 훌륭한 공자이시며
그는 우리의 어진 주인이시도다.
食我飽
衣我溫
息其館
遊其門
齊孟嘗
趙平原
佳公子
賢主人

이때 진나라 진소양왕秦昭襄王은 조나라 평원군이 미인의 목을 끊어 친히 절름발이 백성에게 사죄했다는 소문을 듣고 놀랐다.

어느 날 진소양왕이 상수向壽에게 그 일을 말하고 나서 찬탄한다.

"조나라 평원군은 참으로 어진 사람이오!"

상수가 말한다.

"비록 조나라 평원군이 어질다지만 제나라 맹상군만은 못합니다."

진소양왕이 묻는다.

"어떤 점에서 맹상군이 더 훌륭하단 말이오?"

상수가 대답한다.

"맹상군은 그 아버지 전영田嬰이 살아 있었을 때부터 집안 살림을 맡아보았고 손님들을 접대했습니다. 그때부터 손님들이 구름

처럼 몰려든 것입니다. 그래서 모든 나라 제후들도 다 맹상군을 존경하기에 이르렀습니다. 이리하여 마침내 전영은 서자庶子인 맹상군을 적자嫡子로 삼고 집안의 대를 잇게 했습니다. 그후로 더 많은 손님들이 맹상군 문하로 몰려들었습니다. 그러나 맹상군은 자기의 의식衣食과 추호도 다름없이 그 많은 손님을 대우했습니다. 그는 손님들을 먹이고 입히느라 파산破産한 일도 있었습니다. 그러나 천하 각처에서 제나라로 몰려든 선비들은 모두 맹상군을 진심으로 존경했으며, 그들 사이엔 중상모략이 전혀 없었습니다. 그런데 조나라 평원군으로 말할 것 같으면, 그는 사랑하는 미인이 불구자를 비웃었건만 죽이지 못했습니다. 그러다가 모든 손님들이 이에 불평을 품고 뿔뿔이 떠나가자 그제야 미인의 목을 베어 사과했습니다. 조나라 평원군이 제나라 맹상군만 하려면 아직도 멀었습니다."

진소양왕이 거듭 머리를 끄덕이며 묻는다.

"어찌하면 과인이 그런 훌륭한 맹상군을 한번 만나보고 함께 천하를 경영해볼 수 있겠소?"

상수가 대답한다.

"왕께서 그런 생각이 있으시다면 왜 맹상군을 우리 나라로 초청하지 않으십니까?"

"그는 지금 제나라 정승으로 있는 몸인데, 과인이 부른다고 올리 있겠소?"

상수가 속삭인다.

"정 그러시다면 왕께선 아들이나 동생 되는 분을 제나라에 볼모로 보내고서 맹상군을 초청하십시오. 우리 나라가 그렇게까지 하는데야 제나라도 맹상군을 보내지 않을 수 없을 것입니다. 일단 맹상군이 오기만 하면 왕께선 그를 우리 나라 정승으로 삼으십시오. 그러면 제나라도 자연 우리 나라에서 볼모로 보낸 왕자王子나 대군大君을 자기 나라 정승으로 삼을 것입니다. 일이 그렇게만 되면 우리 진나라는 제나라와 서로 친해질 것입니다. 그런 후에 우리가 제나라와 힘을 합쳐 천하를 도모한다면 어려운 일이 없을 것입니다."

진소양왕이 무릎을 탁 치며 매우 기뻐한다.

"그대의 계책이 참 좋소!"

이에 진소양왕은 자기 동생 경양군涇陽君을 제나라에 볼모로 보냈다.

경양군이 제나라에 가서 제민왕齊湣王에게 청한다.

"우리 진나라 왕께선 극심한 가뭄에 비를 기다리듯이, 굶주린 사람이 음식을 생각하듯이 맹상군을 한번 만나보기를 원하고 계십니다. 그래서 우리 진나라는 신을 볼모로 귀국에 보냈습니다. 대왕께선 이를 허락하소서."

제민왕이 대답한다.

"먼 길 오시느라 수고했소. 그러나 이 일은 과인이 혼자서 결정할 일이 아니니 일단 맹상군과 상의해보겠소."

한편, 맹상군의 부중에 있는 선비들은 진秦나라가 경양군을 볼모로 보내고 맹상군을 초청했다는 소문을 들었다.

선비들이 맹상군에게 권한다.

"참으로 좋은 기회라고 생각합니다. 이번에 꼭 진나라에 가보시도록 하십시오."

이때 마침 소진蘇秦의 동생 소대蘇代가 연나라 사신으로 제나라에 와 있었다.

소대가 맹상군에게 말한다.

"이번에 제가 제나라로 오던 길에 재미나는 구경을 했습니다. 곧 흙으로 만들어진 사람이 나무로 만들어진 사람과 서로 이야기하는 걸 들었습니다. 나무로 만들어진 사람이 먼저 '비만 오면 자네는 곧 무너지고 말걸세' 하고 수작을 걸자, 흙으로 만들어진 사람이 그 말을 듣고 껄껄 웃으면서 '나는 비를 맞고 무너진다 해도 결국 도로 흙이 된다네. 그렇지만 자네는 비만 오면 어디로 떠내려가서 장차 어떤 신세가 될지 참 걱정이구먼' 하고 대답합디다. 아시겠습니까? 진나라는 범처럼 무섭고 이리처럼 음흉합니다. 그 증거로 우선 지난날에 진나라가 초나라 초회왕을 잡아놓고 죽기까지 돌려보내지 않았던 사실만으로도 충분합니다. 그러한 그들이 대감께 무슨 짓을 할지 누가 압니까? 만일 진나라가 대감을 붙들어둔다면 어찌하시렵니까? 저는 대감의 말로가 어찌될지 모르겠습니다."

이에 맹상군이 제민왕에게 가서,

"신은 진나라에 가지 않겠습니다."

하고 아뢨다.

그날 저녁때, 광장匡章이 제민왕에게 아뢴다.

"진나라가 볼모로 경양군까지 보내고서 맹상군을 초청하는 것은 우리 제나라와 친하자는 뜻입니다. 그런데 우리 나라가 맹상군을 보내지 않는다면 진나라의 환심歡心을 잃고 맙니다. 또 진나라에서 볼모로 자청해온 경양군을 우리 나라에 그냥 두는 것도 서로가 의심한다는 결과밖에 안 됩니다. 그러니 왕께선 차라리 예로써 경양군을 진나라로 돌려보내고, 저편이 그처럼 간곡히 초청하는 터이니 맹상군도 진나라로 보내십시오. 그렇게 하면 진왕도 우리 제나라의 처사에 감동할 것이며, 맹상군을 대하는 태도도 극진할 것입니다."

이 말을 듣고 제민왕은 말없이 머리를 끄덕였다.

이튿날 제민왕이 경양군을 불러들여 말한다.

"과인은 귀국의 소청대로 우리 나라 정승 맹상군을 보내기로 했소. 또한 우리 제나라와 진나라는 서로 자별自別한 사이인데 귀한 몸인 그대를 어찌 볼모로 둘 수 있겠소. 안심하고 본국으로 돌아가오."

이에 경양군은 제나라에서 마련해준 수레를 타고 먼저 진나라로 돌아갔다.

수일 후 맹상군도 마침내 진나라를 향해 떠났다. 이때 선비들 1,000여 명이 맹상군을 따라 함께 떠났다. 이리하여 앞뒤로 맹상군을 따르는 수레 100여 승이 진나라 도읍 함양으로 들어갔다. 맹상군은 함양에 도착하는 즉시 진소양왕을 알현하려고 궁으로 들어갔다.

진소양왕은 계단 아래까지 내려와서 맹상군의 손을 잡고 환영했다.

"과인은 그대와 한번 만나보기가 평생 소원이었는데 오늘날 이렇듯 서로 만날 줄이야 어찌 알았겠소."

맹상군이 정중히 대답한다.

"황공하옵니다."

원래 맹상군은 하얀 여우털로 만든 갖옷인 백호구白狐裘 한 벌을 가지고 있었다. 그 여우털은 길이가 2촌寸 정도에 백설처럼 희었다. 값으로 따지면 1,000금으로도 구하기 어려운 천하에 둘도 없는 갖옷이었다. 이날 맹상군은 예물로 진소양왕에게 그 백호구를 바쳤다.

진소양왕은 백호구를 입고 내궁에 들어가서 평소에 특히 총애하는 연희燕姬에게 자랑했다.

연희가 묻는다.

"이 갖옷이 뭐가 그리 대단하기에 이처럼 자랑하시나이까?"

진소양왕이 대답한다.

"여우는 천년이 지나야 털빛이 희어진다. 이 백호구는 특히 천년 묵은 여우의 겨드랑이를 떠서 만든 옷이다. 그래서 이렇듯 빛깔이 눈〔雪〕 같고 부드러운 것이다. 어찌 천하의 보물이라 아니할 수 있으리오. 산동山東 지방의 대국大國인 제나라가 아니고는 구할 수 없는 귀한 물건이다."

그러나 이때는 아직도 날씨가 더웠다.

진소양왕이 백호구를 벗어 창고지기에게 내주며 분부한다.

"이 백호구를 각별히 잘 보관해두어라. 그리고 날씨가 쌀쌀해지거든 잊지 말고 과인에게 바쳐라."

이튿날 진소양왕이 문무백관에게 자기 뜻을 말한다.

"과인은 장차 택일하여 맹상군을 우리 나라 승상丞相 자리에 앉힐 작정이오."

진나라 승상 저이질樗里疾은 이 말을 듣고 매우 우울했다. 그는 맹상군에게 자기 지위를 뺏길 것이 두려웠다.

이에 저이질은 그의 문객으로 있는 공손석公孫奭에게 이 일을 방해하도록 지시했다.

지시를 받은 공손석이 진소양왕에게 가서 아뢴다.

"대왕께서도 아시다시피 맹상군은 제나라 사람입니다. 그러한 사람을 우리 나라 승상으로 앉히면 어찌되겠습니까? 그는 반드시 모든 일을 먼저 제나라에 유리하도록 처리할 것이며, 그런 후에야 우리 진나라를 돌볼 것입니다. 더구나 맹상군은 비상한 사람입니다. 소문에 따르면 그의 계책은 백발백중으로 들어맞는다고 합니다. 이번에 그를 따라온 문객들만 해도 1,000여 명이 넘습니다. 그는 천하 선비들을 자기 문객으로 끌어들이는 묘한 힘을 가지고 있습니다. 그러한 맹상군이 우리 진나라의 권력을 쥐기만 하면 필시 제나라를 위해 무슨 음모를 꾸밀지 모릅니다. 장차 우리 진나라 일이 낭패올시다."

진소양왕은 공손석에게 들은 말을 승상 저이질에게 말하고 의견을 물었다.

저이질이 대답한다.

"공손석이 사리를 옳게 판단한 줄로 아옵니다."

진소양왕이 다시 묻는다.

"그럼 맹상군을 제나라로 돌려보낼까?"

저이질이 대답한다.

"맹상군이 우리 진나라에 온 지도 벌써 한 달이 넘었습니다. 그를 따라온 문객 1,000여 명은 그새 우리 진나라의 실정을 소상히 조사했을 것입니다. 만일 맹상군을 제나라로 돌려보내면 우리에게 해롭습니다."

"그럼 이 일을 어찌하면 좋겠소?"

저이질이 속삭인다.

"맹상군을 죽여버리십시오!"

진소양왕은 마침내 말없이 고개를 끄덕였다.

한편, 경양군은 지난날 제나라에 갔을 때 맹상군에게 대단히 후한 대접을 받은 걸 잊지 않았다. 맹상군은 음식조차 경양군과 똑같이 나눠먹으며 조금도 차별하지 않았다. 더구나 경양군이 진나라로 돌아올 때, 맹상군은 갖고 있던 보기寶器를 여러 개 선사하기까지 했다. 그때부터 경양군은 맹상군을 매우 존경하게 되었다.

경양군은 형님인 진소양왕이 맹상군을 죽일 작정이라는 정보를 듣고 무척 놀랐다.

이에 경양군이 관사館舍에 머무르는 맹상군을 찾아가 비밀히 고한다.

"진왕이 대군을 죽이기로 작정했소!"

맹상군이 놀라며 묻는다.

"그럼 어찌해야 내가 살 수 있겠소?"

경양군이 대답한다.

"오직 한 가지 계책밖에 없습니다. 지금 궁중에는 진왕이 사랑하는 연희라는 여자가 있습니다. 진왕은 연희의 청이라면 십중팔구 다 들어줍니다. 혹 대군께선 지금 귀중한 보물이라도 가지고 계신지요? 있다면 제가 그 보물을 연희에게 뇌물로 갖다주고 부탁해보겠습니다. 연희가 보물을 받고 진왕에게 잘 말해주면 대군께선 죽음을 면하고 제나라로 돌아갈 수 있습니다."

이에 맹상군은 경양군에게 백옥 두 쌍을 내주고,

"일이 잘되도록 힘써주오."

하고 간곡히 부탁했다.

경양군은 즉시 궁중으로 들어가서 연희에게 백옥 두 쌍을 바치고 맹상군을 살려야겠으니 힘써달라고 간청했다.

연희가 백옥을 밀어내면서 말한다.

"첩은 원래 옥을 좋아하지 않소. 다만 원이라면 흰 여우털로 만든 백호구가 갖고 싶을 뿐이오. 듣건대 산동 지방의 대국인 제나라에선 백호구를 구할 수 있다고 합디다. 백호구만 얻을 수 있다면 있는 힘을 다해 주선해보겠소."

경양군은 하는 수 없이 관사에 가서 맹상군에게 연희의 말을 전했다.

맹상군이 길이 탄식한다.

"백호구가 있긴 했으나 이미 진왕에게 바쳐 지금은 없으니 이 일을 어찌할꼬!"

그러다가 자기가 거느리고 온 선비들에게 의논조로 묻는다.

"백호구를 한 벌 더 구할 수 없겠소?"

선비들도 별 뾰족한 수가 없었기에 아무도 대답을 하지 못했다.

이때 하객下客으로 맨 밑자리에 앉아 있던 선비가 말한다.

"제가 대군을 위해서 백호구를 구해오겠습니다."

맹상군이 반색을 하며 묻는다.

"진정 그대가 백호구를 구해올 도리가 있겠소?"

그 선비가 대답한다.

"이 몸은 몸소 개가 되어 도적질을 해볼까 합니다."

맹상군이 웃으면서 부탁한다.

"그럼 가서 한번 해보오."

그날 밤이었다.

그 선비는 개 탈바가지를 쓰고 개구멍으로 기어 들어가 진나라 궁중의 창고 앞까지 갔다.

그리고 그 선비는,

"멍멍멍……"

하고 개 짖는 소리를 냈다.

궁중의 창고지기가 그 소리를 듣고서 혼잣말로 시부렁거린다.

"개란 놈은 참 신통하단 말이야. 난 졸려서 죽겠는데 저놈은 자지도 않고 잘 지키거든! 저놈에게 다 맡기고 어디 잠이나 자볼까?"

어느덧 창고지기는 깊이 잠이 들어 코까지 드르렁드르렁 골았다. 그제야 개로 변장한 선비는 창고지기 곁에 놓여 있는 열쇠를 훔쳐 곧 고장 문을 열고 안으로 들어갔다. 과연 궤 속에는 전날 맹상군이 진왕에게 바친 백호구가 들어 있었다.

마침내 선비는 백호구를 훔쳐 다시 개구멍으로 무사히 빠져나왔다. 선비가 돌아가서 맹상군에게 백호구를 바쳤을 때는 아직도 한밤중이었다.

이튿날, 맹상군은 경양군을 초청하여 백호구를 내주었다. 경양군은 즉시 내궁으로 들어가서 연희에게 그 백호구를 바쳤다. 연희는 소원하던 물건을 받고서 뛸 듯이 기뻐했다.

그날 밤 연희는 진소양왕을 모시고 술을 권하며 갖은 아양을 떨었다. 진소양왕은 술에 취해서 연희를 끌어안고 드러누웠다.

연희가 진소양왕에게 속삭인다.

"첩이 듣건대 제나라 정승 맹상군은 온 천하의 신망을 받고 있는 어진 사람이라고 하더이다. 그는 제나라 정승의 몸으로서 애초엔 우리 나라에 오려고 하지도 않았는데 결국 우리 나라에서 간곡히 초청하는 바람에 하는 수 없이 온 것이라고 합니다. 그런데 이제 그를 등용하지 않으면 그만이지 죽일 것까지야 있습니까? 대왕께서 남의 나라 정승을 초청해다가 이유 없이 죽였다는 소문이 천하에 퍼지기라도 하면 그 뒤처리를 어찌하시렵니까? 더구나 상대는 보통 사람도 아닌 맹상군입니다. 대왕께선 깊이 생각하소서. 만일 맹상군을 죽이면 천하의 어진 사람들은 다시는 우리 진나라에 오지 않을 것입니다."

"그대 말이 옳다!"

이튿날 아침에 진소양왕이 어전御殿에 나가서 시신侍臣에게 분부한다.

"맹상군에게 수레와 역권驛券(오늘날의 여권)을 갖다주고 제나라로 돌려보내라."

이리하여 맹상군은 궁에서 나온 시신으로부터 역권을 받았다.

맹상군이 시신을 돌려보내고 나서 모든 선비에게 말한다.

"내 다행히 연희의 도움을 받아 호랑이 굴을 벗어나게 되었다. 그러나 우리가 제나라로 돌아가는 도중에 진왕이 후회하여 우리를 뒤쫓는다면 그때는 살아날 길이 없소!"

그때 선비들 중엔 역권을 위조할 줄 아는 사람이 하나 있었다. 그 선비는 역권에 적혀 있는 맹상군의 이름을 지워버리고 다른 이름을 만들어 써넣었다.

그리하여 맹상군 일행은 일제히 수레를 달려 진나라 함양성을 떠났다. 그들은 밤낮을 가리지 않고 전속력으로 수레를 달렸다.

맹상군 일행이 진나라의 마지막 관문關門인 함곡관에 당도했을 때는 한밤중이었다. 관문엔 이미 무거운 쇠가 채워진 지 오래였다.

맹상군은 매우 초조했다. 이 마지막 관문인 함곡관函谷關을 벗어나야만 뒤에서 진나라 군사가 추격해 온다 해도 잡히지 않는다. 그러나 관문이란 여닫는 시간이 정해져 있는 법이다. 해가 저물면 닫고, 닭이 울어야만 연다.

맹상군과 그를 수행하는 선비들은 지금이라도 뒤에서 진나라 군사가 잡으러 오는 것만 같아서 가슴이 두근거렸다.

바로 이때였다.

"꼬끼오오……"

한밤중의 적막을 뒤흔들면서 때 아닌 닭 울음소리가 일어났다.

"꼬끼오오……"

다시 한 번 닭 울음소리가 터져나왔다.

맹상군은 자기 귀를 의심하며 황급히 수레 밖을 내다보았다.

"꼬끼오오……"

천만뜻밖에도 닭 울음소리는 선비들 속에서 일어나고 있지 않은가. 선비들 중 하나가 목을 길게 뽑고 닭 울음소리를 내고 있었다. 모든 선비가 눈을 크게 뜨고 그 선비를 바라본다. 좌중은 말 한마디 없이 조용했다.

이윽고 저편 어디선지,

"꼬끼오오……"

하고 진짜 닭 울음소리가 일어났다. 동시에 사방에서 닭들이 서로 화답하듯 울어대기 시작했다.

관문을 지키는 관리官吏들은 닭 울음소리에 잠이 깨었다.

"어느새 새벽이 된 모양이군!"

관리들은 밖으로 나가서 관문 앞에 몰려 있는 맹상군 일행의 역권을 확인하고 난 후에 관문을 열었다. 물론 역권에 기입된 이름은 가명假名이었기 때문에 관리들은 그들이 맹상군 일행임은 꿈에도 몰랐다. 맹상군 일행은 함곡관을 벗어나자 일제히 전속력으로 달렸다.

맹상군이 수레를 달리면서 두 선비를 돌아보고 사례謝禮한다.

"내가 이번에 호랑이 굴에서 살아나온 것은 개 짖는 소리를 잘 내는 선비와 닭 울음 소리를 잘 내는 선비 덕분이오."

이 말을 듣자 다른 선비들은 공功 없음을 부끄러워하고, 그때부터 닭 울음소리를 흉내낸 선비와 개 짖는 소리를 흉내낸 선비 등 하객들에게도 예로써 존경하기에 이르렀다.

염옹이 시로써 이 일을 찬탄한 것이 있다.

아름다운 구슬로 새를 쏘느니보다는
진흙으로 만든 탄환으로 쏘아야 한다.
옥이 아무리 보배라고 하지만 굶주린 배를 채우려면
음식을 먹느니만 같지 못하다.
개 소리를 내어 백호구를 가지고 왔으며
닭 소리를 내어 함곡관 관문을 열게 했도다.
비록 성현이라 할지라도
그 두 선비처럼 짐승 소리는 내지 못했으리라.
그러므로 알라, 시냇물은 흘러서 바다가 되고
티끌은 모여서 큰 언덕을 이루는도다.
사람의 개성을 존중해야 사람을 쓸 줄 아는 것이니
사람들이여, 맹상군을 천하다고 하지 마라.
明珠彈雀
不如泥丸
白璧療飢
不如壺餐
狗吠裘得
雞鳴關啓
雖爲聖賢
不如彼鄙
細流納海
累塵成岡
用人惟器
勿陋孟嘗

한편, 저이질樗里疾은 맹상군이 함양성을 떠났다는 소식을 듣고 황급히 궁전으로 갔다.

저이질이 진소양왕을 뵈옵고 아뢴다.

"왕께서 맹상군을 죽이기 싫어하셨다면 신이 굳이 죽여야 한다고 주장하지는 않았을 것입니다. 맹상군을 볼모로 우리 나라에 잡아두어도 되는데 왕께선 어찌하사 그를 돌려보내셨습니까?"

그제야 진소양왕은 문득 깨닫고 분부를 내린다.

"즉시 맹상군을 뒤쫓아가서 잡아오너라!"

이에 진나라 군사들은 말을 타고 급히 맹상군 일행을 뒤쫓아갔다. 그러나 진나라 군사는 함곡관까지 달려갔으나 맹상군 일행을 보지 못했다.

진나라 군사가 관문 지키는 관리에게 호통을 친다.

"관문을 통과한 사람들의 명부를 내놓아라!"

그러나 그 명부에도 맹상군의 이름은 없었다.

진나라 군사가 고개를 갸웃거리면서 중얼거린다.

"다른 데로 빠져나갈 샛길도 없는데 도대체 어디로 갔을까? 이상하다! 아직 오지 않은 것은 아닐까! 좌우간 여기서 기다려보자!"

이에 진나라 군사들은 반나절을 기다렸으나 맹상군 일행은 나타나지 않았다.

그제야 진나라 군사가 관문 지키는 관리에게 맹상군의 용모와 그 수행인들의 수효를 말해주며 묻는다.

"그들이 수레를 타고 지나가지 않았느냐?"

관문 지키는 관리가 비로소 대답한다.

"예, 그런 사람들이야 지나갔습니다. 그들은 이미 첫닭이 울었을 때 관문을 통과했습니다."

진나라 군사가 몰아치듯 묻는다.

"지금이라도 우리가 뒤쫓아가면 그들을 잡을 수 있겠느냐?"

"웬걸입쇼! 그들은 나는 듯이 수레를 몰고 떠났습니다. 아마 그런 속력으로 달렸다면 지금쯤은 한 100리쯤 갔을 것입니다."

진나라 군사들은 하는 수 없이 함양성으로 돌아가서 진소양왕에게 사실대로 보고했다.

이 말을 듣고 진소양왕이 길이 탄식한다.

"맹상군은 신출귀몰神出鬼沒하는 재주가 있구나. 그새 함곡관을 빠져나갔단 말이냐! 참으로 출중한 인물이로다!"

그후 어느 날 진소양왕은 창고지기를 불렀다.

"날이 쌀쌀하구나. 그 백호구를 내오너라."

창고지기는 고장 안에 들어가서 궤 속을 뒤졌다. 그러나 백호구는 간 곳이 없었다.

창고지기가 진소양왕에게 가서 벌벌 떨며 아뢴다.

"백호구가 없어졌습니다."

진소양왕은 창고지기를 큰 소리로 꾸짖고 내궁으로 들어갔다. 그런데 천만뜻밖에도 연희가 똑같은 백호구를 입고 있었다.

진소양왕이 묻는다.

"그 백호구는 어디에서 생겼느냐?"

연희가 대답한다.

"지난날에 맹상군이 사람을 시켜 첩에게 선사한 것이옵니다."

진소양왕은 여러모로 진상을 조사한 결과 맹상군 문하의 한 선비가 훔쳐냈다는 사실을 알게 되었다.

진소양왕이 다시 탄식한다.

"허허! 맹상군 문하엔 별별 인재가 다 모여 있구나. 우리 진나라는 언제나 그런 인재들을 다 구비할꼬!"

마침내 진소양왕은 연희에게 그 백호구를 하사하고 창고지기에게도 벌을 주지 않았다.

송나라의 열 가지 큰 죄

맹상군孟嘗君은 진秦나라에서 도망쳐 돌아가는 길에 조趙나라를 지나가게 되었다. 조나라 평원군平原君인 공자 승勝은 30리 밖까지 나와서 맹상군 일행을 영접했다. 평원군은 맹상군을 극진히 공경하고 대접했다.

조나라 사람들은 전부터 맹상군의 높은 명성만 들었을 뿐 직접 본 일은 없었다. 그래서 맹상군이 왔다는 말을 듣고 서로 앞을 다투어 나가보았다. 맹상군은 키가 작고 풍신이 헌칠하지 못했다.

맹상군을 보러 나온 사람들 중 하나가 웃으며 말한다.

"맹상군이 하도 위대한 사람이라기에 나는 풍신도 굉장한 줄 알았는데, 웬걸! 이제 보니 보잘것없군그래."

그 말에 여러 사람이 따라 웃었다.

그날 밤이었다. 낮에 맹상군의 풍신을 보고 비웃었던 사람들은 모두 무참한 죽음을 당했다.

이튿날 이 보고를 듣고서 평원군은 아무 말도 하지 않았다. 맹상군의 문하 선비들이 하룻밤 사이에 비웃던 사람들을 모조리 죽였으리란 걸 짐작했기 때문이었다.

이렇듯 맹상군 문하엔 검객劍客들도 많았다. 맹상군 일행은 평원군의 극진한 전송을 받고 유유히 조나라를 떠났다.

한편, 제나라 제민왕은 진나라로 맹상군을 보낸 후부터 마치 두 팔이라도 잃은 듯이 허전했다. 제민왕은 맹상군이 진소양왕秦昭襄王의 강요에 못 이겨 마침내 진나라에서 벼슬을 살게 되지나 않을까 매우 염려했다. 그러던 참에 맹상군이 무사히 도망쳐 돌아왔다. 이에 제민왕은 맹상군을 성대히 영접하고 다시 정승으로 삼았다.

그후 천하 각처에서 맹상군의 문하로 모여드는 선비의 수효는 더 늘어났다. 맹상군은 객사客舍를 더 많이 지어 모여드는 선비들을 다 받아들였다.

그 대신 객사에 1 · 2 · 3등의 등급을 매겼다. 1등 객사는 대사代舍라 하고, 2등 객사는 행사幸舍라 하고, 3등 객사는 전사傳舍라고 했다.

1등 객사를 대사라고 한 것은, '그곳에 있는 사람은 모두 맹상군을 대신해서 모든 일을 처리할 만하다' 는 뜻이었다. 그래서 상객上客은 다 대사에서 기거했다. 이 상객들은 식사 때면 고기 반찬을 먹고, 출타할 때면 가마를 탔다.

2등 객사를 행사라고 한 것은, '그곳에 있는 사람에겐 다행히 모든 일을 맡길 수 있다' 는 뜻이었다. 그래서 중객中客은 모두 행사에서 기거했다. 이 중객들은 식사 때엔 고기 반찬을 먹지만, 출타할 때면 가마를 타지 못하고 걸었다.

3등 객사를 전사라고 한 것은, '그곳에 있는 사람에겐 그저 심부름이나 시킬 수 있다' 는 뜻이었다. 그래서 하객下客은 모두 전사에서 기거했다. 이 하객들은 밥이나 얻어먹는 축이었다.

지난날 진나라에서 계명구도雞鳴狗盜•(닭 울음소리와 개도둑질)를 잘한 두 선비와 역권을 위조해준 선비는 그 공로로 전부 대사에서 기거했다.

그러나 맹상군은 설읍薛邑에서 받는 국록國祿만으로는 그 많은 문객을 먹여살릴 도리가 없었다. 그래서 수입收入의 일부를 다시 설읍 사람들에게 빌려주고 그 이자利子를 거두어 비용에 보충했다.

어느 날이었다.

풍신이 거대한 한 나그네가 다 떨어진 옷차림에 짚신을 신고서 맹상군을 찾아왔다.

"나는 이곳 제나라 사람으로 성은 풍馮이며 이름은 환驩이라고 한다. 맹상군을 뵙고자 왔으니 곧 너의 주인께 아뢰어라."

맹상군은 하인의 전갈을 듣고 그 풍환이란 사람을 안내해 들어오도록 했다.

맹상군이 풍환에게 정중히 읍하고 앉을 자리를 주며 묻는다.

"선생이 이처럼 나를 찾아왔으니 좋은 가르침이 있을 줄 믿소."

풍환이 대답한다.

"저는 대군께 가르침을 드리러 온 건 아닙니다. 다만 대군께서 귀천貴賤을 가리지 않고 선비를 좋아하신다기에 이렇게 왔습니다."

이에 맹상군이 아랫사람을 불러 분부한다.

"이분을 전사傳舍로 안내하여라."

이리하여 풍환은 3등 객사인 전사에서 기거하며 하객 대우를 받았다.

10여 일이 지나자 맹상군이 전사의 사감舍監을 불러 묻는다.

"요전에 새로 온 그 풍환이란 사람은 요즘 뭘 하고 있소?"

전사 사감이 대답한다.

“그 풍 선생은 어찌나 가난한지 별다른 물건 하나 가진 것이 없고 다만 칼 한 자루뿐인데, 그나마 칼 넣는 자루〔囊〕가 없어서 늘 허리에 차고 다니는 형편입니다. 그런데 풍선생은 식사만 마치면 뜰에 내려가서 칼을 뽑아들고,

내 긴 칼을 짚고 왔음이여
그런데 고기 반찬도 못 얻어먹는구나!
長鋏歸來兮
食無魚

하고 노래를 부릅니다.”

맹상군이 웃으며 말한다.

“그가 대접이 좋지 못하다고 불평하는 모양이구려. 그럼 그를 한 등급 높여서 행사幸舍에 머무르게 하오. 그리고 행사 사감에게 그의 행동을 유심히 봐두었다가 닷새 후에 내게 와서 보고하라고 이르오.”

그후 닷새가 지났다.

행사 사감이 와서 보고한다.

“풍 선생은 행사로 옮겨온 후로도 여전히 노래를 부르는데,

내 긴 칼을 짚고 왔음이여
그런데 바깥출입을 하려 해도 수레가 없구나!
長鋏歸來兮
出無車

하고 단지 그 가사歌詞가 좀 달라졌을 뿐입니다."

맹상군이 놀라며 말한다.

"그는 상객上客 대접이 받고 싶은가? 하여간 보통 사람은 아닌 모양이오. 그럼 그를 대사代舍로 보내오. 그리고 대사 사감에게 그가 또 노래를 부르거든 그 노래를 잘 들어두었다가 내게 보고하라고 이르오."

대사로 객사를 옮기고 상객이 된 풍환은 그날로 수레를 타고 바깥으로 나갔다가 밤늦게야 돌아왔다.

풍환이 칼을 비껴들고 뜰을 거닐면서 노래한다.

내 긴 칼을 짚고 왔음이여
그런데 집도 없구나!
長鋏歸來兮
無以爲家

대사 사감은 그 노래를 듣고 곧 맹상군에게 가서 아뢨다.

맹상군이 미간을 찌푸리며 말한다.

"참 욕심 많은 나그네로구나! 또 무슨 노래를 부르나 잘 들어두었다가 곧 보고하오."

그후부터 풍환은 노래를 부르지 않았다. 풍환이 맹상군 문하에 머무른 지도 어언 1년이 지났다.

어느 날 살림을 맡아보는 사람이 와서 맹상군에게 아뢴다.

"이제 창고엔 한 달 먹을 양식밖에 남지 않았습니다."

이에 맹상군은 설읍 백성들에게 곡식과 돈을 꿔주었던 문서文書를 내보았다. 거두어들여야 할 이자가 많았다.

맹상군이 선비들에게 묻는다.

"누가 이 문서를 가지고 설읍에 가서 이자를 거두어오려오?"

대사의 사감이 앞으로 나아가 맹상군에게 고한다.

"풍환 선생은 특별난 재주는 없어 보이지만 매사에 충실한 것 같습니다. 그는 자청하다시피 해서 상객이 된 사람이니, 이번에 그를 보내어 그 사람됨을 한번 시험해보시는 것이 어떻겠습니까?"

이에 맹상군은 풍환을 불러들여 설읍에 갔다 오도록 했다. 풍환은 승낙하더니 아무 인사도 없이 즉시 수레를 타고 설읍으로 떠났다.

설읍에 당도한 풍환은 곧 공부公府로 가서 높은 자리에 앉아 읍리邑吏들의 절을 받았다. 설읍은 호수戶數가 1만 호戶인 큰 고을이었다. 그러니 맹상군에게 빚을 진 백성들도 많았다.

백성들은 맹상군을 대신해서 상객인 풍환이 이자를 받으러 왔다는 통지를 받고 서둘러 돈을 마련해 공부에 갖다바쳤다. 들어온 돈을 계산해보니 10만 금이었다. 풍환은 그 돈으로 술과 안주를 준비시켰다.

그리고 다음과 같은 공문公文을 거리에 게시했다.

무릇 맹상군의 곡식이나 돈을 꾸어쓴 자는 그 이자를 갚았든 못 갚았든 빠짐없이 내일 부중으로 와서 차용증서借用證書를 보이고 변변찮은 술이나마 한잔씩 마시고 돌아가기 바라노라.

이튿날 아침부터 백성들은 차용증서를 들고 부중으로 몰려들었다. 그 수는 엄청나게 많았다.

풍환은 그들에게 일일이 술과 안주를 권했다. 백성들은 모두 취하도록 마시고 배부르게 먹었다. 풍환은 백성들이 마시고 먹는 동안 그중에서 비교적 부유한 자와 가난한 자를 하나하나 살펴보았다.

술과 음식을 다 먹이고 나자 풍환은 원장부元帳簿와 차용증서를 일일이 대조하며 백성들의 집안 형편을 낱낱이 물었다. 그리하여 당장은 이자를 갚지 못하지만 장차 갚을 수 있는 자에겐 후일 갚도록 연기해주는 날짜를 차용증서에 기입해서 돌려보냈다. 그러고 나니 너무나 가난해서 좀체 갚을 수 없는 자들만 남게 되었다.

가난한 자들이 풍환에게 절하며 애걸한다.

"소인들이 죽기 전에는 어떻게 해서라도 다 갚겠사오니 널리 통촉해주십시오."

풍환이 좌우 읍리들에게 분부한다.

"뜰에다 불을 피워라!"

뜰에서 불이 활활 피어오른다. 풍환은 가난한 자들의 차용증서를 모아 뜰 아래로 내려가 불 속에 모두 던져버렸다. 이에 불길은 더욱 기세 좋게 타올랐다.

풍환이 가난한 백성들을 둘러보고 말한다.

"맹상군께서 너희들에게 돈과 곡식을 꿔주신 것은 이자를 받기 위해서가 아니라, 가난한 너희들의 살림을 위해서 도와주신 것이다. 그럼 왜 이자를 거두어들이는가! 그것은 너희들도 잘 알다시피 맹상군께선 수천 명이나 되는 선비들을 기르고 계시기 때문이다. 식량이 부족해서 너희들로부터 받는 싼 이자로 그 많은 선비들의 의식衣食을 대고 계신 것이다. 그러나 맹상군께선 살림이 넉넉한 자에겐 기일을 연기해주고, 너무 가난해서 갚기 힘든 자의 차용증서만은 불태워버리라고 하셨다. 너희들은 맹상군의 높으신 뜻과 은덕을 잊지 마라. 이곳 설읍 사람들은 참으로 후덕한 주인을 모신 셈이다."

이 말을 듣자 설읍 백성은 모두 땅에 엎드려 무수히 머리를 조아렸다. 그리고 그들은 일제히 환호성을 올리며,

"맹상군은 참으로 우리의 부모父母이십니다!"

하고 감격해 마지않았다.

그러나 설읍의 한 읍리가 즉시 말을 타고 도읍으로 달려가 맹상군에게 이 사실을 밀고密告했다.

맹상군이 잔뜩 화를 낸다.

"풍환이 어째서 제 마음대로 그런 일을 했단 말이냐! 속히 설읍으로 사람을 보내어 즉시 풍환을 소환하여라!"

사람이 설읍으로 간 지 수일 후였다. 풍환이 그 사람과 함께 돌아왔는데, 그는 아무것도 가지고 온 것이 없었다.

맹상군이 천연스레 묻는다.

"먼 길 갔다 오느라고 수고가 많았겠소. 그래, 이자는 다 받아왔소?"

풍환이 대답한다.

"이자는 받아오지 않고 다만 대군을 위해서 큰 덕을 거두어 왔습니다."

그제야 맹상군이 큰소리로 꾸짖는다.

"그대도 알다시피 나는 식객 3,000명의 옷과 음식을 대야 하오. 그래서 설읍에 곡식과 돈을 꿔주고 그 이자로 비용을 보충하는 형편이오. 내 소문에 듣건대 그대는 설읍에 가서 많은 이자를 받았건만 그걸로 술을 사서 백성들과 함께 즐기고, 더구나 그들의 차용증서를 받아 반 이상을 불에 태워버렸다고 하니 그게 웬일이오? 그러고도 큰 덕을 거두어왔다고 하니, 그래 그 큰 덕이란 것이 어

떤 것인지 좀 내놓아보구려!"

풍환이 대답한다.

"대군께선 고정하십시오. 이 몸이 자세한 말씀을 아뢰리이다. 빚을 걸머진 자들이 워낙 많고 보니 술이라도 대접하면서 그들을 살펴보지 않고서는 그 형편을 짐작할 길이 없었습니다. 그래서 비교적 형편이 좀 넉넉한 자에겐 기일을 연기해주었습니다. 그러나 너무 가난해서 도저히 갚을 길이 없는 자를 꾸짖어봐야 무슨 소용이 있겠습니까? 재촉은 엄한데 갚을 길이 없으면 결국 그들은 다른 나라로 달아나고 말 것입니다. 설읍으로 말하면 대군의 선조 때부터 대대로 관리해온 고을입니다. 그리고 그곳 백성들 또한 항상 대군과 함께 기뻐하고 근심할 사람들입니다. 그래서 갚을 길 없는 가난한 사람들의 차용증서는 태워버렸습니다. 설령 태워버리지 않는다 해도 그것은 아무 소용없는 종잇조각에 불과합니다. 이리하여 대군께선 손해를 입었지만 백성을 사랑한 결과가 되었습니다. 어질고도 의로운 대군의 이름은 후세에 길이 빛날 것입니다. 이것이 바로 제가 대군을 위해서 거두어온 덕입니다."

맹상군은 한창 경비에 쪼들리는 실정이라 내심 화가 났으나 이미 차용증서를 태워버렸다는데야 어쩔 도리가 없었다.

이에 맹상군이 애써 부드러운 표정을 지으며 풍환에게 읍한다.

"참으로 옳은 말씀이오."

사신史臣이 시로써 이 일을 읊은 것이 있다.

대접이 소홀하다면서 불평만 노래하던 풍환을 상객으로 삼았더니
그는 백성의 차용증서를 태워버리고 주인의 분노를 샀도다.

맨손으로 인과 의를 거두어 돌아왔으니
비로소 알지라, 칼 짚고 노래하던 풍환의 높은 인품을!
逢迎言利號佳賓
焚券先虞觸主嗔
空手但收仁義返
方知彈鋏有高人

한편, 진秦나라 진소양왕은 맹상군을 놓쳐버린 후로 근심해오다가 속으로 작정했다.

'맹상군은 참으로 비범한 사람이다. 맹상군이 제나라 정승으로 있는 한 우리 진나라는 잠시도 안심할 수 없다. 그는 반드시 우리나라에 보복하려 할 것이다. 내 미리 계책을 써서 맹상군을 없애버리리라.'

이에 진소양왕은 진나라 사람들을 비밀히 제나라로 들여보내어 다음과 같은 요언謠言을 퍼뜨렸다.

맹상군의 명성은 천하에 높네.
모든 나라 사람은 맹상군만 알 뿐이지
제나라 왕을 모르네.
두고 보게, 머지않아 맹상군은 제나라 왕이 될 걸세!
孟嘗君名高天下
天下知有孟嘗君
不知有齊王
不日孟嘗君且代齊矣

이와 동시에 진소양왕은 초나라로 사신을 보냈다.

진나라 사신이 초나라에 가서 초경양왕楚頃襄王을 뵈옵고 아뢴다.

"지난날 육국六國 연합군이 우리 진나라를 치려고 했을 때 제나라만이 출동하지 않았던 일을 기억하십니까? 또 초왕이 육국 종약從約의 장長이 되려고 했을 때도 제나라 맹상군이 반대했기 때문에 결국 완전히 단결하지 못했던 일도 있지 않습니까. 더구나 지난날 초회왕께서 우리 진나라에 와 계셨을 때, 우리 임금께선 초회왕楚懷王을 초나라로 돌려보내실 작정이었습니다. 그런데 그때 제나라 맹상군이 사람을 보내어 우리 임금께 초회왕을 돌려보내지 말도록 권했던 것입니다. 뿐만 아니라 간악무도한 맹상군은 초나라 세자를 볼모로 제나라에 잡아두고 우리 진나라 임금으로 하여금 초회왕을 죽이게 했던 것입니다. 그러면서 맹상군은 볼모로 잡아둔 초나라 세자를 미끼로 초나라에 부단히 토지를 요구했습니다. 그래서 초나라 세자는 오랫동안 제나라에 잡혀 있었고, 마침내 초회왕은 진나라에서 세상을 떠나셨으니 우리 진나라 임금께서 귀국貴國에 큰 죄를 짓게 된 것도 다 제나라 맹상군 때문이었습니다. 그후 우리 진나라 임금께선 지난날의 죄를 씻고자 그런 사태를 초래하게 한 장본인인 맹상군을 잡아죽이려고 진나라로 유인誘引했습니다. 이리하여 지난번에 맹상군이 우리 진나라에 왔던 것입니다. 그러나 워낙 간특한 맹상군은 자기 목숨이 위태롭다는 사실을 곧 눈치채고서 몰래 달아나 제나라로 돌아가버렸습니다. 지금 맹상군은 다시 제나라 정승이 되어 전권을 잡고 있는 실정입니다. 그리고 그는 제나라 왕위王位를 노리는 동시에 우리 진나라를 치려고 만반의 준비를 서두르는 중입니다. 사태가 이러하니 대왕께서도 장차 정신을 차리셔야 합니다. 지금 우리 진나라 임금께선 귀국에 저지른 지난날의 잘못을 후회하시어 장차 따님을 대왕께 출가시키는 한편 초·진 두 나라가 새로이 우호 동맹을 맺고, 앞으로 함께 제나라 맹상군의 횡포에 대비하실 작정이십니다. 바라건대 대왕께서는 천하대세를 살피시고 우리 진나라의 청을 허락하소서!"

마침내 초경양왕은 그 사신의 말에 혹해서 아버지 초회왕의 원수를 갚을 생각은 하지 않고 도리어 진나라와 우호를 맺었다. 이리하여 초경양왕은 진소양왕의 딸을 부인으로 맞이했다.

그리고 초경양왕도 제나라로 많은 사람들을 잠입潛入시켜, '지금 맹상군이 제나라 왕위를 노린다' 는 유언비어를 퍼뜨렸다.

어느덧 제나라에선 맹상군이 왕위를 노린다는 유언비어와 요언이 나돌기 시작했다. 마침내 제나라 제민왕은 그 유언비어와 요언을 믿게 되었다.

제민왕은 즉시 맹상군으로부터 정승의 인印을 거두어들였다. 그리고 설읍으로 맹상군을 추방하도록 분부했다. 참으로 인정세태人情世態는 예나 지금이나 마찬가지였다.

맹상군이 하루아침에 정승 자리에서 몰려나 설읍으로 가게 되자, 지금까지 문하에서 보호를 받아온 빈객賓客 3,000명은 모두 뿔뿔이 떠나버렸다.

그러나 풍환만은 떠나지 않고 맹상군 곁에 남았다. 풍환은 맹상군이 탄 수레를 몰고 제나라 도읍 임치성臨淄城을 떠나 설읍으로 향했다.

맹상군이 탄 수레가 설읍 가까이에 이르렀을 때였다. 설읍 백성들은 노인을 부축하고 어린것의 손목을 끌고 모두 나와 맹상군에게 술과 음식을 바치고 문안을 드렸다.

맹상군이 풍환을 돌아보고 말한다.

"내가 설읍 백성들에게 이렇듯 환대를 받을 줄은 몰랐소. 이게 다 선생이 전날 이 몸을 위해 차용증서를 불태워버리고 그들에게 많은 덕을 베푼 덕택이오."

풍환이 그 말엔 대답하지 않고 아뢴다.

"대군께 한 가지 청이 있습니다. 저에게 수레 한 대만 내주십시오. 그러면 이 몸은 반드시 대군을 전보다 더 높은 권세와 지위에 올려 모시겠습니다."

맹상군이 허락한다.

"나는 오직 선생이 시키는 대로 하겠소."

수일 후, 맹상군이 풍환에게 좋은 말이 이끄는 수레 한 대와 약간의 황금을 내주며 묻는다.

"선생의 청대로 수레를 준비했소. 장차 선생은 어디로 가려오?"

"일이 성공하면 자연 아시게 될 터이니 이 몸이 가는 곳을 묻지 마십시오."

그날로 풍환은 수레를 타고 설읍을 떠나 서쪽 진秦나라로 향했다. 진나라 도읍 함양에 당도한 풍환은 궁으로 들어가서 진소양왕을 뵈었다.

풍환이 진소양왕에게 아뢴다.

"오늘날 진나라에 오는 선비들은 모두 어떻게 하면 진나라를 강하게 하고 제나라를 약하게 할 수 있느냐에 대해서 대왕께 진언進言할 것입니다. 또 제나라로 모여드는 선비들은 다 어떻게 하면 제나라를 강하게 하고 진나라를 약하게 할 수 있느냐를 제나라 왕에게 진언할 것입니다. 지금 진나라와 제나라는 서로 공존할 수 없는 천하 강대국입니다. 곧 두 나라 중에서 이기는 나라가 천하를 차지할 것입니다."

진소양왕이 귀가 솔깃해져서 풍환에게 흔연히 청한다.

"선생은 우리 진나라가 천하를 차지할 수 있는 좋은 계책이 있거든 가르쳐주오."

풍환이 묻는다.

"대왕께선 제나라 맹상군이 추방당한 사실을 아시는지요?"

진소양왕이 능청스레 대답한다.

"과인도 그런 소문을 듣긴 했소만 잘 믿어지지가 않았소."

풍환이 정중히 아뢴다.

"천하 모든 나라가 제나라를 중요시하는 이유는 제나라에 어진 맹상군이 있기 때문이었습니다. 그런데 이번에 제왕齊王은 유언비어와 요언을 그대로 믿고서 맹상군의 정승 자리를 뺏고, 오늘날까지의 공로를 죄로 몰아 추방했습니다. 지금 맹상군은 제왕을 깊이 원망하고 있을 것이 분명합니다. 대왕께선 이 기회를 놓치지 말고 사람을 보내어 맹상군을 진나라로 데려오십시오. 대왕께선 맹상군을 등용해야만 가히 제나라를 제압할 수 있습니다. 맹상군은 누구보다도 제나라 실정을 잘 아는 사람이 아닙니까? 이 기회를 잃지 말고 그를 이용하는 것만이 진나라가 천하를 차지할 수 있는 길입니다. 그러니 속히 제나라 설읍으로 많은 예물을 보내어 맹상군을 비밀히 모셔오도록 분부하십시오. 기회를 놓치면 안 됩니다. 그동안에라도 제왕이 후회하고 다시 맹상군을 불러올려 전처럼 나랏일을 맡길지도 모릅니다. 그렇게 되면 제나라와 진나라 중에서 어느 쪽이 천하를 차지하게 될지 모릅니다."

이때는 지난날에 맹상군을 시기하던 진나라 승상 저이질樗里疾도 죽고 없어서 반대하는 신하가 없었다. 그렇지 않아도 진소양왕은 어진 승상을 두고 싫어하던 참이라 풍환의 말을 듣자 반색을 했다.

이에 진소양왕이 사자에게 분부한다.

"좋은 수레 10승에다 황금 100일을 가지고 제나라 설읍으로 가되, 승상에 대한 예로써 맹상군을 모셔오너라!"

풍환이 아뢴다.

"청컨대 신이 먼저 설읍으로 돌아가서 맹상군에게 이 일을 아뢰고 떠날 준비를 시키겠습니다. 그러니 수일 후에 수레를 보내십시오."

그리하여 풍환은 급히 수레를 달려 제나라로 돌아갔다. 그러나 풍환은 제나라 땅에 들어서자, 설읍 땅으로 가지 않고 도읍인 임치성으로 수레를 몰았다. 임치성에 당도한 풍환은 즉시 궁에 가서 제민왕을 뵈었다.

풍환이 제민왕에게 아뢴다.

"지금 우리 제나라와 진나라는 천하를 두고 서로 다투는 중입니다. 이럴 때는 훌륭한 인물을 등용하는 나라가 이기는 법입니다. 우리 제나라가 훌륭한 인물을 얻지 못하면 천하는 진나라 것이 되고 맙니다. 이번에 신이 오다가 도중에서 소문을 들었습니다. 어느새 진秦나라 왕이 우리 나라가 맹상군을 추방한 사실을 알고 그를 진나라로 데려가려고 좋은 수레 10승과 황금 100일을 설읍으로 보낸다는 것입니다. 만일 맹상군이 진나라에 가서 정승이 된다면 우리 나라는 큰일입니다. 맹상군은 우리 제나라를 위해서 힘을 쓰던 실력을 앞으론 진나라를 위해 쓸 것입니다. 진나라가 강성해지면 우리 제나라가 위태롭습니다."

제민왕이 당황한 표정으로 묻는다.

"그렇다면 이 일을 어찌해야 좋겠소?"

풍환이 천연스레 대답한다.

"머지 않아 진나라 사자가 올지 모릅니다. 대왕께선 진나라 사자가 설읍에 당도하기 전에 먼저 맹상군을 불러올려 다시 정승으로 삼으십시오. 그리고 맹상군에게 더욱 많은 땅을 하사하십시오. 그러면 맹상군이 사양할 리 없습니다. 진나라 사자가 제아무리 강하다 할지라도 대왕의 허락 없이 어찌 남의 나라 정승을 마음대로 데려갈 수 있겠습니까?"

제민왕이 머리를 끄덕인다.

"그 말이 대단히 좋소."

제민왕은 그렇게 승낙했으나 속으로는 풍환의 말을 깊이 믿지 않았다.

제민왕이 신하 한 사람을 국경 지대로 보내면서 분부한다.

"참으로 진나라 사자가 맹상군을 데리러 오는지 알아보고 즉시 보고하여라."

그 신하가 국경 지대에 당도한 지 수일 후였다. 과연 진나라 쪽에서 좋은 수레들이 온다는 보고가 들어왔다.

이에 그 신하는 급히 말을 타고 밤낮없이 달려 임치성에 가서 제민왕에게 이 사실을 보고했다.

제민왕이 곧 풍환을 불러들여 분부한다.

"그대는 시각을 지체 말고 속히 설읍에 가서 정승에 대한 예로써 맹상군을 데려오오! 그리고 맹상군에게 1,000호의 고을〔邑〕을 더 봉한다는 과인의 전지傳旨도 전하오!"

풍환은 즉시 설읍으로 달려갔다. 이리하여 맹상군은 다시 제나라 정승이 되었다.

한편, 진나라 사자는 그후에야 설읍에 당도하여 맹상군을 찾아갔다.

읍리邑吏가 진나라 사자에게 말한다.

"맹상군은 수일 전에 다시 정승에 복위되어 도성으로 돌아가셨습니다."

결국 진나라 사자는 허탕만 치고 수레를 돌려 돌아갔다.

맹상군이 다시 정승이 되자 지난날 뿔뿔이 떠났던 선비들도 다시 모여들었다.

맹상군이 풍환에게 말한다.

"나는 일찍이 한번도 문객들을 허술히 대접한 일이 없었소. 그런데 전날 내가 정승 자리에서 물러나자, 그들은 모두 내 곁을 떠나버렸소. 이제 선생의 힘으로 나는 다시 정승이 되었소. 그런데 저 선비들은 무슨 면목으로 돌아왔는지 모르겠구려?"

풍환이 대답한다.

"대저 영榮 · 욕辱 · 성盛 · 쇠衰란 것은 만물의 이치입니다. 대군께선 이 큰 도성을 보십시오. 조금이라도 이익이 있으면 모든 사람은 어깨를 부딪치며 다투어 성문 안으로 들어옵니다. 그러나 해가 지고 밤이 되면 이 큰 도성도 무변광야無邊曠野처럼 쓸쓸해집니다. 곧 모든 사람은 그들이 구하는 바가 없기 때문에 나타나지 않는 것입니다. 대저 사람이 부귀영화하면 아는 사람이 많아지고, 가난하고 천해지면 찾아오는 친구도 없어집니다. 그러하거늘 대군께선 무엇을 탄식하십니까?"

맹상군이 일어나서 풍환에게 두 번 절한다.

"선생의 말씀을 명심하겠소."

맹상군은 전처럼 다시 모든 선비를 받아들였다.

이때 위나라 위소왕魏昭王은 한나라 한이왕韓釐王과 함께 주 천자의 명령을 받고 진秦나라를 쳤다.

진나라 장수 백기白起는 군사를 거느리고 위·한 연합군을 맞이하여 이궐伊闕 땅에서 크게 싸웠다. 이 싸움에서 진나라 군사는 승리하여 적병敵兵 24만 명의 목을 끊고 한나라 장수 공손희公孫喜를 사로잡았다. 진나라 장수 백기는 더 나아가 무수武遂 땅 300리를 점령했고, 달아나는 적을 뒤쫓아 위나라로 쳐들어가서 마침내 하동河東 땅 400리를 빼앗았다.

진소양왕은 싸움에 이겼다는 보고를 받고 기쁨에 취했다.

진소양왕이 생각한다.

'오늘날 천하 일곱 나라는 다 왕이라 자칭하고 있다. 그러니 나의 존재도 별로 다를 바가 없구나. 장차 내가 제왕帝王이라고 자칭하면 어떨까? 그러면 모든 나라 왕보다는 나의 존재가 뚜렷해지겠지! 그러나 나 혼자만 제왕이라고 칭하기엔 좀 우습지 않을까?'

진소양왕은 여러모로 생각한 끝에 신하 한 사람을 제나라로 보냈다.

사신이 제나라에 가서 제민왕에게 진소양왕의 말을 전한다.

"오늘날 모든 나라가 서로 왕이라 자칭하고 있으니 장차 천하가 누구의 것이 될지 모르겠습니다. 그러므로 과인은 지금부터 서제西帝라 일컫고 서방西方의 주인이 되겠습니다. 그러니 제왕齊王께서는 지금부터 동제東帝라 일컫고 동방東方의 주인이 되십시오. 이리하여 우리 진나라와 제나라가 천하를 똑같이 나누어 차지하면 어떻겠습니까?"

제민왕은 진나라 사자로부터 진소양왕의 뜻을 전해듣고 어찌해야 좋을지 판단이 서지 않았다. 그래서 정승 맹상군을 불러 이 일을 상의했다.

맹상군이 아뢴다.

"진나라는 스스로 강한 것만 믿고 갖은 횡포를 다 부리고 있습니다. 그래서 천하 모든 나라가 다 진나라를 미워하는 실정입니다. 대왕께서는 진나라를 따르지 마십시오."

이에 제민왕은 완곡한 말로 거절의 뜻을 밝히고 진나라 사자를 돌려보냈다.

그후 한 달쯤 지나서였다.

진나라에서 다시 사자가 왔다. 이번엔 서로 군사를 연합하여 조나라를 치자는 것이었다.

제민왕은 '좀 생각해봐야겠다' 하고 진나라 사자를 공관에 나가서 쉬게 했다. 이때 마침 연燕나라에서 소대蘇代가 제나라로 왔다.

제민왕이 소대를 반가이 영접한 후 묻는다.

"얼마 전에 진나라가 과인에게 서로 제왕帝王의 칭호를 쓰자고 제의해왔는데 어찌하면 좋겠소?"

소대가 대답한다.

"진나라가 다른 나라에는 그런 제의를 하지 않고 오직 대왕께만 말했다는 것은 제나라를 존경하기 때문입니다. 그러니 거절하면 진나라의 호의를 무시하는 것이 되고, 그대로 받아들이면 모든 나라로부터 미움을 사게 됩니다. 참 난처한 일입니다. 그러나 단 한 가지 방법이 있습니다. 대왕께선 진나라의 청을 받아들이되 제왕이란 칭호를 쓰지는 마십시오. 그리고 진나라가 혼자서 제왕이라고 자칭하는 걸 구경만 하십시오. 그리하여 과연 서방西方의 모든 나라가 진나라를 제왕으로 모시고 복종하거든 그때에 대왕께서도 동방東方의 제왕으로 행세하십시오. 이와 반대로 모든 나라가 제왕으로 자칭하는 진나라를 미워하거든 그때엔 대왕께서 그 모든 나라를 거느리고 진나라를 치십시오. 이런 일이란 미리 서두르면 안 됩니다."

제민왕이 흔연히 머리를 끄덕인다.

"선생의 높은 가르침을 받으니 가슴이 후련하오. 그건 그렇다 치고, 이번에 진나라가 또 과인에게 사신을 보내어 함께 군사를 일으켜 조나라를 치자고 청하니 이 일은 어찌해야 좋겠소?"

소대가 대답한다.

"자고로 대의명분 없이 군사를 일으켜 성공한 예는 없습니다. 죄 없는 조나라를 쳐서 설령 이긴다고 해보십시오. 그러나 땅을 얻는다 해도 그 땅은 조나라와 가까운 진나라 것이 되면 됐지 제나라 것이 될 수 없습니다. 그러니 아무 이익도 없을 바에야 군사를 일으키지 마십시오. 대왕께서 죄 없는 조나라를 칠 생각이시거든 차라리 저 무도한 송宋나라를 치십시오. 지금 천하는 송나라 왕을 옛 폭군이었던 걸왕桀王과 비교하고 있는 실정입니다. 더욱이 조나라보다도 송나라를 쳐야만 우선 그 땅을 차지할 수 있고, 그 백성을 부릴 수 있으며, 포학무도한 자를 쳤다는 대의명분도 내세울 수 있습니다."

제민왕은 소대의 말을 듣고 연방 고개를 끄덕였다. 그래서 제왕의 칭호를 받기만 하고 행세는 하지 않기로 작정했다.

제민왕은 진나라 사신을 잘 대접한 후에,

"지금 우리 나라가 군사를 일으킬 만한 형편이 못 되오."

하고 함께 조나라를 칠 수 없다는 뜻을 완곡히 밝혔다.

그후 진나라 진소양왕은 제나라 제민왕이 함께 제왕의 칭호를 쓰자는 데 동의했다는 말에 신명이 나서 즉시 제왕이라 자칭했다.

그러나 진소양왕은 나중에야 제나라 제민왕이 여전히 왕으로 자처할 뿐 제왕으로는 행세하지 않고 있다는 사실을 알았다.

진소양왕은 혼자서 제왕으로 행세하는 것이 쑥스러워져서 두 달 만에 그 칭호를 집어치우고 역시 왕으로 자처했다.

이제 오랜만에 송나라로 이야기를 돌려야겠다.

이때 송나라 송강왕宋康王 언偃은 송벽공宋辟公 벽병辟兵의 아들이며, 공자 척성剔成의 동생이었다.

지난날 그 어머니가 꿈을 꾸었다. 꿈에 서나라 서언왕徐偃王이 와서,

"그대의 몸을 빌려 다시 인간 세상에 태어나려고 왔소."

하고 말했다.

그후 열 달 만에 태어난 아기가 바로 송강왕 언이다. 서언왕의 환생幻生이라 해서 이름을 언이라고 했다.

언은 나면서부터 용모가 특출했는데 장성하자 키가 9척 4촌이고, 얼굴 넓이만도 1척 3촌이었다. 눈은 큰 별처럼 빛나고, 힘은 쇠로 만든 갈고리〔鉤〕도 오므리고 펼 정도였다.

주현왕周顯王 41년 때에 마침내 언은 형님인 공자 척성을 몰아내고 왕위에 올라 송강왕이 되었다.

송강왕이 왕위에 오른 지 11년째 되던 해였다. 송나라 백성 한 사람이 참새 둥지를 뒤져 새알 하나를 집어냈다. 그런데 나중에 그 참새알 속에서 참새가 아니라 새끼 새매〔鸇〕 한 마리가 나왔다. 그 백성은 이상한 일이라 여겨 송강왕에게 그 새매를 바쳤다.

송강왕은 태사太史를 불러,

"참새알 속에서 새매가 나왔으니 이 무슨 징조인지 점을 한번

쳐보오."
하고 분부했다.

태사가 점괘를 뽑아보고서 아뢴다.

"조그만 참새알에서 새매가 나왔으니 이는 장차 약한 것이 강하게 될 징조입니다."

이 말을 듣고 송강왕은 큰 기대를 건다.

"우리 송나라는 지금 너무나 약하다. 과인이 이 나라를 융성히 일으키지 않는다면 누가 일으키리오!"

그후로 송강왕은 국내의 장정들을 뽑고 친히 훈련을 시켜 10만 대군을 양성했다. 그런 후에 송강왕은 10만 대군을 거느리고 동쪽으로 제나라를 쳐서 다섯 성을 빼앗고, 남쪽으로 초나라를 쳐서 300여 리의 영토를 넓혔고, 서쪽으로 위나라를 쳐서 성 두 곳을 빼앗고, 등滕나라를 무찔러 아주 없애버리고 그 땅을 다 차지했다. 참으로 송강왕의 활약은 눈부셨다.

이에 송강왕은 진秦나라로 사신을 보내어 우호를 맺었다. 그러자 진나라도 송나라로 사신을 보내어 더욱 친선했다.

이때부터 송나라는 다시 강대국으로 행세했다. 송강왕은 스스로를 천하에 짝이 없는 영웅으로 자처하고 패업을 성취하려고 조급히 서둘렀다.

송강왕이 모든 신하에게 분부한다.

"이제 과인이 조회에 나오거든 모두 만세萬歲를 부르오!"

그후로 아침마다 조당朝堂에선 송강왕을 향한 만세 소리가 우렁차게 일어났다. 그 소리가 일단 잦아들면 다음엔 당하堂下에서 만세 소리가 일어났고, 그 다음엔 조문朝門 밖에 있는 시위侍衛들이 만세를 불렀다. 날마다 만세 소리는 송나라 도성을 뒤흔들었다.

그뿐만이 아니었다. 송강왕은 심심하면 가죽 주머니에 소 피〔牛血〕를 잔뜩 넣어 높은 장대 위에 걸게 했다. 그러고는 활로 그 가죽 주머니를 쏘는 것이었다. 화살에 맞은 가죽 주머니에선 시뻘건 소 피가 푸른 하늘에서 샘솟듯 쏟아져내렸다.

송강왕이 시위하는 장수에게 분부한다.

"그대는 시정에 나가서 백성들에게, '우리 대왕께선 활로 하늘을 쏘아 드디어 승리하셨다' 고 전하여라."

송강왕이 이런 수작을 부리는 이유는 백성들을 위협하는 동시에 백성들로부터 존경을 받아야겠다는 데에 있었다.

또 송강왕은 술 잘 마시는 신하들을 모아놓고 밤새도록 함께 술을 마시기도 했다. 그러나 송강왕이 높이 앉아 쉬지 않고 마시는 것은 술이 아니라 꿀물이었다. 그러나 모든 신하는 그 사실을 모르고서 송강왕에게 지지 않으려고 연거푸 술을 마셨다. 결과는 뻔한 일이었다. 모든 신하는 대취해서 꼬꾸라지고 말았지만, 송강왕은 조금도 취한 기색이 없었다. 여러 번 그 짓을 하는 동안에 신하들도 송강왕이 술 대신 꿀물을 마신다는 걸 알았다. 그래도 아첨하는 자가 없지 않았다.

그중에 한 신하가 말한다.

"대왕의 주량酒量은 바다와 같습니다. 천석千石(1石은 1섬, 곧 10말)을 마셔도 취하지 않으시니 대왕께선 비범하십니다."

또한 송강왕은 부인을 여럿 두고 음탕한 짓을 했다. 그는 하룻밤에도 수십 명의 여자와 교정交情했다. 그러고는 그 여자들을 시켜 다음과 같은 소문을 퍼뜨리게 했다.

"우리 대왕은 정력이 절륜하시오. 밤마다 수백 명의 여자와 관계하시건만 조금도 피로를 느끼지 않으신다오."

이렇듯 송강왕은 자기를 초인적인 인간으로 보이기 위해서 실은 모든 사람을 속이고 있었다.

어느 날 송강왕은 봉부封父의 터로 놀러 나갔다가 우연히 뽕밭에서 뽕잎을 따는 한 부인을 보았다. 그 부인은 자색이 매우 아름다웠다. 송강왕은 근처에 청릉대靑陵臺라는 대를 쌓고 날마다 그 위에 올라가서 그 부인이 뽕 따러 다니는 모습을 바라보았다. 송강왕이 사람을 시켜 그 부인이 어느 집 사람인가를 알아본즉, 사인舍人(고급 관리의 집안일을 돌보는 사람) 한빙韓馮이란 자의 아내 식씨息氏였다.

송강왕이 분부한다.

"그 한빙이란 자에게 가서 과인에게 아내를 바치라고 일러라."

궁에서 나온 사람으로부터 이 말을 들은 한빙은 기가 막혔다.

한빙이 아내인 식씨에게 묻는다.

"그대를 바치라는 왕의 기별이 왔소. 그대는 갈 생각인지?"

식씨는 대답 대신 시 한 수를 지어 남편에게 보였다.

> 남쪽 산에 새가 있는데
> 북쪽 산에 그물을 쳤도다.
> 그러나 새가 높이 나니
> 그물인들 무슨 소용이 있으리오!
> 南山有鳥
> 北山張羅
> 鳥自高飛
> 羅當奈何

그러나 송강왕은 식씨를 단념하기는커녕,

"흠, 그렇다면 식씨를 잡아오너라!"

하고 한 무사에게 분부했다. 그 무사는 곧 한빙의 집으로 달려가서 식씨를 잡아갔다. 한빙은 자기 아내가 무사에게 붙들려가는 걸 보고서 분을 참지 못했다. 이날 한빙은 마침내 칼로 목을 찌르고 자살했다.

한편 송강왕은 무사에게 잡혀온 식씨를 데리고 청릉대로 올라갔다.

송강왕이 식씨에게 말한다.

"나는 송나라 왕으로 사람에게 부귀를 줄 수 있으며, 사람을 살리고 죽일 수도 있다. 더구나 너의 서방은 이미 죽었다. 장차 그대는 돌아가려고 해야 돌아갈 곳이 없다. 만일 과인을 섬긴다면 그대를 왕후로 삼으리라."

식씨가 대답은 하지 않고 종이에다 시 한 수를 써서 보인다.

> 나는 새도 암컷과 수컷이 있어
> 봉황을 따르지는 않습니다.
> 첩은 보통 백성이지만
> 송나라 왕이라고 좋아하진 않습니다.
> 鳥有雌雄
> 不逐鳳凰
> 妾是庶人
> 不樂宋王

송강왕이 그 시를 읽고 잔인한 미소를 띠면서 위협한다.

"정 그렇다면 과인은 너를 그냥 둘 수 없다."

식씨가 조용히 대답한다.

"왕께서 생각이 정 그러시다면, 첩은 새로 목욕하고 옷을 갈아입고서 죽은 남편의 영혼에게 작별을 고한 후에 대왕을 모시겠습니다."

송강왕이 묘한 미소를 짓는다.

"그럼 그대는 곧 목욕을 하고 과인의 침실로 들도록 하여라."

식씨는 욕실에 가서 목욕을 한 후 깨끗한 옷으로 갈아입고 나왔다. 그러고서 아득한 하늘을 향해 두 번 절하더니 갑자기 청릉대 밑으로 몸을 던졌다. 당황한 송강왕은 허둥지둥 대 아래로 내려갔으나 식씨는 이미 죽어 있었다. 다만 식씨의 치마끈에 조그만 쪽지가 매여 있었다.

그 쪽지에 하였으되,

왕께 마지막 소원을 아뢰나니, 이 몸을 남편과 함께 묻어주십시오. 그렇게 해주신다면 비록 저 세상에 있을지라도 왕의 큰 덕을 잊지 않겠습니다.

송강왕이 발끈하여 분부한다.

"참으로 앙큼한 년이다! 이년을 제 서방놈과 함께 묻지 말고 서로 바라만 볼 수 있도록 동쪽과 서쪽에 각각 묻어라."

이리하여 동쪽과 서쪽에 한빙과 식씨의 시체를 묻은 지 사흘이 지났다. 송강왕은 궁으로 돌아갔다.

이튿날이었다.

하룻밤 사이에 두 무덤 곁에 결이 고운 가래나무가 한 그루씩

생겨났다. 10여 일이 지나자 두 가래나무는 똑같이 3장丈 가량씩 자라나 마치 남녀가 끌어안듯이 서로 가지를 뻗고 뒤엉켰다.

그리고 어디서 왔는지 원앙새 한 쌍이 그 가지 위를 날아다니기도 하고, 내려앉아서 서로 목을 비비며 슬피 울기도 했다.

동네 사람들은 이를 보고서 모두 가엾게 생각했다.

"저것 보게! 저것은 바로 한빙 부부의 원혼일걸세!"

동네 사람들은 두 나무를 상사수相思樹라고 했다.

염선이 시로써 이 일을 탄식한 것이 있다.

> 상사수 위의 두 원앙새를 보니
> 영원한 사랑의 넋이란 참으로 눈물겹네.
> 권력만 있으면 뭐든지 마음대로 할 수 있다고 생각지 마라
> 왕도 식씨의 뜻만은 뺏지 못했네.
> 相思樹上兩鴛鴦
> 千古情魂事可傷
> 莫道威强能奪志
> 婦人執性抗君王

그후에도 송강왕은 갖가지 포학한 짓을 많이 했다. 신하들은 누차 송강왕에게 간했다. 이에 송강왕은 넌더리가 나서 활과 화살을 곁에 놓아두고 무릇 간하는 신하가 있으면 그 자리에서 쏘아죽였다.

어느 날 경성景成, 대오戴烏, 공자 발勃이 함께 궁에 들어가서 송강왕에게 간했다. 송강왕은 노기를 부리며 즉시 활로 그 세 사람을 모두 쏘아죽였다.

그런 끔찍한 일이 있은 뒤로 송나라 신하들은 아무도 송강왕에

게 간하려 하지 않았다. 모든 나라 왕들은 송강왕을 옛 폭군 걸왕과 같다고 해서 걸송桀宋이라고 불렀다.

한편, 제나라 제민왕齊湣王은 소대蘇代의 계책을 쓰기로 작정하고 초楚나라와 위魏나라로 사신을 보냈다.

제나라 사신은 각기 위나라와 초나라에 가서 제민왕의 말을 전했다.

"우리 제나라는 포학무도한 송나라를 칠 작정입니다. 귀국도 군사를 일으켜 우리와 함께 송나라를 쳐주십시오. 그리고 송나라를 셋으로 나누어 각기 나누어 갖도록 합시다."

이에 초나라와 위나라가 다 쾌히 응낙하고 제나라와 함께 군사를 일으켜 일제히 송나라로 쳐들어갔다.

그때 진나라 진소양왕秦昭襄王은 삼국三國이 송나라를 친다는 보고를 듣고 노발대발했다.

"송은 요즈음에 우리 진나라와 우호친선友好親善을 맺어온 나라다. 한데 하필 제나라가 송나라를 친다 하니 과인은 반드시 송나라를 구원하리라."

한편 제나라 제민왕이 이 소문을 듣고 소대를 불러 상의한다.

"진나라가 장차 송나라를 돕겠다고 하니 이 일을 어찌하면 좋겠소?"

소대가 아뢴다.

"신이 어떻게 해서든지 서쪽 진나라 군사가 출동하지 못하도록 하겠습니다. 그리하여 대왕께서 송나라를 쳐서 완전히 성공하시도록 전력을 기울이겠습니다."

이에 소대는 제나라를 떠나 진나라로 갔다.

소대가 진나라에 당도한 즉시 궁에 가서 진소양왕을 뵈옵고 아뢴다.

"제나라가 송나라를 치고 있습니다. 신은 대왕께 이 일을 축하드리려고 왔습니다."

이 말에 얼떨떨해진 진소양왕이 소대에게 묻는다.

"제나라가 송나라를 치는데 선생은 어째서 과인을 축하하오?"

소대가 대답한다.

"제왕齊王의 횡포는 송왕宋王과 조금도 다름이 없습니다. 이제 제나라가 초나라와 위나라를 꾀어 함께 송나라를 치고 있습니다만, 만일 성공하는 날이면 제나라는 반드시 초나라와 위나라를 배반하고 송나라 땅을 혼자서 독차지할 것입니다. 초나라와 위나라가 간악한 제나라에 속은 사실을 알기만 하면 이를 갈며 대왕께 와서 진나라를 섬기겠다고 자청할 것입니다. 진나라가 송나라를 미끼로 제나라를 낚아올릴 때는 바로 지금입니다. 그러니 장차 대왕께선 가만히 앉아서 초 · 위 두 나라를 거느리게 되었습니다. 진나라를 위해서 이 이상 유리한 일이 어디 있겠습니까? 일이 이러하니 신이 어찌 대왕께 축하드리지 않을 수 있습니까."

진소양왕이 한참 만에 묻는다.

"만약 과인이 송나라를 돕는다면 어찌 되겠소?"

소대가 강력히 대답한다.

"지금 천하 모든 나라가 송왕의 횡포에 격분하여 송나라가 망하기를 바라고 있습니다. 그런데 진나라만 홀로 송나라를 돕는다면 천하의 분노는 곧 진나라로 옮겨질 것입니다. 대왕께선 무엇 때문에 극악무도한 송나라를 위해서 천하 인심을 잃으려 하십니까?"

소대의 말 한마디에 진소양왕은 큰 충격을 받아 마침내 송나라를 돕지 않기로 결심했다.

한편, 제나라 군사는 이미 송나라 경내境內로 들어갔다. 초나라와 위나라 군사도 잇따라 당도했다.

제나라 장수 한섭韓聶과 초나라 장수 당매唐昧와 위나라 장수 망묘芒卯는 한곳에 모여 앞으로 송성宋城 칠 일을 상의했다.

초나라 장수 당매가 말한다.

"송왕은 원래 욕심이 많고 교만한 사람입니다. 그러니 우리 군사가 미약한 듯이 꾸미고서 송왕을 유인해냅시다."

위나라 장수 망묘 또한 의견을 말한다.

"송왕은 음탕하고 난폭한 사람이기 때문에 모든 민심을 잃고 있습니다. 더구나 우리 삼국은 지난날 송나라에 군사를 잃고 땅까지 빼앗긴 일이 있습니다. 그러니 격문檄文을 돌려 송왕의 죄악을 널리 선포하고, 지난날 송나라에 빼앗긴 우리 세 나라 땅의 백성들에게도 전부 들고일어나도록 촉구합시다. 그러면 송나라 모든 백성도 송왕을 반대하고 일어날 것입니다."

제나라 장수 한섭이 머리를 끄덕이며 대답한다.

"두 분 말씀이 다 지당하오. 그럼 우선 격문부터 만듭시다."

이에 세 장수는 송강왕의 열 가지 큰 죄를 들어 격문을 지었다.

그 열 가지 큰 죄란 다음과 같았다.

첫째, 걸송桀宋은 자기 형을 추방하고 임금 자리를 빼앗았다. 그러므로 그가 송나라를 차지한 것은 부정不正이다.

둘째, 걸송은 등滕나라를 무찔러 멸망시키고 그 땅을 독차지했다. 곧 힘만 믿고서 약한 자를 업신여겼다.

셋째, 걸송은 다른 나라를 공격하고 항상 싸우기를 좋아한다. 그래서 그는 누차 대국大國을 침범했다.

넷째, 걸송은 가죽 주머니에 소 피를 담아 높이 매달아놓고 하늘을 향해 활을 쏘았다. 그러니 그는 상제上帝에게 죄를 지은 자이다.

다섯째, 걸송은 밤마다 술만 마시고 백성은 전혀 돌보지 않았다.

여섯째, 걸송은 백성의 아내를 빼앗았다. 그러니 음탕하고 염치없는 자다.

일곱째, 걸송은 간諫하는 신하를 죽여 모든 충신과 어진 사람의 입을 봉했다.

여덟째, 걸송은 함부로 왕이라 일컫고 스스로 위대하다는 망상에 사로잡혔다.

아홉째, 걸송은 진秦나라에 아첨함으로써 다른 모든 나라의 원한을 샀다.

열째, 걸송은 천지신명天地神明을 모욕하고 백성을 학대했으며 전혀 임금의 도리를 지키지 않았다.

이 열 가지 죄목을 열거한 격문이 전해지는 곳마다 민심은 요동쳤다. 더구나 지난날 삼국이 잃었던 땅에 살고 있는 백성들은 원래부터 송나라를 싫어했던 만큼 일제히 난을 일으켜 송나라 관리를 모조리 몰아내고 성을 차지하는 한편 각기 자기 나라 군대가 오기를 기다렸다.

제 · 초 · 위 연합군은 가는 곳마다 승리를 거두어 급기야 송나라 도읍 수양성睢陽城으로 육박해 들어갔다.

한편, 송강왕은 군사를 사열하고 친히 중군中軍을 거느리고 나와서 수양성 10리 밖에다 영채를 세웠다.

이에 제나라 장수 한섭은 부하 장수 여구검閭丘儉에게 군사 5,000명을 주어 나가서 싸움을 걸게 했다. 그런데 여구검이 암만 싸움을 걸어도 송나라 군사는 나오지 않았다.

여구검이 특별히 목소리 큰 군사 5명을 뽑아 하령한다.

"너희들은 소거轈車에 올라가서 송군宋軍의 영채를 굽어보고 함께 격문을 읽어라."

그 군사들이 소거 위에 올라가서 송강왕을 꾸짖는 열 가지 죄목을 읽어내린다.

송강왕은 그 격문을 듣고 격노했다.

"장수 노만盧曼은 속히 나가서 제나라 군사를 무찔러라!"

제나라 장수 여구검은 송나라 장수 노만을 맞이해서 수합을 싸우다가 패하여 달아나기 시작했다. 송나라 장수 노만은 달아나는 제나라 군사를 뒤쫓았다. 제나라 군사는 병거와 병기兵器를 버리고 허둥지둥 달아났다.

이때 송강왕은 누壘 위에 올라가서 제나라 군사가 패하여 달아나는 광경을 바라보고 흡족해했다.

"제나라 선봉 부대가 달아나니 초 · 위 두 나라 군사도 다들 기운을 잃었을 것이다. 모든 군사는 일제히 나가서 달아나는 제나라 군사를 공격하여라!"

송나라 군사는 죄다 쏟아져 나가서 제나라 군사를 뒤쫓아 마침내 제나라 군영軍營까지 육박해 들어갔다.

이에 제나라 장수 한섭은 군사를 거느리고 군영을 버린 채 일제히 달아나 20리 밖에 이르러서야 영채를 세웠다.

한섭이 초나라 장수 당매와 위나라 장수 망묘에게 작전을 일러준다.

"우리 제나라 군사는 송나라 군사를 유인해서 달아나기만 할 터이니, 두 장군께선 각기 군사를 거느리고 좌우로 돌아 올라가서 송나라 대영大營을 무찌르십시오."

이튿날 송강왕은 제나라 군사를 아주 얕보고 단숨에 무찔러버릴 작정으로 제영齊營을 향해 총공격을 개시했다.

이에 제나라 여구검은 장수 한섭의 기旗를 짚고서 진陣을 펼쳐 송나라 군사와 대결했다. 송강왕은 그 기를 보고 여구검을 제나라 장수 한섭인 줄로만 알았다.

이리하여 송 · 제 두 나라 군사는 진시辰時부터 시작하여 오시午時까지 30여 차례나 혼전混戰을 치렀다.

과연 송강왕은 영용英勇했다. 그는 이 싸움에서 제나라 장수 20여 명과 군사 100여 명을 죽였다. 그 대신 송나라 편에선 장수 노만이 전사했다.

이에 제나라 장수 여구검은 대패하여 병거와 병기를 아낌없이 버리면서 달아나기만 했다. 송나라 군사는 달아나는 제나라 군사를 뒤쫓으며 버리고 간 병거와 병기를 줍기에 바빴다.

이때 보발군이 황급히 달려와서 송강왕에게 아뢴다.

"지금 초 · 위 두 나라 군사가 수양성을 총공격하고 있습니다. 전세가 매우 위급합니다. 대왕께선 제나라 군사만 쫓지 말고 속히 들어가사이다."

이 보고를 듣고 당황한 송강왕은 즉시 군사를 거두어 황급히 돌아가기 시작했다.

송강왕이 수양성을 향해 5리쯤 갔을 때였다. 문득 길가 언덕 너머에서 일지군一枝軍이 나타나며 외친다.

"송왕은 게 섰거라. 제나라 상장上將 한섭이 여기서 기다린 지 오래다! 이 어리석고 무도無道한 임금아! 속히 항복하지 못하겠느냐?"

이에 좌우로 송강왕을 모시던 장수 대직戴直과 굴지고屈志高가 병거를 달려 나가 제나라 일지군을 맞이해 싸웠다. 제나라 장수 한섭은 용맹을 떨쳐 굴지고를 한칼에 쳐서 병거 아래로 쓰러뜨렸다. 이를 보고 놀란 대직은 감히 덤벼들지 못하고 송강왕을 보호하면서 달아났다.

송강왕이 패잔병을 거느리고 수양성으로 돌아가자, 성을 지키던 공손발公孫拔이 황급히 성문을 열고 영접해들였다.

마침내 제 · 초 · 위 삼국 연합군은 밤낮없이 수양성을 공격했다.

이때 아득한 저편에 먼지가 일어나면서 대군大軍이 오고 있었다. 이윽고 제민왕이 친히 대장 왕촉王蠋과 태사 교敫와 군사 3만 명을 거느리고 당도했다. 제민왕은 장수 한섭이 혹시 성공하지 못할까 염려하여 친히 온 것이었다. 이리하여 연합군의 수효는 부쩍 늘어났다.

한편 송나라 군사들은 제민왕이 많은 군사를 거느리고 왔다는 소리를 듣고 모두 낙담하여 사기를 잃었다. 더구나 송강왕은 군사를 사랑하지도 않았고, 강제로 남녀노소를 징용해서 밤낮없이 일을 시켰다. 송강왕은 본시 사람을 부릴 줄만 알았지 은혜를 베풀 줄은 모르는 성미였다. 차츰 수양성 안에선 군사와 백성들이 송강왕을 원망하는 목소리가 높아졌다.

대직戴直이 송강왕에게 아뢴다.

"적군의 형세는 크고, 이미 성안 군사와 민심도 변했습니다. 형편이 이러하니 대왕께선 도성을 버리고 하남河南 땅으로 잠시 몸을 피하셨다가 다시 기회를 보아 나라를 회복하도록 하십시오."

원래 송강왕은 천하 패권을 잡아보는 것이 소원이었고, 심지어 천자까지 되어보고 싶었는데 이제는 만사가 수포로 돌아가고 말았다. 송강왕은 하늘을 우러러 탄식했다.

그날 밤이었다.

한밤중에 송강왕은 대직과 함께 수양성을 버리고 몰래 하남 땅으로 달아났다. 이에 수양성을 지키던 공손발은 마침내 성 위에 항복을 알리는 기旗를 꽂고 제민왕을 성안으로 영접해들였다.

제민왕은 수양성 안으로 들어가서 먼저 송나라 백성들을 위로한 후, 군사들에게 명령을 내렸다.

"달아난 송왕을 속히 추격하여라."

한편 송강왕은 도망쳐서 온읍溫邑에 당도했을 때 뒤쫓아온 제나라 군사들에게 포위를 당했다. 제나라 군사들은 먼저 대직을 사로잡아 그 자리에서 목을 끊었다. 송강왕은 이제 도저히 벗어나지 못할 것을 알고 신농간神農澗이란 계곡물에 몸을 던졌다. 그러나 제나라 군사들은 곧바로 송강왕을 건져냈다.

그리하여 송강왕은 스스로 목숨도 끊지 못하고 제나라 군사에게 갖은 수모를 받은 후에 살해되었다. 그날로 제나라 군사들은 송강왕의 목을 가지고 수양성으로 돌아갔다.

이리하여 송나라는 제 · 초 · 위 연합군에게 멸망을 당했다. 제 · 초 · 위 삼국은 애초에 약속했던 대로 송나라를 셋으로 나누어 각기 차지했다.

초나라와 위나라 군사가 제각기 본국으로 떠난 후였다.

제민왕이 군사들에게 하령한다.

"이번에 송나라를 없앤 것은 모두 우리 제나라의 공로였다. 그런데 초나라와 위나라 군사들은 뻔뻔스럽게도 땅을 받고 떠나갔다. 모든 군사는 뒤쫓아가서 그들을 무찔러버려라."

제나라 군사는 각기 함매銜枚하고 뒤쫓아가 중구重丘 땅에서 초나라 군사를 무찔렀다. 그들은 달아나는 초나라 군사를 계속 추격하여 마침내 초나라 회북淮北 땅까지 점령했다.

제나라 군사는 다시 서쪽으로 쳐들어가서 위魏나라뿐 아니라 삼진인 한韓나라와 조趙나라까지 침범했다. 배신당한 위나라와 초나라는 제나라에 대해서 이를 갈았다. 마침내 초나라와 위나라는 각기 진秦나라로 사신을 보내어 굳게 친선을 맺었다.

이번 일로 이름을 날리게 된 사람은 소대蘇代였다. 제나라도 소대 때문에 성공했고, 진나라 역시 소대 때문에 이익을 본 셈이었다. 그래서 진소양왕은 소대를 극진히 대접했다.

송나라를 차지한 제나라 제민왕은 더욱 교만하고 방자해졌다.

제민왕이 총애하는 신하 이유夷維에게 분부한다.

"그대는 위衛 · 노魯 · 추鄒 세 나라에 가서 과인에게 스스로 신하로 칭하도록 권하고, 우리 나라에 조공을 바치라고 전하오."

이에 이유는 위 · 노 · 추 세 나라를 두루 돌아다니면서 제민왕의 분부를 전했다. 위 · 노 · 추 세 나라 임금은 더럭 겁을 먹고 하는 수 없이 제나라에 가서 천자를 뵈옵듯 제민왕에게 절하고 스스로를 신하로 칭했다.

어느 날 제민왕이 기고만장하여 말한다.

"과인은 연燕나라를 누르고 송나라를 없애어 1,000리 땅을 넓혔다! 어디 그뿐인가? 위魏나라를 치고 초楚나라 땅까지 점령했다. 이제 과인의 위엄은 모든 나라 제후를 누르고도 남음이 있기에 노魯 · 위衛 · 추鄒 세 나라 임금도 과인에게 와서 스스로 신하라 일컫는 실정이다. 이제 과인은 천하에 무서울 것이 없다! 조만간에 군사를 일으켜 우리 제나라와 주周나라를 합병시키고, 낙양洛陽에 있는 아홉 개의 솥〔九鼎〕을 우리 나라 임치성臨淄城으로 옮겨올 작정이다. 그런 후에 과인이 당당한 천자라 일컬으며 천하에 분부를 내린다면 그 어느 나라가 감히 명령을 어기리오!"

이에 맹상군孟嘗君이 간한다.

"송왕宋王은 교만해서 망했습니다. 그래서 우리 제나라는 송나라를 차지할 수 있었습니다. 대왕께선 망한 송왕을 닮지 마십시오. 주 왕실은 비록 미약하지만 아직도 천자가 계셔서 모든 나라의 주인 노릇을 하고 있습니다. 지금 천하 일곱 나라가 서로 치고 싸우되 아직 주나라를 건드리지 않는 것은 천하의 이목을 두려워하기 때문입니다. 전번에 대왕께선 자진해서 제왕帝王의 칭호를 쓰지 않았습니다. 그래서 천하 사람들은 다 우리 제나라를 칭송했습니다. 그런데 이제 대왕께선 왜 주나라를 대신해서 천하를 지배하려 하십니까? 이는 우리 제나라를 위해서나 대왕을 위해서나 지극히 불행한 일입니다."

제민왕이 화를 발끈 낸다.

"예전에 탕왕湯王은 걸왕桀王을 몰아내고서 천자가 되었고, 무왕武王은 주왕紂王을 들어내고서 천자가 된 사람이다. 천자라고 몰려나지 말라는 법이 있는가? 아니면 과인이 옛 탕왕과 무왕만 못하다는 말인가? 과인은 그대를 옛날 무왕을 도운 강태공 같은 신하로 알고 있었는데 이제 그대에게 그런 말을 듣다니 괘씸하다! 그대는 즉시 제나라 정승의 인印을 내놓고 물러가라!"

이에 맹상군은 제나라 정승 자리를 내놓고 부중府中으로 돌아갔다. 그는 제민왕이 자기를 죽이려 들지 모른다는 생각에 불안해했다.

맹상군은 마침내 모든 문객과 함께 한밤중에 제나라를 떠나 위魏나라로 달아났다. 위나라에 당도한 맹상군은 공자 무기無忌의 부중에 몸을 의탁했다.

원래 위나라 공자 무기는 위소왕魏昭王의 막내아들이었다. 그는 사람됨이 공손한데다 선비를 좋아했다. 그래서 선비를 대하는 태도에 혹 부족한 점이라도 있지 않나 늘 주의했다. 이러한 공자 무기의 성격을 잘 나타낸 다음과 같은 일화가 있다.

물론 지난날의 일이다.

어느 날 아침에 공자 무기가 식상食床을 받고 조반을 먹던 참이었다. 그때 비둘기 한 마리가 새매에게 쫓기어 달아나다가 너무 위급해 공자 무기의 식상 위로 내려앉았다. 공자 무기는 얼른 소매로 그 비둘기를 감싸서 숨겨주었다. 이윽고 새매가 다른 곳으로 가버리자 그제야 그는 비둘기를 놓아주었다.

그런데 누가 알았으리오. 새매는 다른 곳으로 날아가버린 것이 아니라 실은 지붕 꼭대기 기왓골 사이에 숨어 있었다. 결국 새매는 비둘기를 잡아먹었다.

이를 보고 공자 무기는 매우 괴로워했다.

"비둘기는 나를 믿고 날아 내려왔는데 그 결과는 어찌 되었는가! 비둘기는 결국 새매에게 잡아먹히고 말았다. 아아, 내가 그 비둘기를 저버린 것이다!"

공자 무기는 그만 수저를 놓고 종일 음식을 먹지 않았다. 그러더니 좌우 사람에게 분부를 내린다.

"너희들은 새매를 보는 대로 잡아오너라."

이리하여 좌우 사람들은 새매 100마리를 잡아서 채롱에 넣어 공자 무기에게 바쳤다.

공자 무기가 채롱 속의 새매 100마리를 앞에 놓고 말한다.

"비둘기를 잡아먹은 새매는 단 한 마리뿐이다. 그런데 어찌 이 많은 날짐승을 처벌하리오."

공자 무기가 칼을 뽑아 채롱 위에 놓고 하늘을 우러러 축원祝願한다.

"그 비둘기를 잡아먹지 아니한 새매는 어서 슬피 울어라. 내 너희들을 놓아주리라."

그러자 모든 새매가 일제히 슬피 울었다. 그런데 그중 단 한 마리만이 머리를 깊이 숙인 채 꼼짝도 하지 않았다.

이에 공자 무기는 그 새매만을 잡아죽이고 나머지 새매는 다 날려보냈다.

이 소문은 곧 널리 퍼져 사람들이 찬탄한다.

"공자 무기는 한낱 비둘기 한 마리에 대해서도 그렇듯 가슴 아파하니, 더구나 사람은 얼마나 아껴주겠는가."

모든 선비는 어질든 어리석든 다 공자 무기의 문하로 몰려들었다. 물론 공자 무기는 차별하지 않고 자기를 찾아오는 선비면 모두 받아들였다. 이리하여 위나라 공자 무기의 문하에는 3,000명의 식객食客이 있었다. 그래서 당시 천하 사람들은 제나라 맹상군과 조나라 평원군平原君과 위나라 공자 무기를 다 어진 사람이라고 높이 평가했다.

이때 위나라에 한 은사隱士가 있었는데 성은 후侯이며 이름은 영嬴이었다. 후영은 나이가 70여 세였다. 집안이 몹시 가난한 그는 위나라 도읍 대량大梁의 이문夷門(동문)을 지키는 문지기로 있었다. 그는 매우 청렴결백淸廉潔白한 인물이었기에 사람들은 후생侯生이라고 존대해 불렀다. 여기서도 그를 후생이라고 부르기로 하자.

공자 무기는 후생의 인격이 고결하다는 소문을 듣고 마침내 좋은 수레에 황금 20일鎰을 싣고서 찾아갔다.

이에 후생이 사양한다.

"나는 가난을 즐기는 사람이오. 지금까지 한번도 이유 없이 남의 돈을 받아본 적이 없소. 이제 늙은 몸이 어찌 공자 때문에 절개를 굽힐 수 있으리오."

공자 무기는 더 이상 권할 수 없어서 황금을 도로 가지고 돌아갔다.

부중府中에 돌아온 공자 무기는 생각했다.

'내 장차 후생을 부중으로 모셔다가 큰 잔치를 벌여 대접하리라.'

공자 무기는 집안 사람들에게 잔칫상을 차리고 연회를 준비하도록 분부했다. 그리고 모든 고관대작들에게 사람을 보내어 연회가 있으니 참석해달라고 초청했다.

이튿날, 초청을 받은 위나라 종실宗室과 장상將相과 귀빈貴賓들이 공자 무기의 부중으로 모여들었다. 물론 공자 무기의 문객들도 모두 참석했다. 모든 손님들이 자리를 정해 앉았는데 맨 윗자리 하나만이 비어 있었다.

공자 무기가 좌중에게 말한다.

"이 상좌上座에 모실 손님을 모셔오겠으니 여러분은 잠시 기다리시오."

이에 공자 무기는 친히 수레를 몰고 이문夷門으로 가서 후생에게 연회에 참석해주기를 간청했다. 마침내 후생이 수레에 오르자 공자 무기는 극진히 읍揖하고 후생에게 윗자리에 앉도록 권했다. 후생은 조금도 사양하지 않고 수레의 윗자리에 앉았다. 공자 무기는 친히 말고삐를 잡고 수레를 모는데 그 태도가 매우 공손했다.

후생이 공자 무기에게 말한다.

"나의 친구 주해朱亥라는 사람이 시정市井에서 백정白丁질을 하고 있습니다. 그곳에 좀 들렀다가 가야겠는데 공자께서도 함께 가보시렵니까?"

공자 무기가 흔쾌히 대답한다.

"원컨대 선생과 함께 가겠습니다."

공자 무기는 좁은 시정으로 수레를 몰아 도살장 안으로 들어갔다.

후생이 말한다.

"공자께선 잠시 수레를 멈추고 여기서 기다리십시오. 친구를 만나보고 오리이다."

후생은 주해의 집으로 들어갔다. 그런데 주해와 고깃간 앞에 마주앉아 세월없이 이야기만 나누는 것이었다. 그러다가 가끔씩 문밖에서 기다리는 공자 무기의 얼굴 표정을 내다보았다. 그러나 공자 무기는 조금도 답답해하는 기색 없이 도리어 온화한 얼굴로 기다리고 있었다.

공자 무기를 따라 말을 타고 온 수십 명의 시종배들만이 하품을 하며 투덜댄다.

"사람들을 바깥에서 기다리게 하고 늙은 것이 집 안에 퍼더버리고 앉아 세월없이 이야기만 하고 있으니 이게 뭐람!"

시종배들이 투덜대는 소리가 방 안까지 들렸다. 후생은 다시 공자 무기를 내다보았다. 공자 무기의 온화한 안색은 조금도 변함이 없었다. 이윽고 후생은 주해와 작별하고 나와서 다시 수레에 올라

천연스레 윗자리에 앉았다.

공자 무기가 부중을 나온 것이 오시午時였는데, 후생을 데리고 부중으로 돌아간 것은 신시申時 말이었다.

그동안에 모든 귀빈은,

'공자 무기가 얼마나 굉장한 귀빈을 모시러 갔기에 윗자리를 남겨놓고 이렇게 우리를 기다리게 하는 것일까? 아마 어느 대국大國의 사신이라도 오는 모양이다!'

하고 공경하는 마음으로 기다렸다.

그러나 기다리는 데도 한도가 있는 법이다. 그들은 우선 시장해서 견딜 수가 없었다.

이때 부중의 수하 사람이 들어와서 아뢴다.

"공자께서 손님을 모시고 돌아오셨습니다."

모든 귀빈은 다시 공경하는 마음을 갖추고 일제히 일어나 어떤 사람이 들어오나 궁금해하며 바라보았다. 그런데 들어오는 손님을 본즉 백발이 성성한 노인이었다. 그 노인의 의관은 매우 남루했다. 모든 귀빈은 너나없이 놀랐다.

공자 무기가 좌중에게 후생을 소개한다.

"이 손님은 이문夷門을 지키는 후생이시오."

모든 귀빈은 이 말을 듣고 다시 한번 놀랐다. 공자 무기는 허리를 굽혀 읍하고 후생을 윗자리에 모셨다. 후생 또한 추호도 겸양하지 않고 천연스레 윗자리에 가서 앉았다.

모두 다 술이 거나하게 취했을 때였다. 공자 무기가 친히 술을 황금 술잔에 가득 따라 후생에게 바치고 축수祝壽한다.

"상수上壽(100세 또는 그 이상의 나이)하십시오."

후생이 황금 술잔을 받아들고 대답한다.

"저는 한갓 이문을 지키는 관리에 불과합니다. 그런데 공자께서는 친히 이 몸을 청하러 왕림하시어 시정에서 그토록 오래 기다리시게 했건만 조금도 싫어하는 빛이 없으셨고, 이제 모든 귀빈이 모인 자리에서 이 몸을 상객上客으로 높이시니 이 몸으로선 과분한 대접을 받는 셈입니다. 그러나 이 몸이 사양하지 않고 이렇듯 융숭한 대우를 받는 것은 공자께서 선비를 존경한다는 그 높은 덕을 천하에 널리 알려주기 위해서입니다."

이 말을 듣고 모든 귀빈들은,

'되지못한 늙은 것이 별 주제넘은 소리를 다 한다.'

하고 속으로 후생을 비웃었다.

이윽고 잔치가 파하자 귀빈들은 모두 돌아갔다. 그제야 후생은 자기가 차지한 윗자리를 공자 무기에게 사양한 후,

"주해는 비록 시정에서 백정질을 할망정 훌륭한 인물입니다."

하고 천거했다.

그후 공자 무기는 누차 시정市井에 가서 주해를 찾아보았다. 그럴 때마다 주해는 공자 무기에게 아무런 답례도 하지 않았다. 그러나 공자 무기는 조금도 고깝게 생각지 않고 주해를 더욱 공경했다.

이상 말한 것처럼 공자 무기는 어진 사람에게 이렇듯 극진했다. 그러므로 제나라 맹상군은 위나라에 온 후로 오로지 공자 무기에게 몸을 의탁하고 있었다.

어느새 두 사람은 뜻이 맞아 서로를 존경하기에 이르렀다. 이야말로 옛말에, '뜻이 맞으면 서로 응하고, 마음이 맞으면 서로 만난다〔同聲相應, 同氣相求〕'는 격이었다.

원래 맹상군은 조나라 평원군 공자 승勝과 자별한 친분이 있었다. 그래서 맹상군의 주선으로 위나라 공자 무기는 조나라 평원군

과도 친분을 맺게 되었다. 그후로 위나라 공자 무기와 조나라 평원군 사이에는 서로 존경하고 그리워하는 서신이 끊이지 않았다.

마침내 위나라 공자 무기는 자기 친누이를 조나라 평원군에게 출가시켰다. 이에 위나라와 조나라는 급속도로 친해졌고, 맹상군은 그들 사이에서 더욱 중요한 역할을 하게 되었다. 그후 위나라는 맹상군을 정승으로 삼았다.

한편, 제나라 제민왕은 맹상군이 위나라로 가버린 후로 더욱 교만하고 거칠어졌다. 제민왕은 마침내 주 천자를 대신해서 자기가 천자가 되려고 궁리했다.

그런데 이때 제나라에선 여러 가지 괴상한 일이 일어났다. 한번은 하늘에서 비 대신 피가 수백 리 사이에 내렸다. 사람들은 피비린내 때문에 젖은 옷을 벗어버려야 했다. 또 땅이 몇 길씩 갈라지면서 물이 솟았다. 그리고 국경 지대의 관문關門에선 곡성哭聲이 진동했는데 울음소리만 나고 사람은 보이지 않았다. 이리하여 민심은 동요했고 도처마다 괴상한 유언비어가 퍼졌다.

이에 대부 호훤狐咺과 진거陳擧가 전후해서 제민왕에게 간하여 맹상군을 소환하도록 권했다. 그러나 제민왕은 버럭 화를 내며 호훤과 진거 두 대부를 죽여 시정에다 그 시체를 전시했다. 이는 더 이상 간하지 못하도록 모든 신하의 입을 틀어막으려는 수작이었다.

나라가 이 지경에 이르자 제나라 명신名臣인 왕촉王蠋과 태사太史 교敫 등은 병들었다는 핑계로 벼슬을 버리고 시골로 내려가서 은거隱居했다.

불 붙인 소를 달려 연燕을 무찌르다

연燕나라는 지난날 제齊나라의 압제를 받았던 일을 잊을 수가 없었다. 그래서 연나라 연소왕燕昭王은 즉위한 이래로 장차 제나라를 쳐서 보복할 일만 궁리했다.

연소왕은 먼저 민심부터 얻으려고 백성이 죽으면 친히 가서 조문弔問하고, 짝을 잃고 홀아비나 과부가 된 외로운 사람이 있어도 친히 가서 위로했다. 뿐만 아니라 군사들과 고락을 함께하고, 어진 선비를 극진히 존경했다. 마침내 천하 사방에서 호걸들이 이 소문을 듣고 연나라로 속속 모여들어 연소왕을 섬기게 되었다.

이때 조趙나라 출신으로 악의樂毅•라는 사람이 있었다. 악의는 바로 지난날에 중산국中山國을 쳐서 무찌르고 이름을 드날린 악양樂羊의 손자였다. 악의는 어려서부터 병법을 열심히 연구했다.

원래 악양은 위魏나라 왕이 하사한 영수靈壽(그후에 조나라 영토가 되었다) 땅에서 살았다. 그래서 악양이 죽은 후에도 그 자손들은 대대로 영수 땅에서 살고 있었다. 그러다가 마침내 조무령왕趙

武靈王인 주부主父가 사구沙邱 땅의 이궁離宮에서 굶어죽게 된 난이 일어났던 것이다. 이에 악의는 집안 식구를 모조리 거느리고 영수 땅을 떠나 위나라 도읍 대량으로 가서 위소왕魏昭王을 섬겼다. 그러나 위소왕은 조나라에서 온 악의를 푸대접했다.

악의는 위나라에서 뜻을 얻지 못하고 탄식으로 세월을 보내다가, 연나라 연소왕이 황금대黃金臺를 높이 쌓고 널리 천하의 어진 인재를 구한다는 소문을 들었다. 이에 악의는 위소왕에게 잘 청해서 위나라 사신이 되어 연나라로 갔다.

연나라에 당도한 악의는 연소왕을 뵈옵고 병법에 대한 식견을 피력했다. 연소왕은 악의가 비범한 인물임을 알고 객경客卿에 대한 예로써 극진히 대접했다. 그러나 악의는 융숭한 대접을 사양했다.

연소왕이 악의에게 말한다.

"선생은 조나라에서 태어났고 위나라에서 벼슬을 사시니, 우리 연나라에 와서는 마땅히 귀빈이 되셔야 하오."

악의가 대답한다.

"신이 위나라에서 벼슬을 사는 것은 조나라의 난을 피해간 것입니다. 만일 대왕께서 이 미천한 몸을 버리지 않으신다면 신은 연나라 신하가 되는 것이 소원입니다."

이 말을 듣자 연소왕은 뛸 듯이 기뻐하고 즉시 악의에게 아경亞卿 벼슬을 제수했다. 이리하여 악의는 조나라에서 귀화해온 극신劇辛이나 다른 신하들보다 더 높은 지위에 앉게 되었다. 그후 악의는 집안 식구와 악씨樂氏 종족들을 다 불러들여 연나라에서 살게 했다.

이때 제나라는 대단히 강성해져서 모든 나라를 침략하던 중이었다. 그래서 연소왕은 안으론 군사를 기르고, 백성들에겐 은혜를 베풀며 때를 기다렸다.

그러던 중 제나라에선 제민왕齊湣王이 맹상군孟嘗君을 내쫓고 날로 횡포를 부리는 통에 백성들은 견뎌낼 도리가 없었다. 반대로 연나라는 오랫동안 실력을 양성했기 때문에 나라는 부강해지고 백성들 사이엔 질서가 섰으며 군사들은 싸우기를 원했다.

연소왕이 악의에게 묻는다.

"과인이 선왕先王의 철천지한을 이어받은 지 이제 28년이 되었소. 그간 과인은 어떻게 하면 제나라를 쳐서 제왕齊王의 배에 칼을 꽂고 지난날에 당했던 치욕을 설욕할 것인가로 밤에도 잠을 이루지 못하며 고민해왔소. 이제 제왕은 교만할 대로 교만해지고 거칠 대로 거칠어져서 나라 안팎 할 것 없이 인심을 다 잃었으니, 이는 하늘이 제나라를 망치려는 것인 줄 아오. 이런 기회로 과인은 국운을 걸고 제나라와 사생결단을 낼 작정이오. 선생은 과인을 어떻게 도와주시려오?"

악의가 대답한다.

"제나라는 크고, 군사들도 싸움에 익숙합니다. 그러니 우리 연나라가 혼자 공격해선 안 됩니다. 대왕께서 제나라를 칠 생각이시면 반드시 천하 모든 나라와 함께 이 일을 도모하십시오. 오늘날 우리 연나라와 가장 친한 이웃 나라로 말할 것 같으면 조나라가 있습니다. 조나라가 우리를 돕기만 한다면 자연히 한韓나라도 우리를 도울 것입니다. 또 제나라에서 쫓겨난 맹상군이 지금 위魏나라에 가 있습니다. 맹상군은 제왕을 몹시 원망하고 있을 터이니 우리를 돕지 않을 리 없습니다. 그러니 대왕께선 조 · 한 · 위와 결탁한 후에 제나라를 치십시오."

연소왕이 거듭 머리를 끄덕인다.

"선생의 말씀이 옳소!"

이에 악의는 연소왕으로부터 부절符節을 받아 사신으로서 조나라로 갔다. 악의는 먼저 평원군平原君을 찾아가서 함께 제나라를 치자고 설득했다. 이에 평원군은 궁에 들어가서 조혜문왕趙惠文王을 설득했다. 그리하여 조나라는 마침내 연나라와 함께 제나라를 치기로 합의했다.

이때 마침 조나라에 진秦나라 사신이 와 있었다. 악의는 진나라 사신에게 함께 제나라를 치면 이득이 있다고 설득했다. 진나라 사신은 본국으로 돌아가서 진소양왕에게 악의의 말을 전했다.

진소양왕은 그렇지 않아도 강성한 제나라를 시기하고 있었다. 그는 모든 나라가 진나라를 배반하고 제나라를 섬기지나 않을까 해서 늘 두려워하던 참이었다. 진소양왕은 곧 조나라로 사신을 보내어 함께 제나라를 치겠다고 흔쾌히 승낙했다.

이리하여 조나라와 진나라를 설득한 연나라는 이번엔 극신劇辛을 위나라로 보냈다. 위나라에 당도한 극신은 공자 무기無忌의 힘을 빌려 마침내 제나라를 치겠다는 위왕魏王의 확답을 받았다. 극신은 다시 한나라에 가서 교섭하여 역시 확답을 받아냈다.

이에 연나라 연소왕은 기일期日이 되자 대군을 일으키고 악의를 장수로 삼았다. 그러자 진나라에선 장수 백기白起가, 조나라에선 장수 염파廉頗•가, 한나라에선 장수 폭연暴鳶이, 위나라에선 장수 진비晉鄙가 각기 일군一軍씩을 거느리고 기일에 맞추어 모여들었다.

연소왕은 다시 악의를 다섯 나라 연합군의 상장군上將軍으로 삼았다. 상장군 악의는 마침내 다섯 나라 군대를 거느리고 호호탕탕히 제나라로 쳐들어갔다.

한편, 제나라에선 제민왕이 친히 중군中軍을 거느리고 대장 한섭韓聶과 함께 출동했다. 드디어 제나라 군사는 제수濟水 서쪽에서 다섯 나라 군사를 맞이하여 싸웠다.

이 싸움에서 악의는 몸을 사리지 않고 사졸士卒들보다 선두에 서서 용감히 싸웠다. 다섯 나라 군사들도 다 용기 백배해서 제나라 군사를 닥치는 대로 쳐무찔렀다. 마침내 제나라 군사는 벌판에 즐비하니 쓰러져 죽었다. 피는 흘러서 때 아닌 도랑을 이루었다.

제나라 장수 한섭은 싸우다가 악의의 동생 악승樂乘의 칼에 맞아죽었다. 다섯 나라 군사는 더욱 기세등등하여 북쪽으로 달아나는 제나라 군사를 추격했다. 결국 제민왕은 대패하여 임치성으로 달아났다.

임치성으로 돌아온 제민왕은,

"속히 초나라에 가서 회북淮北 땅을 주기로 하고 곧 구원군을 청해오너라!"

하고 사신을 급파했다. 그러고서 모든 군사와 백성들까지 동원하여 임치성을 굳게 지켰다.

한편 진 · 위魏 · 한 · 조 네 나라 군사는 각기 제나라 국경 지대의 성들을 쳐서 점령하고 마음껏 노략질했다. 단지 악의만이 연나라 군사를 거느리고 제나라 깊숙이 쳐들어가면서 위엄과 덕망을 떨쳤다.

연나라 군사가 가는 곳마다 제나라 모든 성은 큰 바람에 휩쓸리듯 항복했다. 연나라 대군은 파죽지세로 임치성을 향해 나아갔다.

이에 제민왕은 잔뜩 겁을 먹고 마침내 문신文臣과 무신武臣 수십 명만 거느린 채 몰래 북문北門을 열고 달아났다. 제민왕은 연나라 군사에게 쫓겨 위衛나라로 갔다.

이에 위나라 임금은 교외까지 나와서 신하의 예로써 제민왕을 영접하고, 위나라 궁의 정전正殿까지 내주며 극진히 대접했다. 그러나 제민왕은 위나라 임금을 하찮게 여기고 몹시 교만스레 굴었다. 위나라 신하들은 매우 분격하여 한밤중에 제나라의 치중輜重을 훔쳐내다가 감춰버렸다.

이튿날 식전食前이었다. 제민왕은 분이 솟아 위나라 임금이 문안을 드리러 정전으로 들어오기만 하면 호되게 꾸짖고 치중을 훔친 도적들을 잡아들이라고 분부할 작정이었다.

그러나 위나라 임금은 종일 나타나지 않았다. 게다가 밥상도 들여올 기색이 보이지 않았다. 그제야 제민왕은 부끄러운 생각이 들었다. 해가 기울어도 저녁상이 들어오지 않았다. 제민왕은 시장할수록 더욱 겁이 났다.

'이것들이 나를 잡아다가 연나라에 바칠 작정은 아닐까?'

마침내 제민왕은 한밤중을 틈타 이유夷維 등 신하 몇 명만 거느리고서 달아났다.

이튿날 제나라 신하들은 왕이 몇 사람만 데리고 달아난 걸 알고 놀라 역시 사방으로 흩어져 달아났다.

한편 제민왕 일행은 쉬지 않고 달아나 그 이튿날 노魯나라 관문에 당도했다. 노나라 관문을 지키던 관리關吏가 그날로 도성에 가서 노나라 임금에게 아뢴다.

"제나라 왕이 우리 나라로 도망와 지금 관문에서 쉬고 있습니다."

이 말을 듣고 노나라 임금이 명한다.

"도망온 임금을 인정상 거절할 수야 있느냐. 사자使者를 보내어 영접해들여라."

이에 노나라 사자는 관문에 가서 제민왕을 영접했다.

제민왕을 모시고 온 이유가 노나라 사자에게 묻는다.

"노나라는 우리 대왕을 어떻게 대접하려오?"

노나라 사자가 대답한다.

"예, 소홀함이 없도록 큰상을 차려서 대접하겠소."

이유가 거만스레 힐책한다.

"그게 무슨 말이오? 우리 대왕은 바로 천자이시오. 원래 천자께서 모든 나라를 순수巡狩하실 때엔 제후는 모두 궁을 비워 천자를 거처하시게 하는 법이며, 천자께서 식사가 끝날 때까지 아침저녁으로 당하堂下에서 시립侍立하고 있어야 하며, 일단 물러갔다가 다시 돌아와서 국궁재배鞠躬再拜(몸을 굽히고 예를 갖추어 절함)하고 나랏일을 일일이 아뢰야 하는 법이오. 그러하거늘 큰상을 차려서 대접하겠다니 이 무슨 해괴한 말버릇이오!"

이에 노나라 사자는 돌아가 임금에게 그대로 아뢨다.

노나라 임금이 노발대발하여 추상같이 명한다.

"듣자 하니 별소리를 다 듣겠구나! 관문을 닫아걸고 못 들어오게 하여라!"

그리하여 제민왕은 하는 수 없이 노나라를 떠나 추鄒나라로 갔다. 이때 추나라는 임금이 죽어서 국상國喪 중이었다. 제민왕은 추나라에 들어가서 조상弔喪할 작정이었다.

이유가 영접 나온 추나라 신하에게 역시 거드름을 피우며 분부한다.

"천자께서 특별히 조문하러 오셨으니 그대 나라 세자는 마땅히 임금의 관棺을 등지고 서쪽 계단 아래에 내려서서 북쪽을 향해 곡하도록 하오. 그러면 천자께서는 계단 위에 올라가셔서 남쪽을 굽어보고 조상하시리다."

추나라 신하가 또랑또랑한 목소리로 대답한다.

"우리 추나라는 조그만 나라올시다. 너무나 황송해서 천자의 조문을 받을 수 없습니다. 그러니 다른 나라에나 가보십시오."

추나라에서도 거절을 당한 제민왕은 장차 어디로 가야 할지 막막했다.

이유가 아뢴다.

"소문에 듣자 하니 아직 거주莒州(지난날의 거莒나라로 그후 제齊나라 땅이 되어 거주라 일컫게 되었다)는 적의 침략을 받지 않았다고 하더이다. 그러니 가서 거주 땅이나 지키사이다."

이에 제민왕은 본국에 있는 거주 땅으로 가서 다시 군사를 모아 성을 굳게 지키며 연나라 군사를 막았다.

한편, 악의는 마침내 제나라 도읍 임치성을 함몰하고 제나라의 모든 재물財物과 제기祭器, 그리고 지난날 빼앗겼던 연나라 보물까지 모조리 찾아서 큰 수레에 싣고 연나라로 향했다.

연소왕은 기뻐하여 친히 제수濟水까지 나가서 악의를 영접하고 성대한 잔치를 벌여 삼군三軍을 위로했다. 그리고 악의에게 창국昌國 땅을 하사하고 창국군昌國君으로 봉했다.

연후에 연소왕은 도읍지로 돌아가고, 창국군이 된 악의는 다시 제나라에 가서 남은 성들을 공격했다.

이때 제나라 왕족으로 전단田單•이란 사람이 있었다. 전단은 지혜롭고도 병법에 능통했다. 그러나 지난날 제민왕은 전단을 등용해주지 않았다. 그래서 불우한 생활을 하고 있었다.

그러니까 연나라 군사가 임치성을 함몰했을 때였다. 성안 백성들은 분주히 피란을 떠났다. 전단과 그 일족도 임치성을 버리고 안평安平 땅으로 피란을 갔다. 안평 땅에 당도한 전단은 수레바퀴를 철엽鐵葉으로 단단히 싸매게 했다. 이를 본 사람들은 모두 전단을 비웃었다.

오래지 않아 연나라 군사가 뒤쫓아와서 안평성安平城을 공격하기 시작했다. 성안 사람들은 다시 달아났다. 그러나 그들은 대부분 달아나는 도중에 수레가 망가지거나 빨리 달리지 못해서 뒤쫓아오는 연나라 군사에게 붙들렸다. 그중 전단 일족만이 수레바퀴를 철엽으로 단단히 싸맨 덕분에 무사히 즉묵卽墨 땅까지 달아날 수 있었다.

한편 악의는 군사를 나누어 남은 제나라 고을들을 치게 하고, 친히 군사를 거느리고 주읍晝邑을 치러 갔다.

주읍에는 제나라 태부太傅 벼슬을 지낸 왕촉王蠋이 낙향해서 살고 있었다.

악의는 군사들에게 30리 밖에서 주읍을 포위하되 그 이상 침범하지 말도록 엄명을 내렸다. 그리고 주읍으로 장수 하나를 보내어 왕촉에게 황금과 비단을 바치고 초빙했다. 악의는 왕촉을 초빙해서 연소왕에게 천거할 작정이었다.

왕촉이 연나라 장수에게 거절한다.

"나는 늙고 병들어서 집 밖으로 나가지 못하오."

연나라 장수가 다시 위협한다.

"우리 악의 장군께선 대감을 모셔다가 장군으로 삼으시고, 우리 대왕께 천거하여 대감에게 1만 호의 고을〔邑〕을 봉하실 요량이시오. 그래도 대감이 응하지 않겠다면 우리 연나라 군사는 이 주읍을 도륙屠戮하겠소!"

왕촉은 '잠시 생각할 여유를 달라' 하고 연나라 장수를 밖으로 내보냈다.

왕촉이 하늘을 우러러 길이 탄식한다.

"충신은 두 임금을 섬기지 않으며, 열녀烈女는 두 남편을 섬기지 않음이라. 나는 제왕齊王이 충심으로 간諫하는 말을 듣지 않기에 시골로 내려와서 밭을 갈고 살았다. 그러나 이제 나라는 쑥대밭이 되고 임금은 달아났으니 살아서 무엇하리오. 더구나 연나라 군사가 무력으로 나를 위협하고 있으니, 옳지 못한 짓을 하면서 사느니 차라리 의를 위해 죽느니만 못하구나!"

그러더니 왕촉은 나무에 올라가 목을 매고 주먹을 불끈 쥐고서 뛰어내렸다.

애달프다! 왕촉은 일시에 목이 끊어져 죽고 말았다.

악의는 왕촉이 죽었다는 보고를 받고 매우 탄식했다. 그는 왕촉을 성대히 장사지내주고 무덤 앞에 비碑를 세워 친히 다음과 같은 비명碑銘을 써넣었다.

齊忠臣王蠋之墓(제나라 충신 왕촉의 묘)

그후 악의는 6개월 동안 제나라 고을 70여 성城을 함몰하고, 그 땅을 모두 연나라 군郡과 현縣에 편입시켰다.

이때 제나라 땅으로 연나라 군사에게 함몰당하지 않은 곳은 거주莒州와 즉묵卽墨 두 고을뿐이었다.

악의는 연나라 군사를 쉬게 하고 장수들을 위로했으며, 전쟁 상황을 해제하고, 제나라 백성들의 부역賦役을 감해주었으며, 옛 제환공齊桓公과 관중管仲의 사당을 지은 후 제사를 지내고, 민정民情을 시찰하며 두루 은혜를 베풀었다. 이에 제나라 백성들은 기뻐했다.

악의는 거주와 즉묵을 독 안에 든 쥐 정도로 생각했다. 그는 군력軍力으로 두 고을을 칠 것이 아니라, 민심을 이끌고 은혜를 베풀어 스스로 항복하게 할 작정이었다. 그래서 악의는 무력으로 두 고을을 치지 않았다. 이때가 바로 주난왕周赧王 31년이었다.

한편, 초나라로 구원을 청하러 간 제나라 사신은 그후 어찌 되었는가?

제나라 사신이 초경양왕楚頃襄王에게 아뢴다.

"우리 제나라는 연나라 군사의 침입을 받아 매우 위급한 처지에 놓여 있습니다. 대왕께서 군사를 보내어 우리 제나라를 구원해 주신다면 회북 땅 일대를 모조리 바치겠습니다."

그날 초경양왕이 대장 요치淖齒를 불러 분부한다.

"경은 군사 20만 명을 거느리고 제나라 왕에게 가서 우선 회북 땅 일대부터 받고 난 후, 우리 초나라에 이익이 있겠거든 형편을 보아가며 적당히 행동하오."

이에 요치는 군사 20만 명을 거느리고 제나라 거주 땅에 가서 제민왕을 뵈었다.

제민왕은 초나라 군사가 오자 어찌나 반가웠던지 즉시 회북 일대의 땅을 초나라에 내주었을 뿐만 아니라 요치를 제나라 정승으로 삼았다. 이리하여 제나라의 모든 권한은 초나라 장수 요치에게 넘어갔다.

요치가 대세를 살펴본즉 연나라 군력軍力은 결코 만만치 않았다. 선불리 제나라를 돕겠다고 나서보았자 연나라 군사에게 이길 성싶지가 않았다.

요치는 속으로 생각했다.

'이거 잘못하다가는 제·연 두 나라에 다 미움을 사겠구나!'

어느 날 밤, 요치가 심복 부하를 불러 비밀히 분부한다.

"그대는 나의 밀사로 연나라 장수 악의에게 가서 내 말을 전하되, 우리 초나라 군사가 제민왕을 죽일 터이니 앞으로 우리 나라와 함께 제나라 땅을 나눠 갖자고 교섭하오."

이에 요치의 밀사는 임치성으로 가서 악의와 이 일을 교섭했다.

악의가 대답한다.

"좋은 말씀이오. 요치 장군이 극악무도한 제나라 임금을 죽이기만 한다면, 이는 불멸不滅의 공적이 될 것이오. 어찌 옛 제환공이나 진문공晉文公의 업적만 못하다 하리오. 나는 요치 장군의 분부대로 따르겠소."

밀사는 다시 거주 땅으로 돌아가서 요치에게 악의의 말을 전했다. 이에 요치는 매우 좋아했다.

이튿날 요치는 고리鼓里 땅에 초나라 군사를 집합시키고 크게 진을 쳤다. 그리고 제민왕에게 사람을 보내어 함께 군사를 사열하자고 초청했다. 제민왕은 멋도 모르고 즐거워하면서 고리 땅으로 왔다. 초나라 군사는 기다렸다는 듯이 제민왕을 수레에서 잡아 내려 요치 장군에게 끌고 갔다.

요치가 단 아래에 꿇어앉은 제민왕을 굽어보면서 큰 소리로 꾸짖는다.

"이미 제나라가 망해야만 할 징조가 세 가지나 나타났다. 첫째로 하늘에서 피비〔血雨〕가 내렸으니 이는 하늘이 제나라를 망하라고 한 징조이며, 둘째로 땅이 갈라졌으니 이는 땅이 제나라를 망하라고 한 징조이며, 셋째로 관문關門에서 곡성哭聲이 일어났으니 이는 사람이 제나라를 망하라고 한 징조이다. 그런데도 너는 덕을 닦기는커녕 충신을 죽이고 어진 사람을 추방했다. 보아라, 너는 이제 제나라를 다 잃었다. 그래도 이 한 모퉁이 성을 의지하고 오히려 살기를 바라느냐!"

제민왕은 고개를 숙이고 아무 대답도 못했다.

이유夷維가 제민왕을 감싸고 방성통곡하며 외친다.

"이놈, 요치야! 그래, 우리를 구원하러 왔다는 놈이 이렇듯 배신하기냐! 어찌 하늘이 무섭지도 않느냐!"

이에 요치의 추상같은 호령이 내리자 초나라 군사는 그 자리에서 이유를 쳐죽였다. 그러고는 개를 잡아매듯 집 대들보에 제민왕을 달아매었다.

대들보에 대롱대롱 매달린 제민왕은 물 한 모금 얻어 마시지 못하고 사흘 만에 축 늘어져 죽었다. 제민왕의 죽음 또한 참혹한 것이었다.

요치는 제나라 세자 법장法章까지 잡아죽이려고 각방으로 염알이했으나 결국 잡지 못했다.

그후 요치는 제민왕을 죽인 공로를 연나라 연소왕에게 상표上表하는 동시에 악의에게도 사람을 보내어 이 일을 알렸다. 그런 뒤로 거주 땅과 임치성 사이에 연락이 끊이지 않았다.

그때 제나라 대부로 왕손王孫 가賈라는 젊은 사람이 있었다. 왕손 가는 열두 살 때 아버지를 여의고 늙은 어머니만을 모시고 있었다.

지난날의 일이다.

제민왕은 외로운 왕손 가를 불쌍히 여겨 그에게 벼슬을 주었다.

지난번에 제민왕이 제나라를 버리고 달아날 때 왕손 가도 따라갔으나 위衛나라에서 그만 제민왕을 잃고 말았다. 아침에 일어나본즉 밤사이 제민왕은 다른 곳으로 달아나버렸던 것이다.

왕손 가는 제민왕을 찾아 헤매다가 결국 찾지 못하고 몰래 임치성에 있는 자기 집으로 돌아갔다.

늙은 어머니가 아들을 보고 묻는다.

"왕께선 지금 어디 계시기에 너만 돌아왔느냐?"

왕손 가가 대답한다.

"소자는 왕을 따라 위나라까지 갔으나 왕께서 밤중에 어디론지 달아나버리셔서 종내 찾지를 못했습니다."

늙은 어머니가 아들을 꾸짖는다.

"지난날 나는 네가 아침에 나가고 나면 저녁때 문에 기대서서 네가 돌아오기까지 기다렸다. 또 네가 저녁에 나가 돌아오지 않으면 문에 기대서서 돌아올 때까지 기다렸다. 왕이 신하를 기다리는 것과 어미가 자식을 기다리는 것은 조금도 다를 바가 없다. 생각해보아라! 너는 제나라 왕의 신하가 아니냐! 왕께서 밤중에 달아나셨다면 신하 된 네가 어찌 왕이 가신 곳도 모르고서 혼자 돌아온단 말이냐!"

왕손 가는 어머니의 말씀을 듣자 몹시 부끄러웠다. 그는 어머니에게 하직하고 다시 제민왕을 찾으러 길을 떠났다.

왕손 가는 뒤늦게 제민왕이 거주 땅에 있다는 소문을 들었다. 그는 곧장 거주 땅으로 달려갔으나 때는 이미 늦었다. 왕손 가는 거주 근처까지 가서야 제민왕이 요치의 손에 죽었다는 사실을 알았다.

왕손 가는 거주성으로 들어가서 시정市井을 돌아다니며 호소했다.

"우리는 다 제나라 사람이다. 초나라 장수 요치가 우리 나라를 구원하러 왔기 때문에 우리 왕께서는 그에게 정승 자리까지 주셨다. 그런데 제나라 신하가 된 요치는 왕을 죽였다. 우리는 불충한 놈을 그냥 둘 수 없다. 그놈을 치고자 하는 자는 나를 따르라!"

이 말을 듣고 거주성 안 백성들이 서로 돌아보며 수군거린다.

"저 사람은 나이도 어리건만 오히려 충성이 대단하구나! 우리도 충의를 좋아하는 사람들이다. 자, 저 사람을 따르자!"

이리하여 순식간에 400여 명의 사람들이 왕손 가를 따랐다.

그때 초나라 군사는 비록 수효가 많았지만 성 밖 각처에 분산되어 있었다. 요치는 제민왕이 거처하던 임시 별궁別宮에서 여자들이 탄주하는 음악을 들으며 한창 대취하여 희희낙락하던 참이었다. 별궁 밖엔 수백 명의 군사가 지키고 있었다.

이때 왕손 가가 400여 명의 무리를 거느리고 별궁으로 들이닥쳤다. 그들은 별궁을 지키는 군사를 무찌르고 무기를 빼앗아 안으로 들어갔다.

왕손 가는 당 위로 뛰어올라 달아나려는 요치를 잡아죽였다. 격분한 400여 명의 무리는 칼로 요치의 피부를 모조리 벗겨내고 시뻘건 살을 갈가리 찢어서 큰 독에다 장〔肉醬〕을 담갔다. 그리고 거주성을 닫아걸고 굳게 지켰다.

초나라 군사는 요치가 죽었다는 소리를 듣고 반은 뿔뿔이 흩어져 달아나고, 반은 연나라 군사에게 투항投降했다.

그럼 제민왕의 아들 세자 법장은 그동안 어디서 무엇을 하고 있었는가?

세자 법장은 아버지 제민왕이 죽음을 당했다는 소문을 듣고 즉시 거지꼴로 변장한 채 왕입王立이라는 임치臨淄 사람으로 변성명(성과 이름을 다르게 바꿈)하고 무귀無歸 땅으로 달아났다.

무귀 땅에는 태사 교敫가 낙향해서 농사를 지으며 살고 있었다. 태사 교는 도망온 세자 법장을 영접하여 자기 집 일꾼으로 부렸다. 태사 교는 세자가 왔다는 소문을 내지 않기 위해 집안 식구들에게도 이 사실을 알리지 않았다. 그래서 세자 법장은 귀한 몸으로 힘든 농사를 짓느라 무진 고생을 했다. 사람들은 그를 임치 사람 왕입인 줄로만 알았지 세자 법장인 줄은 전혀 몰랐다.

이때 태사 교에게 딸이 하나 있었다. 어느 날 그녀는 농원에 놀러 나갔다가 일하는 세자 법장을 보고서 첫눈에 반했다.

'참으로 잘생긴 사람이다. 저렇듯 귀하게 생긴 사람이 어째서 일꾼 노릇을 하고 있을까?'

그녀는 시녀를 시켜 그 일꾼의 내력을 알아오게 했다. 그러나 세자 법장은 혹 화가 닥쳐올까 무서워 시녀에게 끝까지 자기 본색을 숨겼다.

태사 교의 딸이 혼잣말로 중얼거린다.

"그 사람은 남의 집 일꾼으로나 있을 인물은 아니다. 필시 백룡어복白龍魚服(신령한 백룡이 물고기로 둔갑하였다가 어부에게 잡혔다는 고사에서 나온 말. 곧 귀인이 미행微行하다가 재난을 당함을 이르는 말)하다 잠시 숨어 있는 것일 게다. 다음날에 반드시 부귀할 인물인즉 더 이상 상대를 괴롭힐 필요가 없다."

그후 태사 교의 딸은 때때로 시녀를 시켜 그 일꾼에게 의복과 맛있는 음식을 보냈다. 어느덧 두 남녀는 점점 친근해졌다.

어느 날 달밤, 세자 법장은 태사 교의 딸에게 자기의 본색을 털어놓았다. 마침내 그들은 장차 부부가 되기로 굳게 맹세하고 농원에서 정을 나누었다. 그러나 이 일을 아는 사람은 아무도 없었다.

이때 즉묵卽墨 땅을 지키던 태수太守가 병으로 죽어 군중軍中엔 주인 자리가 비게 되었다. 사람들은 병법에 능통한 인재를 골라 대장으로 추대할 작정이었다.

그때 어떤 사람이 제의한다.

"지난날 전단田單은 수레바퀴에 철엽鐵葉을 싸매어서 무사히 피난해온 분이오. 그분을 대장으로 모십시다."

마침내 모든 사람은 전단을 즉묵성卽墨城 태수 겸 대장으로 삼았다.

이에 장군 전단은 병졸들과 침식을 함께하면서 자기 종족과 처첩들까지도 모두 군대에 편입시켰다. 즉묵 땅 사람들은 누구나 전단을 두려워하는 동시에 존경했다.

한편, 그간 사방으로 흩어져 뿔뿔이 달아났던 제나라 신하들도 태부 왕촉王蠋이 충절을 위해 죽었다는 소문을 듣고 모두 탄식했다.

"태부 왕촉은 지난날 쫓겨나다시피 낙향한 어른이었는데도 우리 제나라를 위해서 스스로 목숨을 끊으셨다. 그런데 우리는 조정에 남아 있던 신하로서 나라가 망하고 왕이 죽음을 당했는데도 그냥 이러고만 있으니 어찌 사람이라 하겠는가! 어떻게 해서든 우리 제나라를 다시 일으켜세워야 한다!"

그들은 각기 거주莒州 땅으로 가서 왕손 가賈와 합세했다. 그런 후로 거주 땅에선 각방으로 사람을 보내어 세자 법장을 찾기에 힘썼다.

한편 무귀無歸 땅에 피신 중인 세자 법장이 태사 교에게 분부한다.

"거주 땅에서 모두가 나를 찾느라고 야단인 모양이오. 그대는 곧 거주에 가서 내가 여기에 있다고 알리오."

태사 교는 세자 법장의 분부를 받고 거주로 갔다. 그후 왕손 가 등 모든 신하가 법가法駕를 준비해 세자 법장을 모시러 왔다.

이리하여 세자 법장은 거주 땅으로 가서 왕위에 즉위했다. 그가 바로 제양왕齊襄王이다.

제양왕은 즉묵 땅과 긴밀한 연락을 취하면서 연나라 군사를 막았다.

한편, 연나라 장수 악의樂毅는 3년 동안이나 거주와 즉묵 땅을 함몰하지 못했다. 이에 악의가 두 고을의 포위를 풀고 각각 9리 밖에 보루堡壘를 쌓게 한 후 명을 내린다.

"거주와 즉묵 땅 백성들이 성 안팎으로 드나들도록 길을 막지 말고 터주어라. 굶주린 자를 배불리 먹여주고, 추운 자를 따뜻하게 입혀주면 그들도 사람인지라 자연 우리의 은혜에 감복하고 자진해서 항복해올 것이다."

과연 악의의 생각대로 될 것인가? 여기에서 잠시 연나라로 이야기를 돌려야겠다.

연나라 대부 기겁騎劫은 자못 용기가 있어서 평소에도 병법에 관해 말하기를 좋아했다. 기겁은 연나라 세자 악자樂資와 친한 사이였다. 게다가 그는 내심 연나라 병권兵權을 노리고 있었다.

어느 날 기겁이 세자 악자에게 말한다.

"제나라 왕은 이미 죽고, 우리가 함락하지 못한 곳은 거주와 즉묵 두 고을뿐입니다. 한데 6개월 동안 제나라 70여 성城의 항복을 받은 악의가 어째서 그까짓 두 고을을 함몰하지 못하고 있겠습니까? 그 이유는 지극히 간단합니다. 악의는 지금 제나라 백성에게 은혜를 베풀고 민심을 얻어야 한다고 주장하고 있습니다. 곧 그는 장차 자기가 제나라 왕이 되려고 딴생각을 품고 있는 것입니다."

세자 악자는 그 말을 곧이듣고 아버지 연소왕燕昭王에게 악의가 변심했다고 고했다.

연소왕이 크게 노하여 세자 악자를 꾸짖는다.

"나는 오로지 선왕의 원수를 갚으려는 일념뿐이다. 창국군昌國君 악의가 아니면 누가 이 원수를 갚아주리오! 나는 장차 창국군 악의를 제나라 왕으로 세울 작정이다. 그만한 공로가 있는 사람이면 왕이 된다 해도 부당할 리 없다. 너는 무슨 공로가 있기에 주제넘은 소리를 하느냐!"

연소왕은 도리어 세자 악자를 붙잡아 매고 매 20대를 쳤다. 그리고 제나라 임치성으로 사신을 보내어 악의를 제나라 왕으로 봉했다. 악의는 사신으로부터 연소왕의 전지傳旨를 받고 감격했다.

악의가 연나라 사신 앞에서 맹세한다.

"내가 죽으면 죽었지 어찌 제나라 왕이 될 수 있으리오. 나는 맹세하오. 아무리 대왕의 분부가 지엄하실지라도 그것만은 못하겠소!"

연나라 사신은 즉시 본국으로 돌아가서 연소왕에게 악의의 말을 전했다.

연소왕이 웃으며 말한다.

"나는 본시 악의의 마음을 알고 있었다. 악의는 결코 나를 저버릴 사람이 아니다."

그런데 연소왕은 원래부터 신선神仙의 술법術法을 좋아했다. 그는 방사方士들을 모아 불로장생不老長生하는 영약靈藥이라는 선단仙丹을 만들게 했다. 그 선단은 순수한 금석金石을 단련鍛鍊시켜 만드는 것이었다. 연소왕은 오래도록 불로장생한다는 선단을 먹어 마침내 부작용이 일어났다. 그후 연소왕은 고열高熱로 앓다가 갑자기 죽었다.

이에 세자 악자가 왕위를 계승했다. 그가 바로 연혜왕燕惠王이다.

한편, 즉묵 땅에서 기회를 기다리던 제나라 장수 전단은 그간 연나라로 세작들을 보내어 끊임없이 내정內情을 염탐해왔다. 전단은 연나라 기겁騎劫이 악의의 병권을 가로채려고 수작을 부리다가 결국 세자만 매를 맞고 말았다는 보고를 듣고서 길이 탄식했다.

"허어! 우리 제나라가 국권을 회복하려면 아무래도 연소왕이 죽은 뒤라야 되겠구나!"

그러던 중에 전단은 마침내 연소왕이 죽고 그 아들 악자가 왕위에 올랐다는 보고를 받았다. 이에 전단은 '이제야 때가 왔다' 하고 즉시 여러 심복들을 연나라로 들여보냈다.

연나라에 당도한 전단의 심복 부하들은 각처로 흩어져서 유언비어를 퍼뜨렸다.

"악의는 오래 전부터 제나라 왕이 되려고 생각했다. 그러나 그는 연소왕에게 많은 은혜를 입었기 때문에 차마 배반하지는 못했다. 그래서 지금까지 거주와 즉묵 두 고을을 공격하지 않았던 것이다. 한데 이제 연소왕은 죽었고, 새로 연나라 왕이 즉위했다. 지금 악의는 즉묵 땅의 전단과 열심히 내통하고 있다. 그래서 제나라 사람들은 악의가 갈리고 연나라에서 다른 장수가 올까 봐 두려워하고 있다. 제나라에 악의를 그대로 놔두었다가는 무슨 일이 생길지 모른다. 우리 연나라는 속히 악의를 갈아치워야 한다. 그리고 다른 장수를 보내야만 제나라를 완전히 정복할 수 있다!"

이리하여 악의를 갈아치워야 한다는 말이 연나라 각처에 떠돌게 되었다.

연혜왕은 본시 세자 때부터 악의를 의심해온 사람이라 그 유언

비어를 곧이곧대로 믿고,

"지난날 기겁의 말이 맞았구나."

하고 머리를 끄덕였다.

마침내 연혜왕이 분부를 내린다.

"즉시 악의를 소환하고 대신 기겁을 제나라로 보내어라."

제나라에 있던 악의는 연나라에서 온 소환장을 받고 눈을 스르르 감았다.

"연나라로 돌아가면 나는 죽음을 당할지 모른다. 그렇지 않고야 나를 소환할 리가 있나? 그렇다! 나는 원래 조趙나라 사람이었다."

마침내 악의는 연나라로 가지 않고 서쪽 조나라로 달아났다. 조나라 왕은 연나라에 처자까지 버려두고 제나라에서 곧장 도망온 악의를 영접하여 관진觀津 땅을 주고 망제군望諸君이란 칭호를 주었다.

한편, 제나라로 부임해온 연나라 장수 기겁은 지난날 악의가 시행했던 법령을 모조리 뜯어고치고 반대로 혹독한 법령을 선포했다. 그러자 연나라 군사들은 모두 격분하여 잘 복종하지 않았다.

기겁은 연나라 장수로서 도임해온 지 사흘 만에 군사를 거느리고 즉묵 땅에 가서 성을 공격했다. 즉묵성 안 사람들은 더욱 굳게 지킬 뿐 흔들리지 않았다.

어느 날 아침이었다.

즉묵성을 지키는 제나라 장수 전단이 성안 사람들을 불러놓고 말한다.

"모두 나의 말을 들어라. 나는 지난밤 꿈에 하늘의 옥황상제를 보았다. 그때 옥황상제께서 나에게 한 신인神人을 소개하시며, '장차 제나라는 흥하고 연나라는 패할 것이다. 이 신인이 제나라 군사를 지휘할 것이니 어찌 이기지 않으리오' 하고 말씀하셨다."

전단의 말이 끝나자 성안 사람들은 일제히 환호성을 올리며 기뻐했다. 이때 영리한 소졸小卒 하나가 있었는데, 그는 그 순간에 전단의 뜻을 알아차렸다.

소졸이 전단 앞으로 달려가서 조그만 소리로,

"제가 가히 신인이 될 수 있습니까?"

하고는 급히 달아나기 시작했다.

전단이 황급히 일어나 곁에 있는 사람에게 분부한다.

"달아나는 저분을 속히 이리로 모셔오너라. 어젯밤 꿈에 본 신인이 바로 저 어른이시다!"

전단을 호위하던 사람들이 곧 뛰어가서 달아나는 그 소졸을 붙들어 데려왔다. 전단은 곧 소졸에게 훌륭한 옷을 갈아입히고, 찬란한 관冠을 씌우고 군막軍幕 위 상좌上座에 올려모셨다.

그런 후에 전단이 소졸 앞에 너부시 절하고 꿇어엎드려 큰소리로 애원한다.

"신인이시여! 연나라 군사를 물리치시어 우리 제나라를 도와주소서."

소졸이 조그맣게 속삭인다.

"제가 과연 신인 노릇을 할 수 있을지 불안합니다."

전단이 이마를 땅에 붙이고 꿇어엎드린 채 역시 조그만 소리로 대답한다.

"너는 아무 말 말고 내가 시키는 대로만 하여라. 정세가 매우 급해서 이러는 것이다."

이에 신인이 된 소졸은 성안 사람들을 굽어보고 말없이 머리만 두어 번 끄덕였다. 이를 보고 사람들은 또다시 우렁찬 환호성을 올렸다.

그리하여 소졸은 신인이 되어 신사神師로서 행세했다. 그후로 전단은 신사와 짜고서, 매사를 일일이 신사에게 아뢰고 분부를 받들어 거행하는 체했다.

어느 날이었다.

전단이 다시 성안 사람들을 불러놓고 신사의 말을 전한다.

"신사께서 나를 부르사, '성안 사람들은 누구나 식사하기 전에 뜰에다 음식을 차려놓고 조상에게 제사를 지낸 후에 먹도록 일러라. 제나라 사람들은 모두가 그 조상의 도움을 받아야만 나라를 되찾게 된다' 하고 말씀하셨다. 그러니 오늘부터 날마다 아침저녁으로 집안 뜰에서 조상께 간단히 제사를 지내고 식사를 하여라."

그날부터 즉묵성 안 사람들은 아침저녁으로 조상에게 제사를 지냈다. 이에 제사가 끝나면 하늘을 나는 새들이 집집마다 내려와서 뜰에 놓인 제사 음식을 먹었다.

한편, 성을 포위하고 있던 연나라 군사들은 아침저녁으로 갖가지 날짐승들이 즉묵성으로 몰려들어 내려앉는 것을 보고 이상히 생각했다.

어느덧 이 소문은 성 밖까지 퍼졌다.

"즉묵성에 신인이 하강하셨다네. 그 신인의 가르침을 받들어 집집마다 아침저녁으로 제사를 지내 날짐승들이 음식을 먹으러 모여든다네."

"이거 야단났구나! 하늘이 제나라 군사를 도우시니 우리가 어찌 그들을 대적하겠는가?"

이런 말들이 오가는 동안에 연나라 군사는 점점 사기를 잃었다.

한편 성안의 전단은 다시 부하들을 시켜 다음과 같은 말을 퍼뜨렸다.

"지난날에 창국군 악의는 너무나 인자했다. 그는 제나라 사람에게 조금도 피해를 입히지 않았다. 그래서 성안 사람들은 연나라 군사를 두려워하지 않았다. 그런데 이번에 새로 온 연나라 장수 기겁은 우리 제나라 사람을 잡기만 하면 그 자리에서 코를 벤다는구나! 큰일났다. 이러고서야 어떻게 우리가 이 성을 지킬 수 있으리오."

이 말은 계획적으로 이내 성 밖에 있는 연나라 군사에게 새어나갔다.

이에 연나라 장수 기겁이 무릎을 치며 말한다.

"그렇다! 즉묵성을 함몰하려면 제나라 사람을 가혹하게 다뤄야 한다. 악의가 실패한 원인도 제나라 사람을 부드럽게 대했기 때문이었다. 그들에게 공포감을 주어야만 항복해올 것이다!"

그후로 기겁은 몰래 항복해오는 제나라 군사까지도 잡기만 하면 코를 도려냈다. 그래서 제나라 군사들 중엔 연나라 군사 쪽으로 탈주하는 자가 사라졌을 뿐만 아니라 모두 죽기를 각오하고 즉묵성을 더욱 굳게 지켰다.

전단이 다시 성안 사람들을 불러놓고 걱정한다.

"우리 성안 사람들의 조상 무덤은 모두 성 밖에 있다. 연나라 군사들이 그 조상 무덤들을 파헤친다면 이 일을 어찌할꼬!"

전단이 이렇듯 걱정한다는 사실은 곧 퍼져나가서 연나라 진영에까지 알려졌다.

이 소문을 듣고 연나라 장수 기겁은 연방 머리를 끄덕였다.

"그렇다! 즉시 성 밖에 있는 모든 무덤을 파라!"

마침내 연나라 군사는 제나라 즉묵 땅 조상들의 무덤을 파헤쳐 채

썩지 않은 시체엔 불을 지르고 해골을 파내어 양지 쪽에 늘어놓았다.

제나라 사람들은 성 위에서 그 참혹한 광경을 바라보고 대성통곡하다가 마침내 눈물을 씻고 이를 갈며 격분했다.

"내 언제고 반드시 연나라 놈들의 살을 씹으리라!"

"지금 당장 성문을 열고 나가서 저놈들과 사생결단을 내야 한다!"

"그렇다, 곧 싸우자!"

"여러분! 군문軍門에 가서 당장 연나라 군사와 싸우자고 전단 장군께 청합시다."

제나라 사람들은 군문으로 몰려갔다. 그들이 소리 높여 일제히 외친다.

"우리 조상의 원수를 갚게 해주십시오!"

전단은 거듭 머리를 끄덕이며 이제야 때가 왔다고 생각했다. 그는 우선 용기 있고 씩씩한 장정 5,000명을 뽑아 백성들 집에 숨어 있게 하고, 늙은이와 연약한 부녀자만으로 성을 지키도록 했다. 그런 후에 그는 사자를 성 밖에 있는 연나라 진영으로 보냈다.

사자가 연나라 진영에 가서 고한다.

"지금 성안에 식량이 다 떨어져갑니다. 우리는 한 달 후에 항복할 작정입니다."

이 말을 듣고 연나라 대장 기겁이 모든 장수를 돌아보며 자랑스레 묻는다.

"나와 악의를 비교해보라. 과연 누가 더 나은가?"

모든 장수가 일제히 대답한다.

"장군은 악의보다 백배나 훌륭하십니다."

연나라 군사는 한 달 뒤에 즉묵성이 항복한다는 말을 듣고 만세를 외치면서 좋아라 날뛰었다.

한편 전단은 성안 백성들의 황금을 다 거두어들였다. 황금은 전부 합쳐서 1,000일이나 되었다. 전단은 부자富者 한 사람을 불러들여 황금을 내주고 귓속말로 무엇인가를 지시했다.

그날 밤 그 부자는 몰래 연나라 진영으로 가서 기겁에게 그 황금을 바쳤다.

"이 몸은 즉묵성의 부자올시다. 즉묵성은 한 달 후에 항복할 모양입니다. 장군께서 장차 입성하시거든 특별히 저의 집만은 피해가 없도록 잘 봐주십시오."

기겁이 황금을 받고 조그만 기旗를 여러 개 내주며 말한다.

"그대는 참으로 기특한 사람이다. 우리 연나라 군사가 입성하거든 즉시 너의 집 사방에 이 기를 꽂아두어라. 그러면 특별히 보호를 받으리라."

이리하여 연나라 장수 기겁은 한 달 후에 즉묵성이 항복해오리라는 것을 확신하게 되었다. 그래서 연나라 군사는 아무 준비도 하지 않고 한 달 후만 되기를 기다리며 날마다 하품만 했다.

한편 전단은 성안의 소를 모조리 거두어들였다. 그러자 모두 합쳐 1,000여 마리나 되었다. 성안 사람들은 전단의 분부를 받고 그 소에 전부 붉은 비단옷을 해 입히고는 거기에 오색五色으로 용龍을 그렸다. 그리고 날카로운 칼을 여러 개씩 묶어서 소의 양 뿔에다 비끄러맸다. 또 기름을 담뿍 먹인 삼〔麻〕과 갈대〔葦〕를 큰 빗자루만큼씩 묶어 쇠꼬리에 매달았다.

이제 항복할 날도 일주일밖에 남지 않았다. 그날 전단은 술로 모든 사람을 위로하고 해가 지기만 기다렸다.

이윽고 해가 지자, 전단은 그간 백성들 집에 숨겨두었던 5,000명의 장정들을 소집했다. 그들은 밤중에 배불리 먹은 후 제각기 얼굴에 오색으로 칠을 했다.

그러는 동안 백성들은 어둠 속에서 성벽城壁 수십 군데에 큰 구멍을 뚫었다. 5,000명의 장정들은 서로 소를 몰고 그 구멍을 통해 성 밖으로 나갔다. 그들은 점점 연나라 진영으로 나아갔다. 얼마 후에 장정들은 쇠꼬리에 매달아놓은 삼과 갈대에 일제히 불을 붙였다.

이때부터 무서운 광경이 벌어졌다. 불이 붙자 1,000여 마리의 소가 크게 놀라 일제히 무서운 속력으로 내닫기 시작했다. 5,000명의 장정들도 소들을 뒤따라 연나라 진영으로 내달았다.

한편, 연나라 군사들은 일주일 후면 즉묵성이 항복한다 해서 그날 밤도 속 편하게 잠을 자고 있었다. 그런데 느닷없이 지축이 뒤흔들리는 소리에 자다 말고 깜짝 놀라 일어났다.

보라!

바로 눈앞에 1,000여 개의 불덩어리가 달려오지 않는가! 그 휘황한 불빛에 나타난 걸 보니 이건 범도 아니요, 사자도 아니요, 오색찬란한 용 같으나 용도 아닌 시뻘건 괴물怪物들이었다. 연나라 군사는 언뜻 보고도 '으악!' 소리를 내지르며 달아나기 시작했다.

꼬리가 뜨거워질수록 1,000여 마리의 소는 미친 듯이 달려가 연나라 진영을 모조리 짓밟아 무찌르고, 달아나는 연나라 군사를 뒤쫓았다. 연나라 군사들은 쇠뿔에 매달린 날카로운 칼에 찔려 쓰러지고 소에게 짓밟혀 나동그라졌다.

5,000명의 장정들도 닥치는 대로 연나라 군사를 쳐죽였다. 연나라 군사들에겐 수백만의 귀신들이 들이닥친 것 같았다. 더구나 연나라 군사는 전부터 즉묵성에 신사神師가 있다는 소문을 들어서 잘 알고 있던 참이었다. 그들 눈에 비친 짐승들은 시뻘건 괴물이

면서도 용 같았고, 군사들 역시 모두 귀신 같은 얼굴들이었다.

전단은 그 기회를 놓치지 않고 성안 사람을 모두 거느리고서 일제히 함성을 지르며 달려왔다. 늙은이와 연약한 여자들은 구리와 쇠로 만든 그릇을 치면서 따랐다. 그야말로 하늘과 땅이 진동하는 듯했다.

연나라 군사들은 모두 넋을 잃었다. 그들은 다리가 떨리고 눈앞이 캄캄해서 달아나다가도 쓰러지며 자기 편끼리 짓밟고 짓밟혀 이리저리 죽어 쓰러졌다.

연나라 장수 기겁은 어찌나 황급했던지 수레를 타고 달아나다가 바위에 걸려 나가떨어졌다. 그는 서둘러 일어나 다시 달아나다가 바로 앞을 막고 달려오는 전단을 만났다.

전단은 창을 높이 들어 단 한 번에 기겁을 찔러 죽였다. 연나라 군사는 참패했다. 이것이 바로 주난왕周赧王 36년 때 일이었다.

사관史官이 시로써 이 일을 읊은 것이 있다.

소에 불을 붙여 적을 무찔렀다는 것은 고금에 없는 일이니
전단의 계책에 비해 기겁은 너무나 어리석었도다.
지난날에 연나라는 황금대까지 쌓고서 인재를 구했으니
장수를 바꾸지만 않았더라도 이렇게 패하진 않았을 것이다.
火牛奇計古今無
畢竟機乘騎劫愚
假使金臺不易將
燕齊勝負竟何如

전단은 군사의 대오隊伍를 정돈하고서 다시 연나라 군사를 추

격했다. 연나라 군사들은 달아나면서 쓰러져 죽었다.

이에 제나라 모든 고을에 승전勝戰의 소문이 확 퍼졌다.

"우리 제나라 군사가 대승을 거두는 중이고, 연나라 장수 기겁은 이미 죽었다네!"

따라서 제나라 모든 고을이 연나라에 반기를 들고 일어났다. 그리하여 전단의 군사는 나날이 늘어났다. 전단은 사방에서 모여드는 군사를 거느리고 하상河上까지 치달아 연나라 군사를 제나라 북쪽 경계선 밖으로 몰아냈다.

이리하여 연나라 군사에게 함몰당했던 제나라 70여 성城은 모두 해방되었다.

제나라 모든 장수들은 나라를 되찾게 된 것이 다 전단의 공로라고 칭송했다. 사실 전단의 공로는 컸다. 장수들은 모두 전단을 제나라 왕으로 모시려고 했다.

전단이 조용한 음성으로 말한다.

"지금 세자 법장法章이 거주莒州 땅에 계시오. 원래 나도 왕족의 한 사람이거늘 친척 간인 세자를 버리고 어찌 이 나라 왕이 될 수 있으리오. 모두 그런 말 말고 속히 세자를 모셔올 채비나 서두르오."

이에 제나라 모든 장수는 세자 법장을 모시러 거주 땅으로 갔다. 이리하여 왕손 가賈는 영접 온 장수들과 함께 세자 법장이 탄 어가御駕를 모시고 거주성을 떠나 도읍 임치성으로 돌아갔다.

마침내 세자 법장은 정전正殿에 높이 앉음으로써 명실공히 제양왕이 되었다. 제양왕은 비참하게 죽은 아버지 제민왕의 시체를 거두어 천장遷葬하고, 자기가 왕위에 올랐음을 종묘에 고했다.

아침 조회 때 제양왕이 전단에게 말한다.

"망해가는 제나라를 바로잡아 나라를 되찾게 된 것은 다 숙부叔父의 공로이시오. 숙부가 처음으로 이름을 드날린 곳이 안평 땅이니 이제 숙부를 안평군安平君으로 봉하고, 식읍 1만 호를 제수(임금이 곧바로 벼슬을 줌)하오."

제양왕은 다시 왕손 가에게 아경亞卿 벼슬을 주어 공로를 표창했다. 그리고 지난날에 피신해 있었던 무귀 땅으로 신하들을 보내어 태사 교의 딸을 데려오게 했다. 제양왕은 그녀를 왕후王后로 삼을 작정이었다.

한편, 태사 교는 그제야 자기 딸이 부모 승낙도 없이 세자와 관계까지 맺었다는 사실을 알고 분기충천했다.

"너는 중매仲媒도 두지 않고 혼자서 시집간 여자다. 우리 집안엔 자고로 이런 법이 없었다. 너는 내 딸이라 할 수 없다. 이것이 너와 나의 마지막이다. 내 다시 너를 만나지 않으리라!"

그래서 태사 교의 딸은 하염없이 울며 부모 슬하를 떠나 임치성으로 가서 왕후가 되었다.

그후 제양왕은 장인인 태사 교에게 높은 벼슬을 주었으나, 태사 교는 끝까지 거절하고 받지 않았다. 다만 왕후는 절기節氣가 바뀔 때마다 친정으로 사람을 보내어 부모에게 문안을 드리며 결코 예에 소홀함이 없었다. 그러나 이건 다 훗날의 이야기다.

한편, 이때 맹상군孟嘗君은 여전히 위魏나라에 있었다. 그간 맹상군은 위나라 정승 자리를 공자 무기無忌에게 넘겨주었다. 이에 위나라는 새로 정승이 된 공자 무기를 신릉군信陵君•으로 봉했다.

맹상군은 제나라 전前 임금인 제민왕도 죽고 나라도 바로잡혔으므로 다시 제나라 설읍薛邑으로 돌아가서 깊이 은거했다.

그후에도 맹상군은 조나라 평원군平原君 공자 승勝과 위나라 신릉군 공자 무기와 서로 서신을 주고받으며 우정을 지속했다.

제양왕은 맹상군의 실력을 잘 알고 있었다. 그래서 설읍 땅으로 사람을 보내어 맹상군에게 제나라 정승 자리를 맡아달라고 청했다. 그러나 맹상군은 이를 사양하고 제나라와 위나라를 마음내키는 대로 드나들며 한가로이 세월을 보내다가 마침내 제나라 설읍에서 죽었다.

맹상군에겐 아들이 없었다. 그래서 제나라 모든 공자公子들은 맹상군의 뒤를 이으려고 서로 다투다가 결국 설읍을 조각조각 나누어 가졌다.

한편, 연나라 연혜왕燕惠王은 기겁騎劫이 죽고 군사들이 제나라에서 대패하여 돌아오자 비로소 후회했다.

"그래도 악의樂毅가 위대한 인재였구나!"

그러나 후회한다고 엎질러진 물을 다시 담을 수는 없었다.

연혜왕은 조나라에 있는 악의에게 사과의 편지를 보내어 다시 연나라로 와주기를 청했다. 그후 조나라에 갔던 사자가 악의의 답장을 받아서 돌아왔다. 그것은 연나라로 다시 돌아갈 수 없다고 거절하는 내용이었다.

연혜왕이 자기도 모르는 사이에 이맛살을 찌푸린다.

"허어! 장차 조나라가 악의를 대장으로 삼고 우리 연나라를 칠지 모른다. 이거 낭패로구나!"

연혜왕은 악의가 두고 간 아들 악간樂閒을 불러들였다.

"그대는 아버지의 벼슬을 그대로 이어받아 창국군昌國君이 되오."

그리고 악의의 종제從弟뻘 되는 악승樂乘을 장군으로 삼았다. 연혜왕은 조나라에 가 있는 악의를 견제하기 위해 악간과 악승을 우대한 것이었다.

그후 악의는 마침내 조나라와 연나라 사이에 우호를 맺게 하고 두 나라를 자유로이 왕래했다. 조나라와 연나라는 악의를 객경客卿으로서 대접했다. 그러다가 악의는 조나라에서 세상을 떠났다.

이에 조나라는 염파廉頗를 대장으로 삼았다. 염파는 용기가 있고 군사를 잘 다스릴 줄 아는 사람이었다.

그래서 모든 나라는 조나라를 두려워했다. 단지 진秦나라만이 가끔 조나라 경계를 쳤다. 그럴 때마다 염파는 진나라 군사를 막아냈다. 결국 진나라도 하는 수 없이 조나라와 우호를 맺었다.

문경지교刎頸之交

조나라 조혜문왕趙惠文王에게는 사랑하는 내시內侍 한 사람이 있었다. 그는 이름이 무현繆賢이며, 환자령宦者令이란 벼슬을 살고 있었다. 무현은 조혜문왕의 총애를 받는지라 늘 정사政事에 간섭했다. 그래서 그의 세력은 만만치 않았다.

어느 날 어떤 나그네가 무현의 집을 찾아왔다.

그 나그네가 백옥〔白璧〕을 내놓고 말한다.

"이 옥을 사십시오. 팔려고 왔습니다."

무현은 백옥의 빛이 맑고 윤이 나서 비할 바 없이 곱기에 500금을 주고 샀다. 그후 무현은 옥공玉工을 불러 그 옥을 감정시켰다.

옥공이 백옥을 보고 놀란다.

"이게 어디서 났습니까? 이 옥은 바로 저 유명한 '화씨和氏의 옥'입니다. 옛날에 초나라 정승 소양昭陽이 잔치 자리에서 장의張儀를 의심한 것은 바로 이 옥을 잃어버렸기 때문이었습니다. 그래서 장의는 옥을 훔쳤다는 애매한 의심을 받고 죽도록 매를 맞았던 것입니다. 그 일이 계기가 되어 장의는 마침내 초나라를 떠나 진秦나라로 갔고, 그후 초나라 정승 소양은 현상금으로 1,000금을 내걸었으나 끝내 이 옥을 찾지 못했습니다. 그런데 이 화씨의 옥이 이제 대감 손에 굴러들어왔으니 참 기이한 인연입니다. 대감께선 이 천하의 보물을 깊이 감추어두고 남에게 함부로 내보이지 마십시오."

무현이 묻는다.

"아무리 좋은 옥이라 할지라도 어째서 천하의 보물이라고까지 하는가?"

옥공이 설명한다.

"이 옥은 어두운 곳에 있을수록 더욱 빛을 발합니다. 그리고 절대 먼지가 끼지 않으며, 모든 재앙災殃을 막습니다. 그래서 이 옥을 야광지벽夜光之璧(璧은 넓적하게 생긴 옥을 이름)이라고도 합니다. 이 옥은 겨울이면 화로보다 따뜻하고, 여름이면 서늘해서 파리와 모기가 가까이 오지 않습니다. 이러한 여러 기이한 점이 있으므로 다른 옥과는 비교할 수 없는 천하의 보물입니다."

무현이 시험해본즉 과연 옥공의 말이 틀림없었다. 이에 무현은 보물 상자 속에 화씨의 옥을 넣고 깊이 간직했다.

그러나 발 없는 말이 천리를 가는 법이다.

어떤 자가 조혜문왕에게 이 사실을 아뢨다.

"환자령 벼슬에 있는 무현이 화씨의 옥을 구했다고 하더이다."

조혜문왕이 무현을 불러들여 분부한다.

"그대가 화씨의 옥을 구했다던데 과인에게 한번 보여주기 바라노라."

무현이 시침을 뗀다.

"누가 그런 말을 아뢰는지 모르겠습니다만, 신에게 어찌 화씨의 옥이 있겠습니까?"

조혜문왕은 속으로 괘씸하게 생각했으나 더 이상 묻지 않았다.

그후 어느 날 무현은 먼 곳으로 사냥을 나갔다. 조혜문왕은 친히 무사들을 거느리고 가서 주인 없는 무현의 집을 샅샅이 뒤져 화씨의 옥을 찾아 궁으로 돌아갔다.

사냥을 갔다가 돌아온 무현은 이 사실을 알고 놀랐다.

"거짓말이 탄로났으니 왕은 나를 죽일지도 모른다. 앉아서 죽음을 기다릴 것이 아니라 어디로든 달아나자!"

무현은 달아날 준비에 바빴다.

이때 무현의 집안일을 맡아보는 인상여藺相如•란 사람이 있었다.

인상여가 무현의 소매를 붙잡고 묻는다.

"어딜 간다고 이 야단이십니까?"

"여기에 있다간 왕에게 죽음을 당하오. 나는 연나라로 달아날 작정이오."

인상여가 다시 묻는다.

"연나라가 과연 대감을 용납하겠습니까? 그것도 모르고서 경솔히 가시면 어쩝니까?"

무현이 대답한다.

"내 지난날에 왕을 따라 경계境界에 가서 연왕燕王과 서로 만나본 일이 있소. 그때 연왕은 나의 손을 잡고, '나는 그대와 사귀고 싶다' 고 말했소. 그러니 연왕이 나를 괄시하진 않을 것이오."

인상여가 충고한다.

"대감은 생각을 잘못하셨소. 대저 우리 조나라는 강하고, 연나라는 약합니다. 더구나 대감은 우리 조왕趙王의 총애를 받고 계시오. 그래서 연왕이 대감과 사귀겠다고 한 것이지 결코 대감이 좋아서 사귀겠다고 한 것은 아닙니다. 그것은 연왕이 대감을 통해서 조왕의 환심을 사려는 수작이었소. 그런데 이제 대감이 조왕에게 죄를 짓고서 연나라로 달아난다고 해보십시오. 연왕은 조왕을 두려워하기 때문에 반드시 대감을 잡아보내고 환심을 사려고 아첨할 것이오. 그렇게 되면 대감의 신세는 위태로워집니다."

무현이 황급히 묻는다.

"그럼 이 일을 어찌하면 좋겠소?"

인상여가 대답한다.

"대감이 한 일이라야 크게 죄 될 것은 없소. 다만 화씨의 옥을 속히 바치지 못했다는 것뿐이오. 대감은 곧 궁문 앞에 가서 웃옷을 벗고 부질斧鑕(죄인을 죽이는 데 쓰이는 도끼와 쇠받침)을 지고 석고대죄席藁待罪(거적을 깔고 앉아 벌주기를 기다림)하십시오. 그리고 간곡히 머리를 조아리며 벌을 청하십시오. 그러면 별일 없으리이다."

이에 무현은 인상여가 시키는 대로 궁문에 가서 석고대죄했다. 과연 조혜문왕은 무현을 죽이지 않고 용서해주었다. 그러자 무현은 인상여의 지혜에 감탄하여 그를 상객上客으로 우대했다.

그후 수년이 지났다.

조나라 옥공玉工이 우연히 진나라에 갔다가 진소양왕의 분부로 옥돌을 갈게 되었다.

하루는 진소양왕이 옥돌 가는 광경을 보러 나왔다가 옥공에게 묻는다.

"그 옥돌이 쓸 만한가?"

옥공이 대답한다.

"화씨의 옥에 비하면 이런 건 옥이라고 할 수도 없습니다."

"그럼 너는 천하에 유명한 그 화씨의 옥을 본 일이 있느냐?"

옥공이 신이 나서,

"보다뿐이겠습니까? 지금 그 화씨의 옥은 우리 조나라 왕께서 가지고 계십니다."

하고 자초지종을 모두 말했다.

진소양왕이 다시 묻는다.

"화씨의 옥이 뭐가 그리 대단하기에 그렇듯 유명하냐?"

옥공은 지난날 무현에게 말한 그대로 화씨의 옥이 지닌 가치에 대해 자랑했다. 그 말을 들은 후부터 진소양왕은 화씨의 옥을 사모하게 되었다. 그는 가끔 화씨의 옥을 한번 보기라도 했으면 좋겠다고 말하곤 했다.

이때 진나라는 진소양왕의 외척外戚뻘 되는 위염魏冉이 승상으로 있었다.

위염이 진소양왕에게 아뢴다.

"대왕께서 그다지도 화씨의 옥이 탐나신다면 조나라에 유양酉陽 땅의 열다섯 성城을 주고 서로 바꾸자고 하십시오."

진소양왕이 상을 찌푸리며 말한다.

"유양 땅 열다섯 성은 과인이 특히 아끼는 곳이라. 어찌 옥 하나와 바꿀 수 있으리오."

위염이 다시 아뢴다.

"조나라는 오래 전부터 우리 진나라를 두려워하고 있습니다. 대왕께서 유양 땅과 바꾸자고 청하시면 조나라는 감히 옥을 보내지 않을 수 없을 것입니다. 조나라 사신이 옥을 가지고 오거든 받아두고 돌려보내지 마십시오. 곧 열다섯 성을 주겠다는 것은 수단이며, 옥을 얻는 것은 실속이 아닙니까? 옥만 받고 땅을 주지 않으면 그만입니다."

이제 진소양왕은 무릎을 탁 치고, 즉시 서신을 써서 객경 벼슬에 있는 호상胡傷에게 주어 조나라로 보냈다.

그 서신에 하였으되,

> 과인은 화씨의 옥에 관해 말만 들었지 한번도 보지를 못했소이다. 소문에 들으니 그 화씨의 옥이 군왕께 있다고 하는지라. 그러나 경솔히 청할 수 없어 이렇듯 사신을 보냅니다. 우리 진나라 유양 땅 열다섯 성을 드리겠으니 화씨의 옥을 보내주시기 바랍니다.

조혜문왕은 진소양왕의 서신을 읽고 염파廉頗 등 대신들을 불러들여 상의했다. 화씨의 옥을 보내자니 물건만 빼앗기고 성은 얻지 못할 것 같고, 그렇다고 보내지 않으면 진나라의 노여움을 살 터라 이러지도 저러지도 못할 노릇이었다. 대신 중엔 보내자는 사람도 있고, 보내서는 안 된다는 사람도 있어서 의견이 분분했다.

이극李克이 아뢴다.

"그러지 말고 지혜롭고 용기 있는 선비에게 옥을 주어 진나라로 보냅시다. 그리하여 열다섯 성을 받게 되면 진나라에 옥을 주고, 받지 못할 경우엔 옥을 도로 가지고 오게 하십시오."

이에 조혜문왕은 염파를 바라보았다. 곧 그대가 진나라에 갔다 오겠느냐는 뜻이었다. 그러나 염파는 고개를 숙인 채 아무 말이 없었다.

환자령 벼슬에 있는 무현이 아뢴다.

"신의 집안일을 맡아보는 인상여란 사람이 있습니다. 그는 용기와 지혜를 겸비한 사람입니다. 신의 소견으론 인상여를 보내는 것이 가장 합당할 줄로 압니다."

조혜문왕은 즉시 무현을 시켜 인상여를 불러오게 했다. 이에 인상여는 궁에 들어가서 조혜문왕을 배알했다.

조혜문왕이 묻는다.

"진나라는 열다섯 군데의 성을 주겠으니 화씨의 옥을 보내달라고 과인에게 청해왔소. 그대가 갔다 오겠소?"

인상여가 대답한다.

"진나라는 강하고 우리 조나라는 약하니, 싫어도 아니 갈 수 없는 노릇입니다."

조혜문왕이 다시 묻는다.

"만일 진나라가 옥만 빼앗고 땅을 주지 않으면 어찌하려오?"

"진나라가 열다섯 성을 옥과 바꾸겠다고 하니 그 값이 후합니다. 그런데도 옥을 보내지 않는다면 허물은 우리 조나라에 있습니다. 이와 반대로 옥만 받고 성을 내주지 않는다면 그 허물은 진나라에 있습니다."

조혜문왕이 또 묻는다.

"과인은 장차 사신을 보낼 작정인데 그대도 함께 가주겠소?"

인상여가 대답한다.

"대왕께서 사신을 보내시려 해도 아마 마땅한 사람이 없을 것입니다. 바라건대 신이 화씨의 옥을 가지고 진나라로 가겠습니다. 만약 열다섯 성을 받게 되면 옥을 진나라에 주고, 그렇지 못할 경우에는 그대로 가지고 돌아오겠습니다."

조혜문왕은 무척 반기고 즉시 인상여에게 대부 벼슬을 제수했다. 이에 인상여는 화씨의 옥을 받들고 진나라 함양성으로 갔다.

진소양왕은 조나라에서 화씨의 옥이 당도했다는 말을 듣고 매우 좋아했다. 그는 장대章臺 위에 좌정하고 모든 신하를 모은 후에 조나라 사신 인상여를 불러들였다.

인상여는 대전大殿으로 들어가 보물 상자에서 비단보로 싼 화씨의 옥을 꺼내어 진소양왕에게 공손히 바치고 두 번 절했다.

진소양왕은 친히 비단보를 풀고 화씨의 옥을 바라보았다. 과연 화씨의 옥은 순백색純白色으로 흠 하나 없었고 너무 찬란해서 눈이 부셨다. 더구나 세공細工으로 조각彫刻한 기교技巧가 어찌나 꾸밈 없고 묘한지 참으로 고금에 짝이 없는 보배였다.

진소양왕은 넋을 잃고 거듭 찬탄하다가 좌우에 있는 신하들에게 보라고 넘겨주었다.

모든 신하는 돌려가며 화씨의 옥을 다 본 후에 감복하여 꿇어엎드린 채 만세를 불렀다.

진소양왕이 내시에게 화씨의 옥을 주며 말한다.

"이것은 천하의 보물이다. 후궁에 있는 미인들에게 구경시키고 가져오너라."

한참 후에야 내시가 후궁에서 다시 나와 진소양왕의 안상案上에 화씨의 옥을 도로 올려놓았다.

인상여는 시종 진소양왕의 거동만 살폈다. 진소양왕은 종시 유양 땅 열다섯 성에 대해선 아무 말이 없었다.

이에 인상여가 앞으로 나아가서 진소양왕에게 아뢴다.

"화씨의 옥엔 약간의 흠이 있습니다. 청컨대 대왕께 그걸 알려드리겠습니다."

진소양왕이 분부한다.

"조나라 사신에게 이 화씨의 옥을 건네주어라."

인상여는 진나라 신하한테 화씨의 옥을 받아들자 천천히 뒷걸음질치더니 대전 기둥에 몸을 기댔다. 그러고는 갑자기 두 눈을 크게 부릅떴다. 그의 두 눈에선 노기怒氣가 하늘을 찌르는 듯했다.

이어 대전 대들보가 쩌렁쩌렁 울리도록 인상여가 외친다.

"화씨의 옥은 천하에 짝이 없는 보배입니다. 대왕께선 이 옥을 얻고자 우리 조나라로 서신까지 보내셨습니다. 우리 조나라 왕께선 모든 신하와 함께 이 일을 상의하셨습니다. 그때 모든 신하는 '진나라는 힘만 믿고서 화씨의 옥을 보내라는 것입니다. 화씨의 옥만 뺏기고 성을 받지 못하면 어찌합니까? 그러니 화씨의 옥을 보내지 마십시오' 하고 반대했습니다. 그때 신은 '보통 백성들도 서로 속임수를 쓰지 않는데 하물며 강대국인 만승萬乘의 진나라 왕이 어찌 거짓말을 할 리 있겠습니까? 공연히 의심을 품고서 거룩한 진나라 왕께 죄를 짓지 않도록 하십시오' 하고 주장했습니다. 이에 우리 조나라 왕께선 닷새 간 목욕재계하신 연후에 신으로 하여금 대왕께 옥을 바치도록 보내셨습니다. 이렇듯 우리 조나라 왕은 대왕께 공경하는 예를 지켰습니다. 그런데 이제 대왕께선 신을 대하시되 매우 거만스럽게 앉아서 화씨의 옥을 받았고, 모든 신하에게 돌려가면서 구경을 시켰고, 다시 후궁에 보내어 모든 여자들까지 만져보게 하셨습니다. 이는 천하의 보배를 모욕하신 것입니다. 이 몇 가지만 보아도 대왕께서 우리 조나라에 열다섯 성을 주실 생각이 전혀 없다는 걸 알겠습니다. 그래서 신은 거짓말을 하고 다시 화씨의 옥을 받아들었습니다. 대왕께선 반드시 신이 들고 있는 이 화씨의 옥을 힘으로 뺏으려 하실 것입니다. 그러나 신은 옥을 산산조각이 나도록 깨어버리고 이 기둥에 머리를 짓찧고 죽을지언정, 결코 대왕께 이 화씨의 옥을 넘겨주지 않겠습니다."

인상여는 즉시 기둥을 향해 옥을 번쩍 쳐들었다. 당장에 깨어버리겠다는 자세였다.

진소양왕은 인상여가 죽는 것보다 화씨의 옥이 상할까 봐 겁이 났다.

"대부는 잠깐 기다리오. 과인이 어찌 조나라에 신용 잃을 짓을 하리오."

진소양왕이 이렇게 사과하고 황급히 분부한다.

"곧 지도地圖를 내오너라."

진소양왕은 지도에 나타난 유양 땅 여러 성 중에서 열다섯 군데를 일일이 지적하며,

"조나라에 어김없이 내주어라."

하고 명령했다.

인상여는 속으로 생각했다.

'이 역시 속임수가 아니라고 무엇으로 증명하겠는가? 결코 진정이 아닐 것이다.'

인상여가 진소양왕에게 말한다.

"우리 조나라 왕께선 이 천하의 보배 때문에 대왕께 죄를 지을 수 없다고 하사, 신을 보내기 전에 닷새 간 목욕재계하시고 모든 신하를 불러들여 함께 정중히 화씨의 옥을 전송했습니다. 그러니 대왕께서도 마땅히 닷새 간 목욕재계하시고 좌우에 수레와 모든 문물文物을 펴고 위엄과 예의를 갖추십시오. 그러면 그때에 신이 화씨의 옥을 바치겠습니다."

진소양왕이 대답한다.

"좋소. 과인도 예식禮式으로써 정중히 받겠소. 앞으로 닷새 간 목욕재계하겠으니 대부는 그동안 공관公館에 나가서 쉬도록 하오."

인상여는 화씨의 옥을 가슴에 품고서 공관으로 나갔다.

인상여가 공관에서 생각한다.

'나는 조나라를 떠날 때, 만일 진나라에 가서 열다섯 성을 받지 못할 경우엔 반드시 화씨의 옥만은 도로 가지고 오겠다고 왕께 장담했다. 지금 진나라 왕이 비록 목욕재계한다지만 화씨의 옥을 받고 나서 성을 주지 않으면 어찌할꼬! 그렇게 되면 나는 돌아가서 왕을 뵈올 면목이 없다.'

이에 인상여가 수행인 한 사람을 불러 분부한다.

"그대는 거지 복색을 한 후 화씨의 옥을 가지고 지름길로 빠져나가 먼저 조나라로 돌아가거라."

수행인은 곧 다 떨어진 옷차림에 걸인 행색을 하고서 전대纏帶에 화씨의 옥을 넣어 허리에 차고 조나라로 떠났다.

수행인은 조나라에 당도하는 즉시 조혜문왕을 뵈옵고 인상여의 말을 전했다.

"신 인상여는 지금 진나라가 열다섯 성을 내줄 의사가 있는지 어쩐지 확인하지 못하고 있습니다. 그래서 우선 수행인을 시켜 대왕께 화씨의 옥을 보냅니다. 장차 신은 진나라에서 죽음을 당할지도 모릅니다. 그러나 죽더라도 결코 우리 조나라의 위신을 손상시키지는 않겠습니다."

조혜문왕이 머리를 끄덕이며 찬탄한다.

"인상여는 과연 자기 말에 책임을 지는 사람이구나!"

한편 진나라 진소양왕은 말로만 목욕재계한다 하고 그냥 닷새를 보냈다.

닷새째 되던 날이었다.

진소양왕은 정전正殿에 높이 앉아 좌우에 예물禮物을 가득 늘

어놓고 모든 나라 사신들까지 청해들였다. 그는 모든 나라 사신에게 화씨의 옥을 받는 광경을 보여줌으로써 천하 열국列國에 진나라를 과시할 작정이었다.

찬례贊禮 벼슬에 있는 신하가 인상여를 안내했다. 인상여는 조용히 정전에 들어가서 진소양왕에게 두 번 절했다. 그런데 진소양왕이 인상여를 본즉 손에 아무것도 들고 있지 않았다.

진소양왕이 인상여를 굽어보고 묻는다.

"과인은 정중히 화씨의 옥을 받기 위해 닷새 간 목욕재계를 마쳤소. 그런데 어째서 대부는 화씨의 옥을 가지고 오지 않았소?"

인상여가 아뢴다.

"진나라는 진목공秦穆公 이후로 20여 대가 지났으나 그동안 많은 사람들이 속임수만 써왔습니다. 예로부터 그 예例를 들어 말씀드리자면 기자杞子는 정鄭나라를 속였고, 맹명孟明은 진晉나라를 속였고, 근자엔 상앙商鞅이 위魏나라를 속였고, 장의張儀는 초楚나라를 속였습니다. 진나라 역사를 들춰보면 이렇듯 매사가 속임수 아니면 배신한 사실들뿐입니다. 그래서 진나라는 자고로 모든 나라에 신용을 잃어왔습니다. 한데 이제 또 신이 대왕께 속아넘어간다면, 이는 신이 우리 조나라와 왕을 저버리는 결과가 되고 맙니다. 그래서 신은 이미 수행인을 시켜 화씨의 옥을 조나라로 돌려보냈습니다. 신의 죄는 마땅히 죽어야 할 줄로 압니다. 그러니 신을 죽여주십시오."

진소양왕의 안색이 대뜸 변한다.

"그대가 정중히 받기를 청하기에 과인은 닷새 간 목욕재계까지 했다. 그런데 화씨의 옥을 조나라로 돌려보냈다니 이는 분명코 과인을 속인 것이 아니고 무엇이냐! 여봐라! 당장 저 조나라 사신을 결박하여라!"

좌우 무사들이 우르르 달려들어 인상여를 결박했다.

인상여가 얼굴빛 하나 변하지 않고 태연히 아뢴다.

"대왕께선 고정하소서. 신이 아뢸 말씀이 있습니다. 오늘날 형세를 볼 것 같으면 진나라는 강하고, 우리 조나라는 약합니다. 진나라가 우리 조나라를 배신하면 했지, 조나라가 진나라를 배신할 리야 있겠습니까? 대왕께서 진실로 화씨의 옥을 원하신다면 먼저 우리 조나라에 유양 땅 열다섯 성을 주십시오. 대왕께서 사람 하나만 보내어 분부를 내리시면 되는 일입니다. 우리 조나라가 성을 받기만 하면 신은 맹세코 대왕께 화씨의 옥을 바치겠습니다. 우리 조나라가 열다섯 성을 받고서야 어찌 천하에 신용을 잃으면서까지 대왕께 죄를 짓겠습니까? 신은 대왕을 속인 죄를 스스로 잘 알고 있습니다. 물론 죽을죄를 지었습니다. 신은 이미 우리 조나라 왕께 살아서 돌아갈 가망이 없으니 신을 단념하시라고 통지했습니다. 대왕께선 속히 가마솥에 신을 넣어 삶아 죽이십시오. 이 자리엔 모든 나라 사신이 다 와 있습니다. 진나라가 화씨의 옥을 탐하여 조나라 사신을 죽였다는 소문은 머지않아 천하 모든 나라에 퍼질 것입니다. 누가 옳고 그른가는 신이 죽은 후에 밝혀질 것입니다."

정전 안은 삽시간에 찬물을 끼얹은 듯 조용해졌다. 진소양왕은 모든 신하와 서로 얼굴만 마주볼 뿐 아무 말도 하지 못했다.

이 광경을 지켜보던 모든 나라 사신들은 인상여의 목숨이 위태로운 것을 알고 일제히,

"조나라 사신 인상여를 살려주기 바라오."

하고 진소양왕에게 청했다.

이에 진소양왕이 씩 웃으면서 모든 신하에게 분부한다.

"조나라 사신을 죽여도 화씨의 옥을 얻지 못할 바에는 공연히 좋지 못한 소문만 퍼뜨릴 것 없다! 차라리 우리 진나라와 조나라의 우호를 두터이 하리라."

진소양왕은 인상여의 결박을 풀어주게 하고, 예로써 잘 대접한 후에 조나라로 돌려보냈다.

염옹이 『사기史記』를 읽다가 이 대목에 이르러 이 일을 논평한 글이 있다.

진秦나라는 무력武力으로 다른 나라 성을 공격하고 고을을 뺏기가 일쑤였다. 그래도 당시 모든 나라는 꼼짝못하고 당하기만 했다. 화씨의 옥이 제아무리 보배기로서니 어찌 그다지 귀중할 리야 있었겠는가. 우리는 인상여가 그처럼 대견스레 버틴 이유를 알아야 한다. 인상여는 화씨의 옥이 아까웠던 것이 아니다. 다만 진나라의 위력에 눌려 고분고분 화씨의 옥을 바치고 나면, 진나라가 조나라를 만만하게 보고 또 무슨 짓을 할지 몰랐기 때문이다. 곧 화씨의 옥보다도 후환이 두려웠던 것이다. 말하자면 진나라의 분부만 거행하다가는 조나라를 유지할 수가 없었던 것이다. 그래서 인상여는 생명을 걸고 범 같은 진소양왕에게 대항했다. 이로써 조나라에도 인물이 있다는 사실을 진나라에 인식시켰던 것이다.

그리하여 인상여는 무사히 조나라로 돌아갔다. 조혜문왕은 인상여를 칭찬하고 상대부上大夫 벼슬을 주었다.

그런 후 진나라는 조나라에 유양 땅 열다섯 성을 주지 않았다.

그래서 조나라도 화씨의 옥을 보내지 않았다. 진소양왕은 아무리 생각해도 조나라를 휘어잡지 못한 것이 원통했다.

그래서 진소양왕은 다시 조나라로 사신을 보내어,

"서하西河 밖 민지澠池 땅에서 조왕과 회견하고 싶소. 우리 서로 우호를 두터이 합시다."

하고 청했다.

이에 조혜문왕이 모든 신하를 불러놓고 말한다.

"지난날 진나라는 초나라에 속임수를 써서 회견하자 청해놓고 초회왕을 함양성으로 끌고 가서 감금했소. 지금도 초나라 사람들은 진나라에 붙들려가 죽음을 당한 초회왕을 생각하고 슬퍼하지 않소? 그런데 이제 진나라 왕은 과인과 회견하자고 사신을 보냈구려. 과인도 초회왕처럼 함양성으로 붙들려가지나 않을지 두렵소."

염파廉頗가 인상여와 의논하고 아뢴다.

"만일 대왕께서 진나라 왕을 만나러 가시지 않는다면 이는 우리 조나라가 매우 약하다는 것을 보여주는 것밖에 안 됩니다."

인상여 또한 아뢴다.

"신이 대왕을 모시고 가겠습니다. 그동안은 염파가 세자를 모시고 나라를 지키면 됩니다."

조혜문왕이 기뻐한다.

"인상여는 화씨의 옥도 무사히 가지고 왔다. 인상여가 따라간다면야 과인도 안심하겠소."

곁에서 평원군이 아뢴다.

"옛날에 송양공宋襄公이 수레만 타고서 대회에 갔다가 초왕에게 붙들려 갖은 창피를 당한 일이 있지 않습니까? 그러니 대왕께서는 이번에 인상여만 데리고 가실 것이 아니라 좌우 사마司馬와 정병精兵 5,000명을 거느리고 가십시오. 뜻밖의 변에 대비해서라도 군사가 있어야 합니다. 그리고 회장會場에서 30리쯤 떨어진 곳에도 대군을 둔屯쳐두어야만 비로소 안심할 수 있습니다."

조혜문왕이 묻는다.

"그럼 5,000명을 거느리고 갈 대장은 누가 했으면 좋겠소?"

평원군이 대답한다.

"신이 보건대 전부리田部吏 벼슬에 있는 이목李牧이 실로 장군감인가 하옵니다. 이목은 기한이 넘어도 조세租稅가 들어오지 않을 경우엔 지금까지 법法으로 잘 다스렸습니다. 이목은 도조賭租(해마다 세금으로 내는 벼)를 맡아보는 관리官吏를 아홉 명이나 죽인 일이 있었습니다. 그때 신은 사람을 죽이고 온 이목을 크게 꾸짖었습니다. 그때 이목은 이렇게 대답했습니다. '국가가 믿는 것은 법입니다. 국가가 공사公事를 밝히지 않으면 이는 법을 버리는 것이 됩니다. 법을 버리면 나라는 미약해집니다. 그럴 때 다른 나라 군사가 우리 나라로 쳐들어온다고 생각해보십시오. 우리 조나라는 국가를 보전할 수 없을 것입니다. 그와 반대로 공사를 위해 법을 시행함으로써 법이 확립되면 국가는 자연히 강해집니다. 어찌 공사를 버리고 법을 어겨서 국가를 위기에 몰아넣을 수 있습니까?' 이 대답만으로도 이목의 식견이 비범하다는 걸 알 수 있습니다. 그래서 신은 이목을 천거합니다."

조혜문왕은 즉시 이목을 불러들여 중군 대부의 벼슬을 주었다.

이리하여 이목은 대장이 되어 정병 5,000명을 거느리고 조혜문왕을 모시고서 떠났다. 그 뒤를 따라 평원군이 대군을 거느리고 출발했다.

염파가 진秦나라 경계까지 가서 조혜문왕을 전송하며 아뢴다.

"왕께선 지금부터 호랑이 굴 같은 진나라로 들어가십니다. 앞으로 어떤 사태가 벌어질지 예측할 수 없으니 왕께선 신에게 약속해주십시오. 왕께서 진왕秦王과 회견하고 돌아오시기까지를 30일간으로 정하십시오. 만일 30일이 지나도 왕께서 돌아오시지 않으면, 지난날 초나라가 그렇게 했던 것처럼 신은 세자를 왕으로 즉위시키겠습니다. 진나라의 농락을 받지 않기 위해서는 그렇게 하는 수밖에 없습니다."

조혜문왕은 처량히,

"그렇게 하오."

허락하고 경계를 넘어 진나라 땅으로 들어갔다.

조혜문왕이 민지澠池 땅에 당도한 지 얼마 안 되어 진소양왕의 행렬이 도착했다. 두 나라 왕은 각기 역관驛館에 들어가서 쉬었다.

마침내 회견날이 되었다. 진소양왕과 조혜문왕은 서로 예로써 회견하고, 주연酒宴을 열어 서로 술을 권하고 마셨다.

서로가 얼근히 취했을 때였다.

진소양왕이 조혜문왕에게 수작을 건다.

"과인이 소문에 들은즉 조왕께선 음악에 능통하시다면서요? 여기에 과인이 아끼는 좋은 거문고가 있으니 청컨대 한 곡조 탄주彈奏해주십시오."

조혜문왕은 창피한 생각이 들어서 얼굴을 붉혔다. 그러나 거문고를 못 타겠다고 거절할 수는 없었다.

진나라 시자侍者가 조혜문왕 앞에 거문고를 갖다놓았다. 조혜문왕은 하는 수 없이 거문고를 가까이 끌어다놓고 상령곡湘靈曲을 탄주했다. 진소양왕은 음악을 들으면서 시종 찬탄해 마지않았다.

음악이 끝나자 진소양왕이 껄껄 웃으면서,

"듣건대 조나라 시조始祖인 열후烈侯가 음악을 좋아했다던데 군왕께선 집안 전통을 잘 물려받으셨구려."

조롱하고 곁에 있는 어사御史를 돌아보며 분부한다.

"오늘 과인 앞에서 조왕이 거문고를 탔다는 사실을 역사에 기록하여라."

이에 어사는 붓을 들어 죽간竹簡에 다음과 같이 기록했다.

> 모년 모월 모일에 진왕은 민지 땅에서 조왕과 회견하고 조왕으로 하여금 거문고를 타게 하다.

인상여가 앞으로 나아가 아뢴다.

"우리 조왕께서는 진왕께서 진나라 음악에 능통하시다는 말씀을 들었습니다. 신이 이제 질장구〔缶〕(진흙으로 구워 화로같이 만든 악기. 진나라 사람들은 이것을 장구 치듯 쳐서 노래 장단을 맞추는 데 썼다고 한다)를 바치겠습니다. 진왕께서 질장구를 잘 치신다니 서로 음악으로 즐기십시다."

이 말에 진소양왕은 몹시 노하여 인상여가 바치는 질장구를 치려 하지 않았다.

인상여가 다시 술이 가득 든 와기瓦器를 들고 진소양왕 앞에 가서 무릎을 꿇고 청한다.

"대왕께선 이 와기라도 쳐서 이 자리의 흥취를 돋워주십시오."

진소양왕은 꼼짝도 하지 않았다.

인상여가 유유히 위협한다.

"대왕께선 진나라가 강하다는 것만 믿고서 이렇듯 우리를 모욕하실 수 있습니까? 이제 신과 대왕 사이는 불과 다섯 걸음도 못 됩니다. 이 인상여는 대왕을 피로 물들일 수 있습니다."

이에 진나라 신하들이 외친다.

"저 무례한 인상여를 잡아내려라!"

진나라 무사들이 우르르 올라온다.

순간 인상여가 눈을 딱 부릅뜨고 우레 같은 목소리로 무사들을 꾸짖는다.

"네 이놈들! 썩 물러가지 못할까!"

그 순간 인상여의 머리카락과 수염이 빳빳이 일어섰다. 진나라 신하와 무사들은 그 위엄에 깜짝 놀라 부지중에 몇 걸음씩 물러서고 말았다.

진소양왕은 인상여가 무서워 상을 잔뜩 찌푸린 채 하는 수 없이 질장구를 쳤다. 그제야 인상여가 일어나서 조나라 어사에게 말한다.

"어사는 이 일을 역사에 기록하오."

조나라 어사는 곧 붓을 들어 다음과 같이 썼다.

> 모년 모월 모일에 조왕은 민지 땅에서 진왕과 회견하고 진왕으로 하여금 질장구를 치게 하다.

진나라 신하들이 화가 나서 일제히 들고일어나 조혜문왕에게 대든다.

"오늘 조왕께서는 각별한 대접을 받았으니 이 자리를 축복하는 뜻에서 조나라 열다섯 성을 우리 진나라에 바치시오."

인상여 또한 일어나서 진소양왕에게 대든다.

"자고로 예란 서로 주고받는 것입니다. 우리 조나라는 지금 이 자리에서 진나라에 열다섯 성을 바치겠습니다. 진나라도 받기만 하고 그냥 있을 수 없을 터인즉, 원컨대 우리 조나라에 진나라 도읍 함양성을 내주십시오."

이에 진소양왕이 손을 들어 제지한다.

"오늘 이 자리는 우리 두 나라가 친선하는 자리니 너무 흥분들 하지 마오."

그러고 나서 모두에게 권한다.

"자, 서로 술이나 권합시다. 그리고 뜻 있는 오늘을 유쾌하게 보냅시다."

이리하여 진소양왕은 불쾌한 심정을 감추고 애써 너털웃음을 웃었다.

해가 기울자 잔치는 파했다.

역관으로 돌아가자, 진나라 신하 중에서 객경 벼슬에 있는 호상胡傷 등이 진소양왕에게 아뢴다.

"오늘 우리는 참을 수 없는 모욕을 당했습니다. 대왕께선 이 참에 조왕과 인상여를 돌려보내지 말고 잡아두십시오."

진소양왕이 머리를 흔들며 대답한다.

"안 될 말이다. 세작細作의 보고에 의하면 지금 30리 밖에 조나라 대군이 와 있다고 한다. 만일 섣불리 그들을 건드렸다가 실패하면 결국 우리는 천하 모든 나라의 웃음거리밖에 안 된다. 일이 이쯤 되었으니 차라리 조왕을 극진히 대접하고, 형제의 의義를 맺고, 서로 침략하지 않기로 조약을 맺고, 세자 안국군安國君의 아들 이인異人을 조나라에 볼모로 보내는 것이 상책이다."

진나라 신하들이 의외란 듯이 묻는다.

"조약 맺는 건 좋으나 볼모를 보낼 것까지는 없지 않습니까?"

진소양왕이 웃으며 대답한다.

"조나라의 실력은 만만치 않다. 우리가 단번에 그들을 꺾어 누를 수는 없다. 만약 볼모를 보내지 않으면 조나라가 우리를 믿지 않을 것이다. 기왕 일이 이렇게 된 바에야 조나라를 안심시켜놓고 장차 오로지 한韓나라를 도모해야 한다."

이에 진나라 신하들은 서로 머리를 끄덕이고 아무 말도 하지 않았다. 마침내 진소양왕은 조혜문왕과 우호를 맺었다.

이리하여 조혜문왕은 진소양왕과 회견을 마치고 무사히 조나라로 돌아갔다.

진나라 민지 땅으로 떠난 지 30일 만에 궁으로 무사히 돌아온 조혜문왕이 말한다.

"과인은 인상여의 도움으로 민지 땅에서 태산泰山처럼 흔들리지 않을 수 있었다. 인상여는 우리 조나라에서 주周나라 구정九鼎보다 더 귀중한 존재다. 과인은 인상여에게 우리 나라 최고 지위인 상상上相 벼슬을 제수하겠노라."

상상이 된 인상여는 정승인 염파보다 윗자리에 앉게 되었다.

이날 염파가 분이 솟아 투덜거린다.

"나는 전쟁에 나가서 생명을 걸고 큰 공을 세운 사람이다. 반면에 인상여는 한갓 세 치 혀를 놀려 수고한 일밖에 없다. 그런데 인상여가 나보다 윗자리에 앉게 되었으니 세상에 이럴 수가 있나! 더구나 인상여는 환자령宦者令 무현繆賢의 집안 살림을 돌봐주던 미천한 출신이다. 내 어찌 그러한 인상여 밑에서 일할 수 있으리오. 언제고 보기만 해봐라. 내 반드시 그놈을 쳐죽이리라!"

이러한 염파의 말은 바로 인상여에게 전해졌다. 그후로 인상여는 늘 병들었다는 핑계로 궁중 조회에 나가지 않았다. 인상여는 염파와 만나기를 몹시 무서워하는 듯했다.

인상여의 부하들이 투덜거린다.

"우리 대감은 너무 겁이 많다. 그래 정승 염파가 무서워서 궁에도 나가지 않고 생병生病을 앓다니 참 딱한 일이다."

어느 날이었다.

원수는 외나무다리에서 만난다는 격으로, 인상여는 바깥에 일이 있어 출타했다가 저편에서 오는 염파의 행차를 보았다.

인상여가 황급히 어자에게 분부한다.

"정승 염파에게 들키지 않도록 속히 수레를 옆 골목으로 몰아라! 어서 속히!"

급급히 골목으로 몸을 피한 인상여는 염파의 행차가 다 지나간 후에야 큰길로 나왔다.

그날 인상여의 부하들은 격분했다.

"우리 대감은 비굴하도록 겁이 많으니 우리가 창피해서 견딜 수 없네. 우리 이대로 있을 것이 아니라 함께 대감에게 가서 말씀드려보세."

부하들이 인상여에게 몰려가서 고한다.

"저희가 고향과 일가친척을 버리고 대감 문하로 온 것은 대감을 당세當世의 대장부로 믿고 기꺼이 모시기 위해서였습니다. 그런데 대감께선 염 장군보다 지위가 높은데도 그의 버릇없는 말을 누르지 못하고 오히려 겁이 나서 궁에도 못 가시더니만, 오늘은 염 장군을 피해 골목으로 숨기까지 하셨다니 이게 무슨 꼴입니까! 대감께선 왜 그다지도 겁이 많으십니까? 저희는 창피해서 대감을 모시지 못하겠습니다. 대감께선 편히 계십시오. 저희는 고향으로 돌아가겠습니다."

인상여가 굳이 말린다.

"내가 염 장군을 피하는 데는 까닭이 있어 그러오. 그대들이 아마 그 이유를 몰라서 이러는 모양이구려."

부하들이 묻는다.

"저희들은 소견이 좁아서 그 이유를 모르겠습니다. 원컨대 대감께선 그 까닭을 들려주십시오."

인상여가 천천히 말한다.

"그대들은 염 장군과 진왕秦王 중 어느 쪽이 더 무섭소?"

모든 부하가 대답한다.

"그야 진왕이 더 무섭지요."

인상여가 머리를 끄덕이고 말을 계속한다.

"지금 천하에 진왕을 상대할 나라는 없소. 그런데 지난날 나는 진나라 조정에서 진왕을 꾸짖고 진나라 신하들을 모욕했소. 그러한 내가 아무리 굼뜰지라도 어찌 한낱 염 장군을 두려워할 리 있으리오. 나는 이렇게 생각하오. 강대국인 진나라가 감히 우리 조나라를 치지 못하는 이유는 나와 염 장군이 있기 때문이오. 만일 우리 두 사람이 범처럼 서로 싸운다면 누구든지 둘 중 하나가 죽어야만 끝장이 날 것이오. 그러면 진나라가 가만있을 성싶소? 진나라는 우리 두 사람이 싸우는 것을 알기만 하면 절호의 기회인 줄 믿고 즉시 조나라를 칠 것이오. 내가 염 장군을 피하는 이유가 바로 이 때문이오. 내게는 사사로운 원수보다 나라가 더 소중하오. 그대들은 내 뜻을 알아야 하오."

이 말을 듣고 모든 부하가 탄복했다.

어느 날이었다.

인상여의 부하가 시정市井 주점酒店에 들어갔다가 우연히 염파의 빈객賓客을 만났다. 두 사람은 서로 윗자리에 앉으려고 다투었다.

그런데 인상여의 부하가 갑자기,

"그렇다. 우리 대감은 나라를 위해서 염 장군을 피하신다. 나 또한 우리 대감의 뜻을 받들어 너에게 자리를 양보할 터이니 그리 알아라."

하고 다른 자리로 갔다.

이에 염파의 빈객은 윗자리에 버티고 앉아 거만스레 술을 마셨다.

그날 그 빈객은 부중府中에 돌아가서 염파에게 이 일을 자랑했다. 염파는 통쾌히 웃으며 더욱 거드름을 피웠다.

그후 하동河東 땅에서 우경虞卿이란 사람이 조나라 도읍으로 놀러 왔다. 우경은 인상여의 부하들로부터 '인상여가 나라를 위해서 모든 걸 참고 있다'는 말을 들었다.

이에 우경이 조혜문왕을 뵈옵고 아뢴다.

"오늘날 왕께서 가장 소중히 생각해야 할 신하는 인상여와 염파 두 사람이 아니겠습니까?"

조혜문왕이 대답한다.

"그러하오."

"신이 듣건대 옛날엔 모든 신하가 서로 공경하고 협력해서 나라를 잘 다스렸다고 하더이다. 그런데 지금 대왕께서 신임하시는 인상여와 염파는 물과 불처럼 서로 화합하지 못하고 있습니다. 참으로 이 나라의 불행이 아닐 수 없습니다. 신이 보기에 인상여는 겸손하건만 염파는 그 뜻을 이해하지 못하고 더욱 교만합니다. 이러다가 두 사람은 나랏일에 대해서도 서로 의논하지 않을 것이며, 싸움터에 나가서도 돕지 않을 것입니다. 이는 무엇보다도 대왕을 위해서 여간 걱정되는 일이 아닙니다. 청컨대 신이 대왕을 위해서 인상여와 염파 사이를 한번 붙여볼까 합니다."

조혜문왕이 흔연히 대답한다.

"좋은 말이오. 그대는 수고스럽더라도 꼭 이 일을 성취시켜주오."

이에 우경은 먼저 염파의 부중으로 갔다. 우경은 염파를 만나 그의 공로를 칭송했다. 염파는 칭찬을 듣자 기분 좋아한다.

그제야 우경이 슬며시 말한다.

"공로로 말할 것 같으면 물론 장군만한 분이 없습니다. 그러나 도량度量으로 보면 인상여만한 분이 없지요."

이 말에 염파가 갑자기 화를 발끈 낸다.

"인상여는 싸움 한번 못해본 보잘것없는 자요! 다만 세 치 혀를 놀려 약간의 공명을 얻은 거요. 그러하거늘 그에게 무슨 도량이 있단 말이오?"

우경이 정중한 어조로,

"인상여는 결코 약한 선비가 아니오. 그는 앞날을 멀리 내다볼 줄 아는 만큼 소견이 크지요. 내 그 이유를 말씀드리겠소."

하고 인상여의 부하들에게서 들은 얘기를 낱낱이 고한 후에 덧붙인다.

"장군께서 앞으로 조나라에서 살지 않겠다면야 그만이지요. 그러나 이 조나라에서 사시겠다면 문제는 좀 달라집니다. 인상여는 어디까지나 겸손하고 사양하는데, 장군께서 어디까지나 시비를 걸고 싸우려 덤빈다면 어찌 되겠습니까? 머지않아 장군께선 모든 위신과 명예를 잃을 것입니다."

이에 염파는 어느덧 고개를 수그리며 자기 자신을 몹시 부끄러워했다.

염파가 우경을 먼저 보내며 말한다.

"선생이 말씀하지 않으셨다면 어찌 나의 허물을 들을 수 있었으리오. 진실로 인상여는 나보다 훌륭한 인물이구려! 선생은 속히 인상여에게 가서 내가 사죄하겠다는 뜻을 전하시오."

그런 후에 염파는 웃옷을 벗고 등에 형장刑杖을 짊어지고 인상여의 부중으로 갔다.

"이 몸은 워낙 뜻이 좁아서 대감의 너그러운 도량을 몰랐습니다. 이제 죽어도 그 죄를 씻지 못할 줄 아오."

염파는 인상여를 향해 진심으로 사죄하고 꿇어엎드렸다.

인상여가 버선발로 뛰어나와 염파를 부축해 일으키고 말한다.

"우리 두 사람은 다 같이 이 나라 종묘사직을 받드는 신하입니다. 장군께서 이 뜻을 알아주시니 오히려 고맙기 한량없거늘 어찌 하사 이렇듯 사죄하시오."

염파가 인상여를 붙들고서 하염없이 눈물을 흘린다.

"이 몸은 원래 성미가 거칠고 미련하오. 대감께서 이렇듯 용서해주시니 부끄럽기 짝이 없소."

이에 인상여도 염파를 붙들고 울었다.

이윽고 염파가 말한다.

"나는 이제부터 대감과 생사生死를 함께하는 벗이 되겠소. 비록 내 목에 칼이 들어온다고 해도 이 마음만은 변치 않겠소."

그러면서 먼저 인상여에게 절했다.

인상여는 곧 답배答拜하고 염파를 안으로 데리고 들어가서 성대히 술상을 차려 대접했다.

오늘날 사람들이 흔히 말하는 문경지교刎頸之交란 바로 인상여와 염파의 우정에서 비롯된 말이다.

이름을 알 수 없는 어떤 사람이 시로써 이 일을 찬탄한 것이 있다.

수레를 몰아 골목길로 피한 인상여의 도량은 참으로 크며
웃옷을 벗고 죄를 청한 염파의 뜻 또한 웅장했도다.
오늘날은 어떠한가! 모두가 자기 세력을 위해서 날뛰니
그 어느 누가 나라를 위해 생각하는 자 있으리오.
引車趨避量誠洪
肉袒將軍志亦雄
今日紛紛競門戶
誰將國計置胸中

이에 조혜문왕은 인상여와 염파 사이를 붙여준 우경의 공로를 치하하여 황금 100일을 주고 상경 벼슬을 내렸다.

한편, 이때 진秦나라는 초楚나라를 쳤다. 진나라 대장 백기白起는 초나라 군사를 무찌르고 마침내 초나라 옛 도읍 영도郢都를 함몰하여 진나라 관할인 남군南郡 땅에 소속시켰다.

이에 초경양왕楚頃襄王은 진나라 군사에게 쫓겨 동쪽 진陳 땅까지 달아나 숨을 돌렸다.

그후 진나라 대장 위염이 다시 초나라 검중黔中 땅을 쳐서 함몰하여 검중군黔中郡이라 이름을 고치고 진나라 관할로 소속시켰다.

진나라 군사에게 많은 땅을 빼앗긴 초경양왕은 기진맥진하여 영을 내렸다.

"태부太傅 황헐黃歇은 세자 웅완熊完을 데리고 가서 진나라에 볼모로 바치고 어떻게 해서든 화평을 맺고 돌아오오. 이러다간 우리 초나라가 남아나지 않겠소."

이리하여 초나라는 세자 웅완을 볼모로 바치고 진나라와 화평

을 맺었다.

그후 진나라 장수 백기는 군사를 돌려 이번엔 위魏나라를 쳤다. 백기가 위나라 도읍 대량성大梁城 가까이까지 쳐들어갔을 때, 대량에선 위나라 대장 폭연暴鳶이 군사를 거느리고 나와서 싸웠다.

그러나 위나라 군사는 이기지 못하고 대패하여 군사 4만 명을 잃었다. 위나라는 하는 수 없이 진나라에 세 성을 바치고서야 겨우 화평을 맺었다. 이에 진소양왕은 개선해 돌아온 백기에게 무안군武安君이란 칭호를 내렸다.

그런 지 얼마 후였다.

진소양왕은 객경客卿 벼슬에 있는 호상胡傷을 시켜 또다시 위나라를 쳤다. 이에 위나라 장수 망묘芒卯가 진나라 군사를 맞이하여 큰 전투를 벌였다. 그러나 위나라 군사는 역시 대패하여 남양南陽 땅을 빼앗겼다. 진나라 객경 호상은 위나라 남양 땅을 남양군南陽郡이라 개칭改稱하고 진나라 땅으로 소속시켰다.

진소양왕은 대장 위염을 양후穰侯로 봉하고, 이번엔 다시 호상에게 군사 20만 명을 주어 한韓나라를 치게 했다. 호상은 군사를 거느리고 한나라로 쳐들어가서 알여閼與 땅을 포위했다. 이에 한이왕韓釐王은 급히 조나라로 사신을 보내어 구원을 청했다.

조나라 조혜문왕은 곧 모든 신하를 불러들여 한나라를 도울 것인지 버려둘 것인지를 상의했다.

인상여와 염파와 악승樂乘이 같은 의견을 아뢴다.

"한나라 알여 땅은 길이 험하고 지형이 좁습니다. 우리 나라 군사가 가서 돕는다 해도 매우 불편할 터이니 관여하지 않는 것이 좋을 것 같습니다."

이에 평원군平原君이 아뢴다.

"한나라와 위나라는 마치 입술과 이처럼 서로 깊이 관계한 나라입니다. 만일 우리가 그들을 돕지 않아서 망한다면 장차 어찌 되겠습니까? 진나라 군사는 전번에 위나라를 쳤고 이번에 한나라를 정복하고 나면, 그 다음엔 반드시 우리 조나라를 치려 들 것입니다."

모든 신하들이 각기 한마디씩 하는데 조사趙奢•만은 종시 아무 말이 없었다.

조혜문왕이 묻는다.

"조사는 어찌하여 아무 말이 없소?"

조사가 비로소 아뢴다.

"알여 땅은 지형이 좁고 길이 험한 만큼, 이 싸움은 마치 조그만 구멍 속에서 쥐 두 마리가 서로 싸우고 있는 것이나 다름없습니다. 그러므로 우리 나라 군사가 가면 이길 수 있습니다."

마침내 조혜문왕은 조사에게 군사 5만 명을 내주었다. 이에 조사는 군사를 거느리고 한나라를 도우러 떠났다.

조사는 한단성邯鄲城(조나라 도읍) 동문을 벗어나 30리쯤 가다가 모든 군사들에게 영을 내렸다.

"이곳에 보루堡壘를 쌓고 그 밑에다 영채를 세워라."

군사들은 영문을 몰라 어리둥절해하다가 명령을 어길 수 없어 보루를 쌓고 영채를 세웠다.

조사가 다시 군사들에게 명령을 내린다.

"앞으로 계급의 상하를 막론하고 누구든지 군사軍事에 관해서 말하는 자가 있으면 무조건 참斬할 것이니 그리 알라!"

연후에 조사는 영문營門을 굳게 닫고 들어가더니 신선처럼 드러누워 일어나지 않았다. 함부로 말하면 죽인다는 명령이 내렸기 때문에 영중營中은 고요하기만 했다.

한편, 한나라 알여 땅 일대는 진나라 군사들의 북소리와 함성으로 진동하여 알여성閼與城 안 가옥들의 기왓장이 다 흔들릴 지경이었다.

이때 조나라 군리軍吏 한 사람이 장사꾼으로 가장하고 알여성 근처에 가서 잠복했다.

수일 만에 그 군리가 돌아가서 조사에게 아뢴다.

"몰래 알여성 근처에 가서 전세戰勢를 정탐하고 방금 돌아왔습니다. 진나라 군사들의 사기는 하늘을 찌를 듯했습니다. 한데 장군께선 어쩌자고 여기에서 이러고 누워만 계십니까?"

조사가 준엄하게 꾸짖는다.

"네 이놈! 군사軍事에 관해서 말하면 죽인다고 하지 않았느냐? 불문곡직하고 이놈을 참하여라!"

군리는 그 자리에서 끌려나가 죽음을 당했다.

조사는 28일 동안 꼼짝하지 않고 드러누워 있기만 했다. 그는 군사들을 시켜 여전히 성루城壘를 높이 쌓고 구렁〔溝〕만 깊이 파게 했다.

한편, 진나라 장수 호상은 조나라 군사가 한나라를 도우러 떠났다는 말만 들었다. 그러나 조나라 군사는 나타나지 않았다. 호상은 궁금해서 세작細作을 보냈다.

그 세작이 돌아와서 보고한다.

"조나라는 과연 구원병을 파견했습니다. 한데 조나라 대장 조사는 군사를 거느리고 겨우 한단성 30리 밖에 나와서 웬일인지 성루만 쌓은 채 꼼짝하지 않고 있습니다."

호상이 말한다.

"그럴 리가 있나? 좌우간 조나라 군사에게 사람을 보내보아라."
이에 진나라 장수 한 사람이 조나라 군사에게로 갔다.
그 장수가 조사에게 호상의 말을 전한다.
"우리 진나라 군사는 오래지 않아 한나라 알여성을 함몰할 것이오. 만일 우리와 싸울 생각이 있거든 속히 오도록 하오!"
조사가 대답한다.
"우리 조나라는 한나라가 위기에 놓였다는 말을 듣고 우리 나라 국방國防을 튼튼히 하고자 이곳까지 온 것뿐이오. 우리가 어찌 진나라 군사와 싸울 수 있겠소?"
조사는 진나라 장수에게 술과 음식을 대접하고 사방 성루를 보여주었다.
진나라 장수는 융숭한 대접을 받고 돌아가서 호상에게 조사의 말을 전했다.
진나라 대장 호상이 기뻐하며 말한다.
"다행스런 일이다. 조나라 군사가 자기 나라 도읍에서 겨우 30리 밖에 나와 국방만 튼튼히 하고 있는 이유를 이제야 알았다. 조나라는 우리 군사와 싸울 생각이 없을 뿐만 아니라, 실은 우리 군사를 무서워하고 있는 것이다. 이제 머지않아 우리는 알여성을 함몰하겠구나!"
이에 호상은 조나라 군사에 대한 방비를 거두고 한나라만 집중적으로 공격하기 시작했다.
한편 조사는 진나라 장수를 돌려보낸 지 사흘 만에야 말 잘 타고 활 잘 쏘고 싸움에 익숙한 군사 1만 명을 뽑아 선봉으로 삼았다. 그러고는 대군을 거느리고 일제히 출발했다.
이리하여 조나라 군사는 다 함매銜枚하고 갑옷을 벗어 등에 지고서 하루 밤 하루 낮을 쉬지 않고 행진하여 마침내 한나라 국경에 당도했다. 그곳에서 알여성까지는 불과 15리 남짓했다. 조사는 다시 군사에게 명하여 성루를 쌓게 했다.

한편, 알여성을 공격하던 진나라 장수 호상은 조나라 군사가 온다는 보고를 받고 불같이 화를 냈다.

"조사란 놈이 나를 놀리려 드는구나! 어디 두고 보자! 이제 군사 반은 알여성을 포위하고 나머지 군사는 조나라 군사와 싸우러 출발하여라!"

이때 조나라 군영軍營에 허역許歷이라는 군졸이 있었다. 허역은 대쪽에 '청간請諫(간할 말이 있다는 뜻)'이란 두 글자를 써서 대장 조사가 있는 장막 안으로 들여보냈다. 그리고 장막 밖에서 무릎을 꿇고 대장 조사의 분부를 기다렸다.

조사가 청간이라고 쓴 대쪽을 받고 분부한다.

"이 대쪽을 바친 자를 불러들여라!"

잠시 후에 허역이 들어오자 조사가 묻는다.

"너는 나에게 무슨 말을 간하려 하느냐?"

허역이 고한다.

"진나라 군사는 우리 군사가 이렇게 갑자기 들이닥칠 줄은 몰랐을 것입니다. 그러므로 악에 받친 그들은 곧 우리 군사를 치러 올 것입니다. 장군께선 진陣을 굳게 쳐야만 그들을 막아낼 수 있지 그렇지 않으면 패합니다."

조사가 머리를 끄덕인다.

"그대 말이 옳다!"

이에 조사는 모든 군사에게 진을 벌이게 하고 진나라 군사가 오기를 기다렸다.

허역이 또 아뢴다.

"병법에 의하면 '지리地利를 얻는 자가 이긴다'고 했습니다. 알여 땅의 형세를 보면 북쪽 산이 가장 높건만 진나라 장수는 그걸 이용할 줄 모르고 있습니다. 장군께선 속히 북쪽 산을 점거하십시오."

"그대 말을 따르겠소. 다른 사람을 보낼 것 없이 그대가 군사 1만 명을 거느리고 가오."

이에 허역은 군사 1만 명을 거느리고 북쪽 산에 올라가서 그곳을 차지했다. 산 위에서 내려다보니 진나라 군사의 일거일동이 손바닥 들여다보듯 소상히 보였다.

그제야 진나라 장수 호상도 북쪽 산을 탈환하려고 쳐올라갔다. 그러나 워낙 산세가 험해서 올라가기가 쉽지 않았다. 개중에 담대하다는 진나라 군사 몇 명이 앞장서서 올라가다가 조나라 군사가 굴려내리는 바위와 돌에 치여 쓰러졌다.

진나라 장수 호상은 화가 머리끝까지 치솟아 짐승처럼 부르짖으면서 군사들을 지휘했다. 진나라 군사들이 겨우 길을 찾아 기를 쓰고 올라가는데 문득 뒤에서 요란스레 북소리가 일어났다. 조나라 장수 조사가 군사를 거느리고 와서 산으로 올라가는 진나라 군사의 뒤를 엄습한 것이다.

이에 진나라 장수 호상은 황망히 군사를 돌려 조사의 군사들을 막게 했다. 조사는 즉시 활 잘 쏘는 사수射手 1만 명을 5,000명씩 이대二隊로 나눠 세웠다. 조사의 명령이 떨어지자 조나라 사수들은 진나라 군사를 향해 일제히 활을 쏘아댔다.

이와 동시에 산 위에 있던 허역은 군사 1만 명을 휘몰아 산 밑으로 달려내려오면서 진나라 군사를 닥치는 대로 쳐죽였다. 조나라 군사들의 함성은 천지를 뒤흔들었다. 진나라 군사는 산 중턱에서 앞뒤로 협공을 받고 어쩔 줄을 몰라 했다. 그야말로 진나라 군사에겐 하늘이 무너지는 듯했다.

진나라 군사는 대패하여 달아나기도 하면서 죽어 나동그라졌다. 달아나던 호상도 말 위에서 굴러떨어져 하마터면 조나라 군사들에게 사로잡힐 뻔했으나 때마침 병위兵尉 사이斯離가 군사를 거느리고 달려와서 구출해 달아났다.

조사는 군사를 거느리고 진나라 군사를 50리나 추격했다. 진나라 군사는 잠시도 쉬지 못하고 그저 서쪽을 향해 달아나버렸다. 이리하여 마침내 알여성의 포위는 풀렸다.

이에 한이왕韓釐王은 친히 성에서 나와 조나라 군사를 위로하고, 즉시 조나라로 국서國書를 보내어 조혜문왕에게 감사의 뜻을 표했다.

조사가 개선凱旋해서 조나라로 돌아가자, 조혜문왕은 그에게 마복군馬服君을 봉封하고 인상여와 염파에 버금가는 최고 벼슬을 주었다.

이에 조사는 이번 싸움에서 공로를 세운 허역을 천거했다. 조혜문왕은 허역에게 국위國尉 벼슬을 주었다.

조사에게는 조괄趙括이란 아들이 있었다. 그런데 조괄은 원래부터 병법에 관해 논하기를 좋아했다. 그는 집안에 전해내려오는 『육도삼략六韜三略』이란 병서兵書를 읽고 난 후로 더욱 대가인 체 행세했다.

어느 날 조괄은 아버지 조사와 병법을 논했다. 조괄은 하늘과 땅을 손가락질하면서 천하에 자기를 당적할 자가 없다고 뽐냈다. 조괄의 눈에는 아버지도 시시해 보였다.

그 어머니가 기뻐한다.

"우리에게 이런 영특한 아들이 있으니 얼마나 기쁘오. 장군 집안에서 장군이 나온 격이구려."

조사가 이맛살을 잔뜩 찌푸리고 대답한다.

"괄括은 자기가 천하에서 제일인 줄로 생각하고 있소. 이것 하나만 봐도 그 아이는 장수가 될 자격이 없소. 대저 군사軍事라는 것은 사생死生의 마당이오. 항상 마음을 졸이고, 모든 사람에게 널리 묻고 의논하고도 오히려 혹 실수하지나 않을까 염려되어 밤잠을 이루지 못하는 것이 장수라! 만일 괄처럼 말이 쉬운 자가 병권을 잡는다면, 남의 말은 듣지도 않고 모든 걸 제 마음대로만 하려 들 것이니 적과 싸워서 어찌 패하지 않으리오!"

그날 저녁때 그 어머니는 돌아온 아들에게 남편 조사의 말을 전해주었다.

조괄이 껄껄 웃으며 말한다.

"어머니! 아버지도 이젠 늙으셔서 여간 두려움이 많아지시지 않았습니다. 아버지도 별수 없군요."

그후 2년이 지났다.

조사는 어느덧 병이 들어 회생回生할 가망이 없게 되었다.

조사가 아들 조괄에게 유언한다.

"병사兵事는 흉한 것이며, 싸움은 위험한 것이다. 그래서 자고로 옛사람들은 함부로 전쟁을 하지 말라고 경고했다. 이 아비는 장수가 된 지 여러 해 만에 이제야 싸움에 진 장수라는 오명汚名을 듣지 않고 죽게 되었으니, 비로소 편안히 눈을 감겠다. 그러나 너에게 한 가지 일러줄 말이 있다. 너는 결코 장수가 될 만한 인물이 못 된다. 그러니 내 말을 명심하고 무슨 일이 있을지라도 장수만은 되지 말아라. 한번 잘못하면 몸을 망치고 집안도 망칠 뿐만 아니라 나라까지 망치는 것이다."

조사가 또 아내에게 부탁한다.

"다음날에 왕께서 괄을 불러다가 장수를 시키려 하시거든 당신은 왕께 가서 내가 지금 한 말을 아뢰고 끝까지 사양하오. 많은 군사를 죽이고, 나라를 욕되게 하는 것이 어찌 신하의 도리라 하겠소."

말을 마치자 조사는 자는 듯이 눈을 감고 죽었다.

조혜문왕은 조사의 생전 공로를 잊을 수 없어서 그 아들 조괄에게 마복군馬服君의 작호를 계승시켰다.

범저范雎, 구사일생

위魏나라 도읍지인 대량 땅 출신으로 범저范雎란 사람이 있었다. 그는 천하의 이치理致를 말하고 국가를 일으키며 천하를 바로잡겠다는 장한 뜻을 품고 있었다. 범저는 자기가 태어난 위나라에서 벼슬을 살고자 했으나 워낙 가난하고 미천해서 출세할 연줄이 없었다.

이에 범저는 우선 중대부中大夫 수가須賈의 집에 몸을 의탁하고서 집안일을 봐주는 사인舍人 노릇을 했다.

이때는 제나라 제민왕齊湣王이 한창 교만무도했던 무렵이었다. 그래서 마침내 연나라 악의樂毅가 네 나라를 규합해서 함께 제나라를 치기에 이르렀고, 위나라 역시 군사를 보내어 연나라 군사를 도왔다는 것은 이미 앞에서 말한 바다.

그러나 결국 제나라 전단田單이 연나라 군사를 물리쳐 다시 제나라를 되찾고 세자 법장法章을 왕으로 모셨으니, 그가 바로 제양왕齊襄王이란 것도 이미 이야기했다.

사세가 이렇게 역전되자 위나라는 당황했다. 위소왕魏昭王은 제나라가 혹 보복하려 들지 않을까 겁이 났다. 이에 위소왕은 정승 위제魏齊와 상의하여 제나라에 사신을 보내 우호를 맺기로 하고, 중대부 수가에게 이 일을 맡겼다.

"경은 제나라에 가서 지난 일을 사과하고 우호를 맺고 돌아오도록 하오."

이에 수가는 자기 집 일을 보는 범저를 데리고 제나라로 갔다. 제나라에 당도한 수가는 제양왕을 뵈옵고 지난 일을 사과했다.

제양왕이 언성을 높여 수가에게 묻는다.

"지난날에 우리 선왕께서는 위나라 군사와 함께 송宋나라를 쳐서 의기투합한 일도 있었다. 그런데 연燕나라가 우리 제나라를 침략하자 어떠했던가! 위나라는 연나라 군사를 도와 우리 제나라를 짓밟았다. 상상도 못했던 일이었다. 우리 선왕께서 비참하게 돌아가신 걸 생각하면 과인은 원통하고 분해서 위나라라면 이가 갈린다. 여러 말 말고 어서 돌아가거라. 또 무슨 거짓말로 과인을 속이러 왔느냐! 그게 아니라면 과인이 위나라를 믿을 수 있도록 무엇이든 간에 증거를 보여라!"

이에 수가는 대답을 못하고 연방 머리만 조아렸다.

곁에서 그 꼴을 보다 못한 범저가 수가를 대신해서 대답한다.

"대왕의 말씀은 옳지 못합니다. 지난날 저희 선군先君께서 제나라와 함께 송나라를 친 것은 그만한 이유가 있었습니다. 그때 제민왕께선 함께 송나라를 쳐서 무찌르기만 하면 송나라 땅을 셋으로 나누어 우리 위나라에 3분의 1을 주겠다고 약속하셨습니다. 그런데 송나라를 쳐서 무찌른 연후에는 과연 어떠하였습니까? 제나라는 약속을 지키지 않고 송나라를 모조리 독차지했습니다. 뿐만 아니라 도리어 우리 위나라를 멸시하고 학대했습니다. 그러므로 위나라에 신용을 잃은 것은 제나라입니다. 그후 제나라가 더욱 교만해지고 횡포를 부렸기 때문에 마침내 모든 나라는 연나라 편이 되었습니다. 이리하여 제수濟水 서쪽에서의 싸움에서 다섯 나라가 제나라를 치기에 이르렀던 것입니다. 그런데 대왕께선 어찌하사 우리 위나라만 책망하십니까? 더구나 다른 나라 군사에 비해 우리 위나라 군사는 제나라에 그다지 피해를 끼치지 않았습니다. 연나라 군사가 임치성에 주둔했을 때만 해도 위나라 군사는 모두 본국으로 돌아갔습니다. 이것만으로도 우리 위나라가 예의로써 제나라를 대접했다는 걸 대왕께선 아실 것입니다. 게다가 우리 위왕께서는 이번에 말씀하시기를 '새로 등극한 제왕은 영특하고 덕있는 분이라 반드시 옛 제환공齊桓公처럼 제나라를 융성하게 일으킬 것이다. 지난날 제민왕이 저지른 잘못을 다 고치고 영원히 아름다운 덕을 드리울 줄 믿는다' 하시고 이처럼 하신下臣 수가를 보내사 대왕과 친선을 맺도록 하셨습니다. 그런데 대왕께선 사람을 책망할 줄만 아시고 추호도 반성할 줄은 모르시니, 이러다간 대왕께서도 제민왕의 잘못을 거듭 되풀이하시지나 않을지 적이 염려스럽습니다."

이 말에 제양왕은 큰 충격을 받았다.

제양왕이 즉시 일어나 사과하고 수가에게 묻는다.

"과인은 참으로 좋은 말을 들었소. 그런데 이분은 누구시오?"

수가가 아뢴다.

"신의 사인舍人으로 있는 범저입니다."

제양왕은 그러냐는 듯이 말없이 머리를 끄덕이면서 유심히 범저를 굽어보았다.

제양왕이 수가를 공관에 나가서 쉬도록 내보낸 후 아랫사람에게 분부한다.

"위나라 사신을 후하게 대접하여라."

그날 밤이었다. 제나라 신하 한 사람이 제양왕의 분부를 받고, 범저가 묵고 있는 공관으로 갔다.

제나라 신하가 범저에게 살며시 말한다.

"우리 대왕께선 선생의 높은 재주를 사모하고 계시오. 그래서 선생을 객경으로 모실 작정이시오. 선생은 위나라로 돌아가지 말고 우리 제나라에 머물러주오."

범저가 사양한다.

"나는 위나라 사신과 함께 왔으니 그와 더불어 다시 돌아가야 할 몸이오. 이 정도 신의도 지키지 못한다면 어찌 사람이라 하겠소?"

제나라 신하가 궁으로 돌아가서 이 말을 전하자, 제양왕은 범저를 더욱 존경하게 되었다.

제양왕이 다시 분부한다.

"그대는 범저에게 가서 황금 10근斤과 우주牛酒를 주고 좋은 말로 한번 더 권해보오."

이에 그 신하는 황금과 우주를 가지고 다시 공관으로 갔으나 범저는 역시 받지 않았다. 그래도 제양왕은 단념하지 않고 범저에게 네 번이나 신하를 보냈다.

"제왕의 분부이십니다. 선생이 아무리 사양한다 해도 나는 이 황금과 우주를 도로 가지고 돌아갈 순 없습니다."

범저는 더 이상 사양할 수가 없어서 우주만 받고 황금은 돌려주었다. 제나라 신하는 탄식하며 황금을 가지고 돌아갔다. 그런데 범저와 같은 공관에서 머물고 있던 수행인 한 사람이 즉시 수가에게 이 사실을 고해바쳤다.

수가는 사람을 보내어 범저를 자기가 머무는 공관으로 불러들였다.

"제나라 신하가 여러 번씩 그대를 찾아왔다는데 무슨 일이라도 있었는가?"

범저가 대답한다.

"제왕이 저에게 황금 10근과 우주를 보내왔습니다. 처음엔 사양했으나 네 번씩이나 사람을 보내어 굳이 권하기에 우주만 받아뒀습니다."

수가가 의심하는 눈초리로 묻는다.

"제왕이 어째서 그대에게 그런 것을 보냈을까?"

"자세한 건 모르겠습니다만, 아마 제가 대감을 모시는 사람이기 때문에 대감을 존경하는 뜻에서 저에게까지 그런 물건을 보낸 줄 압니다."

수가가 무뚝뚝한 표정으로 묻는다.

"그래? 그렇다면 정식 사신인 나에겐 아무것도 보내지 않고, 어째서 그대한테만 보냈단 말인가? 필시 그대가 제나라와 무슨 내통內通이라도 한 것이겠지!"

범저가 솔직히 대답한다.

"제왕이 먼저 사람을 보내어 저에게, '우리 제나라에 귀화하면 객경 벼슬을 주겠다'고 권한 일이 있습니다. 그러나 저는 준절히 거절했습니다. 제가 어찌 신의를 버리면서까지 사사로이 영화를 바라겠습니까?"

그러나 수가는 속으로 범저를 의심했다. 결국 수가는 별다른 성과도 거두지 못한 채 범저와 함께 제나라를 떠나 위나라로 돌아갔다.

수가는 위소왕魏昭王에게 다녀온 경과를 보고했다. 그러고는 정승 위제에게 가서 고한다.

"제왕은 신의 사인인 범저에게 객경 벼슬을 줄 터이니 제나라에 귀화하라고 권했다고 합니다. 게다가 범저에게 황금과 우주까지 보냈습니다. 이런 점을 종합해볼 때 범저가 제나라와 내통이라고 하지 않았는지 여러모로 의심이 납니다. 그렇지 않고서야 제왕이 어째서 그런 물건을 보냈겠습니까?"

이 말을 듣고 정승 위제는 분노를 참지 못했다.

이에 위제가 모든 귀빈과 선비들을 불러모으고 그 자리에서 무사들에게 분부한다.

"즉시 범저를 잡아들여라!"

이윽고 범저가 붙들려 들어와서 계하에 꿇어엎드렸다.

위제의 추상같은 호령이 떨어진다.

"네 이놈, 범저야! 네가 제나라와 내통했다지?"

범저가 대답한다.

"어찌 감히 그런 일을 할 리 있겠습니까?"

"그렇다면 제왕이 왜 너에게 황금과 우주를 보냈으며, 너 또한 왜 그것을 받았느냐 말이다!"

"제나라 신하가 누차 와서 하도 권하기에 제왕의 뜻을 어길 수 없어 우주만 받고 황금은 그냥 돌려보냈습니다."

위제가 큰소리로 꾸짖는다.

"이 매국노야! 그래도 변명이랍시고 주둥이를 놀리느냐? 제왕이 아무 이유 없이 어찌 그런 걸 너에게 보냈으리오! 옥졸들아! 저 놈을 비끄러매고 곤장 100대를 쳐서 실토하게 하여라."

범저가 묻는다.

"저는 아무 잘못이 없습니다. 무엇을 실토하란 말씀입니까?"

위제가 더욱 노한다.

"참으로 극악무도한 놈이로구나! 여러 말 할 것 없다. 저놈의 숨이 끊어질 때까지 호되게 쳐라! 저런 놈을 살려두었다가는 큰일나겠다."

옥졸들은 곤장을 불끈 쥐고 범저를 향해 사정없이 쳤다. 참혹한 일이었다. 곤장 한 대에 범저는 이빨이 죄 부러지고, 온 얼굴에 피가 흘러내렸다. 그런데도 곤장은 범저에게 마구 떨어진다.

범저가 아픔을 참다못해 울부짖는다.

"참으로 원통하고 억울합니다! 원통하고 억울합니다!"

모든 귀빈과 선비들은 이 끔찍한 광경을 보고도 감히 말리지 못했다. 그들은 격분한 위제의 표정에 기가 질렸던 것이다.

위제는 옥졸에게 술을 먹이고 교대로 쉴 새 없이 범저를 치게 했다. 술에 취한 옥졸들은 사람이 아니라 그야말로 저승 사자였다.

이리하여 진시辰時(오전 9시)부터 시작한 곤장질은 미시未時(오후 3시)까지 계속되었다. 범저의 몸은 한 군데도 성한 곳이 없었다. 땅바닥에는 피뿐만 아니라 살점까지 흩어졌다.

한순간 떨어지는 곤장 소리가 유난히 크게 울리더니 범저의 뼈가 부러지는지 우지끈 소리가 났다. 그와 동시에 범저의 마지막 비명이 울려퍼지고는 목이 푹 수그러들었다. 그리곤 움직이질 않았다. 옥졸이 범저의 머리를 틀어잡고 목을 젖혀보았다. 범저는 죽어 있었다.

옛사람이 시로써 이 일을 탄식한 것이 있다.

어허, 슬픈 일이로다
신의 있는 훌륭한 선비를 개 잡듯 때려잡지 마라.
무릇 일이란 자세히 알고 나서 윗사람에게 보고해야만
죄 없는 사람이 억울한 꼴을 당하지 않느니라.
可憐信義忠良士
翻作溝渠枉死人
傳語上官須仔細
莫將屈棒打平民

잠연潛淵 거사居士가 시로써 이 일을 탄식한 것이 있다.

옛날에 장의는 초나라에서 화씨의 옥을 훔쳤다는 누명을 썼지만
범저가 어찌 제나라에 위나라를 팔았으리오.
의심을 품기 시작하면 한이 없나니
자고로 억울한 꼴을 당한 영웅이 그 몇몇이던가!
張儀何曾盜楚璧
范叔何曾賣齊國
疑心盛氣總難平
多少英雄受冤屈

좌우 옥졸이 정승 위제에게 아뢴다.
"죄인의 숨이 끊어졌습니다."
위제가 친히 뜰에 내려가서 보니 범저는 갈빗대와 이빨이 다 부러진 채로 한 곳도 성한 데가 없었다. 핏덩어리가 된 범저는 꼼짝

도 하지 않았다.

위제가 손가락으로 범저를 가리키며 저주한다.

"매국노는 죽어야 마땅하다! 그래야만 다른 사람에게도 본보기가 될 것이다. 송장을 거적에 싸서 변소 밑에 두고 그 위에다 오줌을 누도록 하여라. 이런 놈은 죽은 영혼이라도 늘 축축히 젖어 있어야 한다."

옥졸은 범저를 거적에 싸서 변소 밑에 두었다.

어느덧 해는 저물고 사방이 어두워졌다. 죽은 줄 알았던 범저는 그제야 깨어나 겨우 정신을 차리고 거적 사이로 고개를 내밀어 밖을 살폈다. 옥졸 하나가 지키고 있었다. 범저는 가느다란 목소리로 신음했다. 옥졸이 신음 소리를 듣고 황망히 와서 들여다본다.

범저가 힘없이 옥졸을 쳐다보며 말한다.

"내 몸이 이 지경이 되었네. 비록 잠시 깨어났으나 어찌 살아날 수 있으리오. 자네, 우리 집으로 나를 데려다줄 수 없겠나? 기왕 죽을 바에야 집에 가서 죽고 싶네. 우리 집에 황금이 몇 냥 있으니 자네에게 다 줌세."

옥졸이 황금이란 말에 귀가 솔깃해서 대답한다.

"그럼 죽은 듯이 꼼짝 말고 계시우. 내 안에 들어가서 정승께 적당히 품하고 나오겠소."

그때 위제는 귀빈들과 함께 술을 마셔서 대취해 있었다.

옥졸이 와서 품한다.

"변소에 둔 시체에서 비린내가 몹시 납니다. 송장을 두느니 내가는 것이 좋을 것 같습니다."

모든 빈객이 말한다.

"어, 어디선지 냄새가 나더라니 이게 그 냄새 아닌가?"

"대감, 시체를 내보내고 새로운 기분으로 한잔하십시다."

위제가 옥졸에게 분부한다.

"그럼 교외에 내다버려라. 땅에 묻지 말고 까마귀 밥이나 되게 하여라."

그 옥졸은 한밤중이 되기를 기다렸다가 범저를 업고 몰래 빠져나갔다. 범저의 아내는 남편이 그 꼴이 되어 업혀온 걸 보고 놀라 몸을 가누지 못한다.

범저가 옥졸에게 황금을 내주며 사례한다.

"이 은혜는 잊지 않겠네. 교외에 가서 이 거적을 버리고 돌아가게. 그래야만 앞으로 자네가 피해를 입지 않을 걸세!"

옥졸이 간 후 아내는 범저의 온몸에 약을 발라주고 술과 음식을 들여왔다.

범저가 아내에게 말한다.

"위제는 나를 몹시 미워하고 있소. 그자는 내가 죽은 줄로 알지만, 그래도 혹 의심할지 모르오. 내가 변소에서 벗어나 이렇게 돌아오게 된 것은 그때 위제가 몹시 취해 있었기 때문이오. 내일이면 위제가 내 시체를 도로 찾을지도 모르는데, 만일 시체가 없어졌다는 사실이 드러나면 위제는 반드시 우리 집을 수색할 것이오. 그렇게 되면 나는 죽은 사람이오. 원래 나에겐 정안평鄭安平이란 의형제가 있는데, 그는 서문西門 밑 빈민굴에서 살고 있소. 그대는 이 밤이 새기 전에 정안평에게 나를 보내주오. 그리고 누구에게도 이 비밀을 누설하면 안 될 것이오. 한 달쯤 지나면 상처가 다 아물 것이오. 연후에 우리는 위나라를 떠나 어디로든지 달아나야 하오. 내가 간 후에 오늘 밤으로 발상發喪하고 곡하도록 하오. 그대는 내가 죽은 것처럼 슬피 울어 다른 사람의 의심을 사지 말아야 하오."

범저의 아내는 즉시 종을 서문 밑 정안평에게로 보냈다. 이윽고 정안평이 범저의 집으로 왔다. 정안평은 범저를 들쳐업고 자기 집으로 돌아갔다.

이튿날이었다. 정승 위제는 범저가 혹 살아나지나 않았을까 의심했다.

위제가 그 옥졸을 불러 다시 분부한다.

"어제 내다버린 범저의 시체가 어찌 되었는지 가보고 오너라!"

한식경 후에야 그 옥졸이 돌아와서 고한다.

"워낙 무인지경無人之境에 버렸기 때문에 거적만 남아 있더이다. 밤새 여우와 늑대들이 와서 다 물어갔나 봅니다."

위제는 그래도 미심쩍어서 범저의 집으로 사람을 보내보았다. 이윽고 그 사람이 돌아와서 아뢴다.

"범저의 계집은 자기 남편이 죽었다는 걸 이미 알고 발상하고서 울고 있더이다."

그제야 위제는 머리를 끄덕이고 더 의심하지 않았다.

한편, 범저는 정안평의 집에 숨어서 치료하는 동안 상처도 점점 아물어 몸을 움직일 수 있게 되었다. 이에 정안평은 범저를 데리고 구자산具茨山에 가서 숨었다.

범저는 변성명變姓名하여 이름을 장녹張祿이라고 했다. 그래서 구자산 사람들은 아무도 장녹이 범저인 줄을 몰랐다. 그럭저럭 반년이 지났다.

진나라에서 왕계王稽란 사람이 진소양왕의 분부를 받고 사신으로 위나라에 왔다. 왕계는 위소왕을 배알하고 나와서 공관에 머물렀다.

이때 정안평은 구자산에서 내려와 역졸驛卒로 가장하고 진나라 사신 왕계의 시중을 들었다. 정안평이 어찌나 곰살궂게 시중을 잘 들었던지 진나라 사신 왕계의 눈에 들게 되었다. 그래서 왕계는 특히 정안평을 총애했다.

왕계가 정안평에게 묻는다.

"너희 나라에 어진 사람이 있느냐? 그런 사람으로 아직 벼슬을 못하고 초야에 묻혀 있는 인재가 혹시 있는지?"

정안평이 대답한다.

"그건 참 어려운 물음이십니다. 지난날 저희 나라에 범저라는 인물이 있었는데 지모智謀 있는 선비였습니다. 그러나 저희 나라 정승께서 어찌나 가혹한 형벌로 다스렸던지 그만……"

정안평의 말이 채 끝나기도 전인데, 왕계가 길이 탄식한다.

"나도 들어서 잘 안다. 애석하고 애석한 일인저! 범저가 우리 진나라에만 왔더라도 그 큰 재주를 마음껏 폈을 텐데!"

정안평이 슬며시 고한다.

"지금 소인이 사는 마을에 장녹 선생이란 분이 계십니다. 소인이 본 바로는 장녹 선생의 재주가 결코 범저만 못하지 않습니다. 대감께선 그분을 한번 불러보지 않으시렵니까?"

왕계가 반가이 대답한다.

"그런 훌륭한 분이 계신다면야 내 어찌 만나보지 않으리오."

정안평이 속삭인다.

"그런데 이곳 도읍엔 장녹 선생의 목숨을 노리는 원수가 있습니다. 그래서 장녹 선생은 평소 출입을 삼가고 계십니다. 만일 그 원수만 없다면 벌써 위나라에서 벼슬을 살았을 것입니다. 그러므로 장녹 선생은 대낮엔 나오지 못합니다."

왕계가 대답한다.

“밤에라도 무방하다. 내 마땅히 기다리겠으니 그대는 수고를 아끼지 마라.”

그날 밤중이었다. 정안평은 장녹을 역졸로 가장시켜 왕계에게 데리고 왔다. 왕계는 장녹을 방으로 불러들여 천하대세에 대해 대충 물었다. 장녹은, 아니 범저는 천하대세를 손바닥 들여다보듯 훤히 꿰뚫고 있었다.

왕계가 감격한다.

“선생은 비상한 분이시오. 나와 함께 서쪽 진나라로 가시지 않으려오?”

범저가 대답한다.

“위나라에 이 장녹의 목숨을 노리는 자가 있습니다. 그래서 늘 불안한 나날을 보내고 있었습니다. 대감께서 이 몸을 진나라로 데려가준다면야 이 이상 고마울 데가 없겠습니다.”

왕계가 손가락을 꼽아보고 말한다.

“앞으로 닷새가 지나야 내 일이 끝나겠소. 선생은 닷새 후에 삼정강三亭岡 근처 사람 없는 곳에서 나를 기다리시오. 우리 함께 수레를 타고 떠납시다.”

닷새가 지났다.

왕계는 위소왕에게 하직 인사를 했다. 이에 위나라 모든 신하는 교외까지 따라나가서 왕계를 전송했다.

왕계는 위나라 신하와 작별하고 수레를 달려 삼정강에 이르렀다. 왕계가 보니 숲 속에서 두 사람이 달려나오는데 바로 장녹과 정안평이었다. 왕계는 천하의 보배나 얻은 듯이 그들을 수레에 태워서 떠났다.

그들은 진나라로 가면서 식사 때면 한 상에서 같이 음식을 먹고, 해가 저물면 역관에 들어 한 방에서 자며 서로 담론을 나누는 동안에 매우 친해졌다.

이윽고 그들이 진나라 경계로 접어들어 호관湖關 땅을 바라보며 달려가던 참이었다. 서쪽 저편에서 누런 먼지가 일어나며 한 떼의 수레와 말 탄 사람들이 오고 있었다.

범저가 왕계에게 묻는다.

"저기 오는 사람은 누군가요?"

왕계가 맨 앞에서 달려오는 사람들을 알아보고 대답한다.

"우리 진나라 승상 양후穰侯가 동쪽 군郡과 읍邑들을 순시하는 중인가 봅니다."

양후란 작호爵號요, 그의 본명은 위염魏冉이었다. 그는 바로 선태후宣太后의 동생이었다. 선태후 미씨芈氏는 본시 초나라 사람으로 바로 진소양왕의 어머니다.

지난날 진소양왕은 어린 나이에 즉위해서 어머니 선태후가 친히 조정에 나와 나랏일을 처리했다. 선태후는 자기 동생 위염을 정승으로 삼아 양후로 봉하고, 그 다음 동생인 미융芈戎에겐 화양군華陽君을 봉했었다.

이리하여 진나라는 외척外戚들이 전권을 잡고 나랏일을 마음대로 휘둘렀다.

그후 진소양왕은 장성하자 어머니 일파인 외척의 세도를 누르기 위해서 자기 동생 공자 회悝를 경양군涇陽君으로 봉하고, 그 다음 동생인 공자 시市를 고릉군高陵君으로 봉했다. 그래서 진나라 사람들은 양후 위염, 화양군 미융, 경양군 공자 이, 고릉군 공자 시 네 사람을 사귀四貴라고 했다. 그러나 세 사람은 승상인 양후 위염의 권세에는 따르지 못했다.

진나라는 해마다 승상이 왕을 대신해서 국내를 두루 돌아다니며 관리들을 순찰하고, 성지城池를 살피고, 군사와 수레와 말을 사열하고, 백성을 위로하기로 되어 있었다. 이는 전부터 내려오는 진나라 국법이었다.

그런데 양후 위염이 동쪽을 순시하는 중이니, 우선 그 행렬의 위의威儀만 바라보아도 누구나 승상의 행차임을 곧 알 수 있었다.

범저가 왕계에게 청한다.

"내 일찍이 들으니 승상 위염은 진나라 권세를 잡고서 어질고 실력 있는 사람이라면 무조건 미워하고 시기한다고 합디다. 그가 다른 나라에서 오는 나를 본다면 어찌 좋아할 리 있겠소. 나는 그에게 치사스런 꼴을 당할까 두렵소. 그러니 나를 저 수레 위의 통 속에 숨겨주오."

범저가 통 속에 숨은 지 얼마 후에 승상 위염의 행렬이 다가왔다. 왕계는 수레에서 내려가 행렬을 영접하고 위염에게 문안을 드렸다. 위염도 수레에서 내려와 왕계에게 답례하고 위로한다.

"나랏일에 수고가 많으시오."

이리하여 승상 위염과 왕계는 수레 앞에 서서 서로 인사를 마쳤다.

위염이 묻는다.

"요즘 관동關東 방면은 별고 없습디까?"

왕계가 허리를 굽히며 대답한다.

"아무 일도 없었습니다."

위염이 왕계가 타고 온 수레 쪽을 흘끗 보더니 묻는다.

"대감은 혹 다른 나라 손님이라도 데리고 오지 않았소? 요즘 세상엔 공연히 혓바닥 세 치만 가지고 이 나라 저 나라로 돌아다니며 부귀를 탐하는 유세객들이 많아서 하는 말이오. 나는 그런 유세객들을 아무짝에도 쓸모없는 놈들이라고 생각하오."

왕계가 대답한다.

"그런 자를 데려올 리가 있겠습니까."

이윽고 위염과 왕계는 서로 작별하고 각기 떠났다.

그제야 범저가 통 속에서 나오더니 곧장 수레에서 뛰어내려 달아나려고 했다.

왕계가 황급히 묻는다.

"승상은 이미 가버렸소! 그런데 선생은 어디로 가시려는 거요?"

범저가 대답한다.

"통 속에서 승상 위염을 내다본즉, 그는 눈에 흰자위가 많고 시선이 바르지 않습디다. 그런 사람은 성미가 꼼꼼하고 의심이 많은 법이오. 조금 전에 그가 곁눈질로 수레를 흘겨볼 때 눈에 의심이 가득합디다. 그는 그때 수레 안을 수색하지는 않았지만 반드시 얼마 안 가서 후회하고 다시 우리를 뒤쫓아올 것이오. 그러니 우선 몸을 피하는 것이 안전할 것 같소."

범저는 뒤 수레에 타고 있는 정안평을 불러내려 함께 지름길로 달아났다.

왕계가 천천히 수레를 몰게 하고 한 10리쯤 갔을 때였다. 뒤에서 급히 달려오는 말발굽 소리가 요란했다. 20여 명의 무리가 말을 타고 나는 듯이 달려와 왕계의 수레를 정지시켰다.

그중 한 사람이 앞으로 나서며 고한다.

"우리는 승상의 분부를 받고 왔습니다. 혹 대감의 수레 안에 다른 나라 유세객이라도 숨어 있지 않나 수색하려는 것이니 대감은 허물하지 마십시오."

그들은 수레 위로 올라와 샅샅이 뒤졌다. 물론 어디에도 다른 나라 사람은 없었다. 그제야 그들은 왕계에게 공손히 절하고 다시 나는 듯이 돌아갔다.

왕계가 찬탄한다.

"장녹 선생은 지혜로운 분이구나! 나와 견줄 바 아니로다!"

왕계가 수레를 재촉하여 5, 6리쯤 갔을 때 지름길로 먼저 온 장녹과 장안평이 길가에 앉아 기다리고 있었다. 왕계는 반가이 그들을 태우고 마침내 진나라 도읍 함양성으로 들어갔다.

염옹이 범저가 위나라를 무사히 벗어난 데 대해서 시를 읊은 것이 있다.

> 사전에 앞날을 내다보는 것이 귀신같았으니
> 그 당시 범저의 지혜와 술법을 따를 자가 드물도다.
> 위나라 신릉군이여! 그대는 공연히 선비 3,000명을 길렀구나
> 위대한 인물이 진나라로 달아난 걸 몰랐으니 말이다.
> 料事前知妙若神
> 一時智術少儔倫
> 信陵空養三千客
> 却放高賢遁入秦

왕계는 궁으로 들어가서 진소양왕을 뵈옵고 위나라에 갔다 온 경과를 보고했다.

그런 후에 왕계가 진소양왕에게 가까이 가서 아뢴다.

"위나라에 장녹 선생이란 분이 있는데, 지모智謀가 출중한 천하의 기재奇才더이다. 장녹 선생은 신에게 말하기를, '오늘날 진나

라의 형세는 계란을 쌓아올린 것처럼 위태롭다'고 했습니다. 장녹 선생이 대왕을 직접 만나뵈야만 대책을 말씀드리겠다기에 신이 데리고 왔습니다. 대왕께선 장녹 선생을 한번 불러보십시오."

진소양왕이 대답한다.

"오늘날 모든 나라 제후들의 빈객들 중엔 그런 호언장담을 일삼는 자들이 많소. 기왕 데리고 왔다니 객관 하사下舍에 들게 하오. 내 여가가 있으면 한번 불러보겠소."

그후 1년이란 세월이 흘렀다. 그러나 진소양왕은 장녹을 불러들이지 않았다.

어느 날 범저는 대로를 걷고 있었다. 그런데 승상인 양후 위염이 무슨 일인지 대군을 거느리고 나오는 게 보였다.

범저가 곁에 있는 노인에게 묻는다.

"전쟁이라도 났나요? 어느 나라와 싸우게 되었습니까?"

노인이 조그만 소리로 대답한다.

"제나라 강수綱壽 땅을 치러 간답니다."

범저가 다시 묻는다.

"그럼 지금 제나라 군사가 우리 나라로 쳐들어오는 중입니까?"

"그렇지도 않답니다."

"그렇지도 않다니요? 진나라와 제나라는 동서로 떨어져 있고, 그 사이엔 한나라와 위나라가 있지 않소? 제나라가 진나라를 치지 않는데, 진나라가 그 머나먼 제나라를 치러 간단 말입니까?"

노인이 범저를 구석으로 끌고 가서 속삭인다.

"우리 진왕은 제나라를 칠 생각이 없지요. 그런데 승상 위염의 봉읍封邑 중에 도산陶山이란 땅이 있지요. 그 도산이 바로 제나라 강수 땅과 가깝답니다. 그래서 승상 위염은 무안군武安君 백기白

起를 대장으로 삼아 제나라 강수 땅을 칠 작정이라오. 곧 자기 영지領地를 넓힐 욕심이지요."

이 말을 듣고 범저는 객사客舍로 돌아가자마자 진소양왕에게 바치는 글을 썼다.

그 글에 하였으되,

> 객사에 머물고 있는 신臣 장녹은 죽을죄를 무릅쓰고 대왕께 삼가 글을 올리나이다. 신이 듣건대 정사에 밝고 현명한 임금은 정치를 베풀되 공 있는 자에겐 상賞을 주고, 능력 있는 자에겐 녹祿을 주고, 재주 있는 자에겐 벼슬을 높이는 동시에 무능한 자에겐 함부로 벼슬을 주지 않고, 유능한 자를 버려두지 않는다고 하더이다. 신은 하사下舍에서 대왕의 부르심을 기다린 지도 이미 1년이 지났습니다. 만일 신이 필요하시다면 잠시 촌음寸陰을 내어 직접 신의 말을 들어보십시오. 그렇지 않으시다면 이 진나라에 신을 붙들어둔들 무슨 소용이 있겠습니까? 대저 신하는 의견을 아뢰는 것이니, 임금은 그 말을 듣고만 계시면 됩니다. 그러나 신이 옳지 못한 말을 아뢸 경우엔 그때에 임금께서 신을 죽여도 늦지 않습니다. 임금은 신하를 경멸하지 않기 때문에 사람을 천거한 신하의 체면도 봐주셔야 합니다.

그간 진소양왕은 장녹이라는 이름을 잊고 있었다. 진소양왕은 그 글을 읽고서야 장녹이 생각나서 분부를 내린다.

"장녹을 이궁離宮으로 안내하여라. 내 그곳에서 만나보리라."

부름을 받고 범저가 이궁에 가본즉 진소양왕은 아직 와 있지 않았다. 한참 후에야 저편에서 오는 진소양왕의 행차가 보였다. 범저는 일부러 못 본 체하고 시가市街 쪽으로 걸음을 옮겼다. 이궁에 있던 환관宦官이 범저를 뒤쫓아오면서 외친다.

"왕께서 오시오! 그런데 선생은 어디로 가는 거요!"

범저가 돌아보고 환관에게 대답한다.

"진나라에는 오직 선태후宣太后와 승상인 양후 위염이 있을 뿐이다. 그런데 무슨 왕이 있단 말이냐!"

범저는 다시 시가 쪽으로 가려 들고, 환관은 못 가게 말리느라 서로 옥신각신 말다툼이 일어났다. 이때 진소양왕의 행차가 그들 앞에 당도했다.

진소양왕이 환관에게 묻는다.

"여봐라, 너는 무슨 일로 타국 손님과 다투느냐?"

환관이 사실대로 아뢴다.

"이 선생이, '진나라에는 오직 선태후와 승상인 양후 위염이 있을 뿐이다. 그런데 무슨 왕이 있단 말이냐' 하고 무엄하게도 간다고 하지 않겠습니까. 그래서 자연 피차 좋지 못한 말이 오고 갔습니다."

그러나 진소양왕은 조금도 노하지 않았다.

"저 손님을 모시고 들어오너라."

드디어 진소양왕은 내궁에서 범저를 영접하고 상객에 대한 예로 대했다. 그러나 범저는 사양하고 자리에 앉지 않았다.

진소양왕이 좌우 신하들에게 분부한다.

"경들은 다 물러가오."

신하들이 모두 물러갔다. 그제야 진소양왕이 자리에서 내려와 무릎을 꿇고 청한다.

"선생은 무슨 좋은 일로 과인을 가르치시려오?"

범저는 까딱도 하지 않고 그저,

"예……"

하고 대답만 했다.

잠시 후에 진소양왕이 다시 무릎을 꿇고 청한다.

그러나 범저는 역시,

"예……"

하고 대답만 했다.

한동안 무거운 침묵이 계속되었다. 잠시 후에 진소양왕이 다시 무릎을 꿇고 청한다.

역시 범저는,

"예에……"

대답만 하고 아무 말도 하지 않았다.

진소양왕이 혼잣말로 중얼거린다.

"선생이 끝내 과인을 지도하지 않으시니 어찌하리오. 선생은 과인과 더불어 족히 말하고 싶지 않은 모양이구려."

그제야 범저가 천천히 대답한다.

"어찌 감히 그럴 리가 있겠습니까? 옛날에 여상呂尙(강태공)은 위수渭水 가에서 낚시질을 하다가 주문왕周文王을 만났습니다. 그때 주문왕은 여상의 말 한마디만 듣고서도 즉시 그를 상보尙父로 삼았습니다. 그리하여 주문왕은 여상이 시키는 대로 좇아 마침내 상商나라를 없애고 천하를 얻었습니다. 그전에 기자箕子와 비간比干은 귀족의 신분으로 상나라 주왕紂王에게 여러모로 간했습니다. 그러나 주왕은 그 말을 들으려 하지 않고 그들을 추방하고 죽였기 때문에 나라까지 망쳤습니다. 곧 모든 문제는 믿느냐 믿지 않느냐로 결판납니다. 주문왕은 여상을 믿었기 때문에 주周나라를 세웠고, 여상의 이름 또한 후세에 길이 전해졌습니다. 이와 반대로 기자와 비간은 비록 귀족이었지만 주왕이 그들의 말을 믿어주지 않았기 때문에 신세를 망치고 나라도 건지지 못했습니다. 더구나 신은 다른 나라에서 온 사람입니다. 신이 대왕께 아뢰고자 하는 말은 다 국가 흥망에 관한 것입니다. 혹 대왕의 혈연血緣 관계까지도 언급할지 모릅니다. 신이 하고 싶은 말을 다 하지 않으면 진나라를 건질 수 없습니다. 그렇다고 하고 싶은 말을 다 했다가 대왕께서 믿어주시지 않는다면, 신은 옛 기자와 비간보다 더 심한 불행을 당할 것입니다. 그러므로 대왕께서 세 번이나 물으셨건만 감히 대답을 드리지 못했습니다. 곧 문제는 대왕께서 신을 믿느냐 믿지 않느냐에 달려 있습니다."

진소양왕이 다시 무릎을 꿇고 청한다.

"선생은 어째서 그런 말을 하오? 과인은 선생의 높은 재주를 사모하기 때문에 좌우 사람을 다 내보내고 가르침을 청한 것이오. 선생은 위로는 태후太后부터 아래로는 대신들에 관한 것까지 하고 싶은 말이 있거든 뭐든지 다 말하오. 내 어찌 선생을 의심하겠소."

진소양왕은 이궁에 당도했을 때 장녹이, '진나라엔 선태후와 승상인 양후 위염이 있을 뿐이다. 왕이 어디에 있단 말이냐' 하고 말하더라는 소리를 들었기 때문에 이렇듯 다시 청한 것이었다.

그러나 범저는 속으로 생각했다.

'지금은 내가 처음 진왕을 대하는 자리인데 만일 긴요한 말을 했다가 거절이라도 당하면 다시 말할 기회마저 영영 놓치고 만다. 더구나 지금 바깥에서 엿듣고 있는 자들도 많을 것이다. 장차 측량할 수 없는 불행을 끌어들이느니 차라리 화제를 돌려 기회를 만들기로 하자.'

이에 범저는,

"대왕께서 신에게 모든 걸 말하라 분부하시니 이는 신이 바라던 바로소이다."
하고 한 계단 내려서서 진소양왕에게 공손히 절했다. 진소양왕도 답례했다.
그제야 범저가 자리에 앉아 아뢴다.
"천하에 진나라보다 험한 지리地理는 없으며, 천하에 진나라보다 강한 군사는 없으며, 천하에 진나라를 당적할 나라는 없습니다. 그런데도 천하를 통일하지 못하고 창업創業을 성취하지 못했으니, 어찌 진나라 대신들의 실수라 아니 할 수 있겠습니까?"
진소양왕이 자리를 가까이하며 묻는다.
"청컨대 그 실수를 지적해주오."
범저가 말을 계속한다.
"신이 듣건대 지금 승상 양후 위염이 한나라와 위나라 건너편에 있는 제나라를 칠 것이라고 하니 그것부터가 잘못입니다. 제나라는 진나라와 너무 먼 거리에 있습니다. 더구나 그 사이엔 한나라와 위나라가 있습니다. 약간의 군사를 보내보았자 제나라는 꿈쩍도 하지 않을 것이며, 그렇다고 많은 군사를 보냈다가는 진나라만 손해를 입게 됩니다. 지난날에 위나라가 조나라 건너편에 있는 중산국中山國을 쳐서 그 땅을 차지하긴 했으나 결국은 조나라에 빼앗기고 말았습니다. 그 이유가 어디에 있다고 생각하십니까? 중산국은 지리적으로 조나라와 가깝고, 위나라와 멀기 때문이었습니다. 그러니 이제 왕께서 제나라를 쳤다가 이기지 못하면 망신만 당합니다. 설령 이긴다 할지라도 결국 한나라와 위나라만 이익을 보게 됩니다. 그런 바에야 진나라에 무슨 보람이 있겠습니까! 신은 대왕을 위해서 다음과 같은 계책을 주장합니다. 대왕께선 먼

나라와 친교를 맺고 가까운 나라부터 치십시오. 곧 먼 나라와 친교를 맺음으로써 그들을 이간離間시키는 동시에 가까운 나라를 쳐서 영토를 넓혀야 합니다. 누에가 뽕잎을 먹어들어가듯 가까운 나라부터 쳐서 점점 먼 나라까지 이른다면 천하를 얻기에 무슨 어려울 것이 있겠습니까?"

진소양왕이 묻는다.

"그럼 먼 나라와 친교하고 가까운 나라부터 치려면 어찌해야 좋겠소?"

범저가 서슴지 않고 아뢴다.

"진나라가 친교해야 할 먼 나라는 바로 제나라와 초나라입니다. 그리고 먼저 공격해야 할 가까운 나라는 한나라와 위나라입니다. 대왕께서 한나라와 위나라를 정복해서 손아귀에 넣기만 하면, 제나라와 초나라가 어찌 혼자서 버틸 수 있겠습니까?"

진소양왕이 손바닥을 비비며 좋아한다.

"좋은 말씀이오."

진소양왕은 그날로 범저를 객경으로 삼고 장경張卿이라고 불렀다. 진소양왕은 범저의 계책에 따라 바로 동쪽에 있는 한나라와 위나라를 치기로 작정하고 즉시 명령을 내렸다.

"즉시 군영으로 사람을 보내어 승상 위염과 대장 백기白起에게 제나라 정벌을 중지하라고 일러라."

승상 위염과 대장 백기는 서로 짜고서 제나라를 치려고 만반의 준비를 하고 있었기에 이런 명령을 받자 당황했다. 그 대신 아직 장녹으로 행세하는 범저는 날로 진소양왕의 총애를 받았다. 승상 위염과 대장 백기는 난데없이 나타난 장녹을 시기했다.

진소양왕은 밤마다 범저와 앞으로 할 일을 의논했다. 범저는 진소양왕의 결심이 확고해졌음을 알았다.

어느 날 밤 범저가 진소양왕에게 아뢴다.

"모든 사람을 내보내주십시오. 긴히 아뢸 말씀이 있습니다."

진소양왕은 즉시 모든 사람을 내보냈다.

범저가 진소양왕 앞에 가까이 앉아 아뢴다.

"신은 대왕의 믿음을 받아 함께 일하게 되었으니 이제 이 몸이 가루가 된다 해도 여한이 없습니다. 그러나 신은 이제껏 중대한 계책이 있건만 아직 대왕께 아뢰지 않았습니다. 이젠 그걸 아뢰지 않을 수 없습니다."

진소양왕이 대뜸 자리에서 일어나 무릎을 꿇고 청한다.

"과인은 선생에게 이 나랏일을 맡겼소. 이런 때에 선생이 그런 중대한 계책을 가르쳐주지 않는다면 장차 어느 때를 기다리란 말이오?"

범저가 아뢴다.

"신이 전에 산동山東 땅에 있을 때 이런 말을 들었습니다. '제나라엔 맹상군孟嘗君이 있을 뿐 제왕은 있으나마나다. 또 진나라엔 선태후와 양후 위염과 화양군華陽君·고릉군高陵君·경양군涇陽君이 있을 뿐 진왕秦王은 있으나마나다.' 대왕께선 신이 왜 이런 말을 하는지 깊이 살피십시오. 대저 일국의 왕은 살리고 죽이고, 주고 뺏는 것을 마음대로 할 수 있습니다. 왕 이외에는 아무도 그런 일을 할 수 없습니다. 그런데 진나라는 어떻습니까? 선태후께선 자기가 국모國母란 것만 믿고서 40여 년 동안이나 나랏일을 마음대로 처리했습니다. 양후 위염은 혼자서 진나라 승상 노릇을 해왔습니다. 화양군은 그들을 돕고, 경양군과 고릉군도 각기 문호門戶를 세우고서 매사에 죽이고 살리는 일을 마음대로 하고 있습니다. 그들의 사재私財는 나라의 공익公益을 위한 자산資産보다 10배는 더 많습니다. 대왕께선 용상龍床에 높이 앉아 실속 없는 공명空名만 누리고 계시니 또한 위태롭지 않습니까! 옛날에 최저崔杼는 제나라 정권을 잡고 마음대로 세도를 부리다가 마침내 제장공齊莊公까지 죽이고 말았습니다. 근자에 와서는 이태李兌가 조나라 정권을 잡고 세도를 부리더니 마침내 조나라 주부主父를 감금하고 굶겨 죽였습니다. 이에 양후 위염은 안으론 선태후의 세도를 등에 업고, 밖으론 대왕의 위엄을 도적질해서 군사를 일으키기만 하면 모든 나라가 벌벌 떨고, 군사를 해산하기만 하면 모든 나라가 감격해서 머리를 조아리는 형편입니다. 그는 대왕의 눈을 가리고 자기 마음대로 날뛰고 있습니다. 신이 보기엔 대왕처럼 외로운 분도 없습니다. 천추만세 후에 이 진나라를 다스릴 분이 대왕의 자손이 아니라 다른 사람일까 두렵습니다."

진소양왕은 이 말을 듣자 자기도 모르는 사이에 모골毛骨이 송연해졌다.

진소양왕이 범저에게 두 번 절하고 감사한다.

"선생의 가르치심을 마땅히 폐부에 새겨두고 잊지 않겠소. 과인은 일찍이 이런 좋은 말씀을 듣지 못한 것이 한이오."

이튿날 진소양왕이 양후 위염을 불러들여 분부한다.

"경은 이제 승상의 인印을 내놓고 양읍穰邑에 가서 편히 쉬오!"

승상 자리에서 쫓겨난 위염은 유사有司를 시켜 수레에 집안 재산을 싣게 했다. 전부 싣고 나니 수레가 1,000여 승이나 되었다. 그 기이한 갖가지 보물은 이루 다 헤아릴 수가 없었다. 모두가 일찍이 진나라 비밀 창고〔內庫〕 속에서도 보지 못한 값진 것들이었다.

다음날엔 화양군 · 고릉군 · 경양군도 다 관외關外로 쫓겨나갔다. 동시에 선태후도 심궁深宮으로 거처를 옮겨 정사政事에는 일체 간섭하지 못하게 되었다.

진소양왕은 구세력舊勢力을 완전히 몰아내고, 마침내 범저를 승상으로 삼아 응성應城 땅을 봉했다. 이리하여 범저는 진나라 승상이 되고, 응후應侯라는 작호를 받았다.

그러나 진나라 사람들은 장녹이 승상이 된 줄만 알았지 그가 바로 범저란 사실은 아무도 몰랐다. 오직 이 사실을 아는 사람은 정안평鄭安平 한 사람뿐이었다. 그러나 범저가 절대 누설하지 말도록 당부했기 때문에 정안평은 감히 입 밖에 내어 말하지 않았다.

이때가 바로 진소양왕 41년이며, 주난왕 49년이었다.

이때 위나라 위소왕魏昭王은 이미 죽고, 아들 위안리왕魏安釐王이 등극해 있었다.

위안리왕이 모든 신하를 불러놓고 묻는다.

"소문에 듣건대 진나라 왕이 장녹을 승상으로 삼고 우리 위나라를 칠 작정이라고 하니, 장차 어찌해야 좋겠소?"

신릉군信陵君 공자 무기無忌가 대답한다.

"진나라 군사는 여러 해 동안 우리 위나라를 침범하지 않았습니다. 그런데 이제 저들이 아무 이유 없이 군사를 일으켜 우리 나라를 치려고 하니 이러고 있을 때가 아닙니다. 우리 나라도 속히 군사를 일으켜 만반의 태세를 갖춰야 합니다."

정승 위제魏齊가 아뢴다.

"그렇지 않습니다. 진나라는 강한데 우리 나라는 약하니 싸워 보았자 별수 없습니다. 신이 듣건대 이번에 진나라 승상이 된 장녹은 바로 우리 위나라 출신이라고 합니다. 그러니 장녹인들 어찌 부모의 나라에 무심하겠습니까? 지금이라도 사자를 진나라로 보내어 장녹에게 많은 폐물幣物을 주고, 그런 후에 진왕을 배알하고서 볼모를 보내겠다는 조건으로 화평을 청하십시오. 그러면 위기를 모면할 수 있습니다."

위나라 위안리왕은 왕위에 등극한 지 얼마 안 되어서 전혀 경험이 없었다.

위안리왕이 위제의 계책을 쓰기로 하고 분부한다.

"이전에도 중대부中大夫 수가須賈가 진나라에 갔다 왔다고 하니 이번에도 수고해주오."

이에 수가는 왕명王命을 받고 진나라로 갔다. 진나라 도읍 함양성에 당도한 수가는 우선 역관에 들어가서 여장旅裝을 풀었다.

한편, 범저는 위나라에서 수가가 왔다는 보고를 받고 내심 기뻐하며 머리를 끄덕였다.

"수가가 왔다니 기쁜 일이다. 이제야 지난날의 원수를 갚겠구나!"

범저는 비단옷을 벗어버리고 거지꼴로 변장한 채 몰래 부중 문을 나섰다.

범저는 그길로 역관에 가서 수가에게 문안 인사를 드렸다.

수가가 범저를 보고 놀라 입을 다물지 못한다.

"그대는 그간 별고 없었는가! 이미 정승 위제에게 맞아 죽은 줄 알았는데 어찌 살아 있는가?"

범저가 대답한다.

"그때 옥졸은 제가 죽은 줄로 잘못 알고 교외에 내다버렸지요. 저는 이튿날에야 겨우 깨어났습니다. 마침 지나가던 장사꾼이 제 신음 소리를 듣고 불쌍히 여겨 구해주었지요. 그래서 죽지 않고 살아났습니다. 그러나 감히 집으로 돌아갈 수는 없어 흘러흘러 진나라에까지 왔습니다. 여기서 뜻밖에 대부를 뵙게 되었군요."

수가가 묻는다.

"그래, 그대는 고국을 위해 진나라에서 유세遊說할 뜻은 없는가?"

범저가 머리를 저으며 대답한다.

"저는 지난날 위나라에 죄를 지은 몸입니다. 지금 진나라에 망명 와 있는 것만으로도 천행인 줄 압니다. 어찌 감히 입을 놀려 또다시 죄를 짓겠습니까?"

한참 만에 수가가 다시 묻는다.

"그대는 진나라에서 무엇으로 생계를 삼고 있는가?"

범저가 대답한다.

"보시다시피 날마다 이 집 저 집 돌아다니면서 고용살이로 입에 풀칠이나마 하고 있습니다."

수가는 범저가 불쌍한 생각이 들었다. 그래서 수가는 범저에게 술과 음식을 주고 먹기를 권했다.

이때는 바로 한겨울이었다. 범저는 다 떨어진 홑옷을 입은 채 추워서 떠는 듯했다.

수가가 탄식한다.

"그대가 이렇듯 추위를 면하지 못하는구나!"

수가는 즉시 수행인을 불러 범저에게 솜옷 한 벌을 내주도록 분부했다.

범저가 말한다.

"제가 어찌 감히 대부의 옷을 입을 수 있겠습니까?"

수가가 위로한다.

"지난날 우리는 서로 알고 지내던 처지가 아닌가? 그대는 과도히 사양 말게."

범저가 솜옷으로 갈아입고 거듭 감사한 후에 슬며시 묻는다.

"그런데 대부께선 무슨 일로 진나라에 오셨습니까?"

수가가 대답한다.

"진나라 승상 장녹에게 볼일이 있어 왔네. 그러나 승상에게 나를 소개해줄 사람이 없어서 한일세. 그대는 그간 진나라에 오래 있었으니 승상 장녹에게 나를 소개해줄 만한 사람이라도 있거든 천거해주게."

범저가 말한다.

"저의 주인댁 영감이 진나라 승상과 잘 아는 터입니다. 저도 가끔 주인 영감을 따라 승상부丞相府에 가본 일이 있습니다. 주인 영감이 승상과 이야기를 나누다가 말이 막힐 경우엔 제가 곁에서 몇 마디씩 거들어주었습니다. 승상은 제가 구변口辯이 있다 해서 술과 음식을 준 일도 있기 때문에 자연 친근하게 되었습니다. 만일 대부께서 진나라 승상 장녹을 만나보시겠다면 저와 함께 가시지요."

수가가 반색을 하며 묻는다.

"그렇다면 언제쯤 같이 갈까?"

"승상은 늘 바쁩니다. 마침 오늘이 한가할 터이니 지금 곧 가시지요."

수가가 곤란해한다.

"나는 이번에 네 마리 말이 이끄는 큰 수레를 타고 왔네. 한데 말도 병이 나고 수레도 좀 상했으니 수리를 해야 가겠는데……"

범저가 말한다.

"그건 염려하지 마십시오. 저의 주인 영감 댁 수레를 좀 빌리기로 하지요. 곧 갔다 오겠으니 잠시 기다리십시오."

이에 범저는 승상부로 돌아가서 곧 네 마리 말이 이끄는 큰 수레를 몰고 다시 역관으로 갔다.

"수레를 빌려왔습니다. 제가 대부를 위해서 수레를 몰고 가겠습니다."

수가는 기뻐하고 수레에 올라탔다. 범저는 말고삐를 잡고 수레를 몰고서 큰 거리로 나갔다. 시정市井 사람들은 승상이 친히 수레를 몰고 오자 공손히 길가로 비켜서기도 하고, 급히 달려 길을 피하기도 했다. 수레 위의 수가는 범저의 지위를 모르는 만큼 시정 백성들이 모두 자기를 존경하는 표시거니 생각했다.

이윽고 수레는 승상부 앞에 당도했다.

"대부께선 여기서 잠깐 기다리십시오. 제가 들어가서 승상께 아뢰겠습니다. 승상이 만나겠다는 허락을 내리거든 곧 들어가서 뵙도록 하십시오."

범저는 곧장 승상부 안으로 들어가버렸다. 수레에서 내린 수가는 문밖에서 기다렸다. 한참 만에야 부중府中에서 북소리가 울려 퍼졌다.

그러더니 안에서,

"승상께서 당堂에 납신다!"

하는 소리가 연거푸 일어났다.

사람들이 분주히 왔다 갔다 하는 모습이 중문中門 사이로 엿보였다. 그런데도 범저는 웬일인지 나오지 않았다.

궁금하다 못해 수가가 수문인守門人에게 청한다.

"아까 나와 같이 온 범저란 사람이 승상을 뵈오러 들어가더니 나오질 않는군. 그대는 나를 위해서 그 사람을 좀 불러줄 수 없겠나?"

수문인이 고개를 갸웃거리며 묻는다.

"그 범저란 사람이 언제 부중으로 들어갔습니까?"

수가가 대답한다.

"내가 타고 온 그 수레를 몰던 사람 말일세."

수문인이 말한다.

"수레를 몰고 오신 분이라니요? 그 어른은 바로 우리 나라 승상 응후應侯 장녹이십니다. 승상께선 옛 친구를 만나보시겠다면서 미복微服(초라한 옷차림으로 변장함)으로 역관에 갔다 오셨습니다. 어째서 우리 나라 승상을 범저라고 부르십니까?"

수가는 정신이 아찔해졌다. 그는 꿈속에서 날벼락을 맞은 것만 같아 가슴이 마구 뛰었다.

'범저에게 속았구나! 난 이제 죽었지 별수 없다!'

수가는 얼빠진 사람처럼 도포를 벗고, 띠를 풀고, 관을 벗고, 신발을 벗었다. 그리고 부문府門 앞에 꿇어엎드려 계속해서 머리를 조아렸다.

"위나라 죄인 수가가 대령했사오니 그저 죽여주소서!"

부중 사람이 이 말을 받고 들어가더니 한참 만에 도로 나와서 승상의 분부를 전한다.

"승상께서 위나라 사신使臣을 들라 하신다."

수가는 머리를 숙이고 무릎으로 기어서 이문耳門(조그만 곁문)으로 들어가 층계 아래에 이르렀다. 수가가 황공해서 머리를 조아리며 중얼거린다.

"이 몸이 죽을죄를 저질렀습니다. 이 몸이 죽을죄를 저질렀습니다……"

당상堂上에 앉아 있는 범저는 실로 위풍당당했다.

"너는 너의 죄를 아느냐?"

수가가 꿇어엎드린 채 대답한다.

"제가 어찌 저의 죄를 모르겠습니까."

"네 죄가 얼마나 되는지 아느냐?"

"저의 머리털은 헤아릴 수 있지만 저의 죄는 다 헤아릴 수가 없습니다."

"너의 죄는 세 가지가 있다. 들어보아라. 나는 원래 부모의 산소가 위나라에 있기 때문에 전혀 제나라를 섬길 뜻이 없었다. 그러하건만 너는 내가 제나라와 내통했다고 위제魏齊에게 모함했다. 이것이 네 죄의 하나다. 그때 내가 혹독한 매를 맞아 이빨과 갈빗대가 모조리 부러졌건만 너는 곁에서 보기만 하고 전혀 말리지 않았다. 이것이 네 죄의 둘이다. 또 내가 기절한 채 변소에 버려지자 너는 빈객들을 데리고 와서 내 몸에 오줌을 누게 했다. 옛날에 공자孔子께서 말씀하시기를 '너무 지나친 일은 하지 말라'고 하셨다. 그런데 너는 어쩌면 그렇게도 잔인했느냐! 이것이 네 죄의 셋이다. 내 오늘날 너의 목을 베고 너의 피를 뿌려 지난날의 원한을 갚아야 마땅하다만, 조금 전에 역관에서 네가 나에게 따뜻한 솜옷을 주던 정리를 보아 특별히 살려줄 테니 그런 줄이나 알아라."

수가가 더 깊이 머리를 조아리며 감사한다.

"그저 황공하고 황공하옵니다."

"그럼 썩 물러가거라!"

수가는 짐승처럼 기어서 부중 밖으로 나갔다.

이에 진나라 사람들은 비로소 승상 장녹이 위나라 사람인 범저임을 알았다.

이튿날 범저가 궁에 들어가서 진소양왕을 뵙고 아뢴다.

"위나라가 겁을 먹고 사신을 보내어 화평을 청해왔습니다. 이젠 우리 나라가 군사를 쓰지 않고도 위나라를 제압하게 되었습니다. 이는 모두가 대왕의 위엄이자 덕망이십니다."

이에 진소양왕은 몹시 기뻐했다.

범저가 다시 아뢴다.

"신은 대왕을 속인 죄가 있습니다. 대왕께서 신을 불쌍히 생각하시고 용서해주신다면 모든 걸 사실대로 아뢰겠습니다."

진소양왕이 대답한다.

"경이 어찌 과인을 속이리오. 무슨 일이든 벌하지 않겠으니 어서 말하오."

"사실대로 말씀드리면 신은 장녹이 아니라 위나라 사람 범저范睢입니다. 신은 어려서 부모를 잃고 몹시 가난했기 때문에 위나라 중대부 수가의 집에서 사인舍人으로 있었습니다. 그후 신은 제나라까지 수가를 수행한 일이 있었습니다. 그때 제나라 왕은 신에게 여러 가지 물건을 보냈으나 신은 굳이 사양하고 받지 않았습니다. 그런데 위나라로 돌아가자 수가는 정승 위제에게 신이 제나라와 내통했다고 모략했습니다. 그래서 신은 위나라 정승 위제에게 죽도록 맞았으나 천행으로 깨어났고, 그후로 이름을 장녹이라고 고쳤습니다. 연후에 무사히 위나라를 벗어나 진나라로 도망와서 대왕의 성덕聖德을 입어 승상이 된 것입니다. 이제 그 수가가 사신으로 왔기에 신의 내력이 다 드러났습니다. 엎드려 바라건대 대왕께서는 신을 불쌍히 생각하시고 이 죄를 용서하소서."

진소양왕이 대답한다.

"과인은 경에게 그렇듯 혹심한 원한이 있을 줄은 몰랐소. 이제 수가가 왔다고 하니 그놈을 당장 잡아들여 목을 끊고, 쾌히 경의 원수를 갚으오!"

범저가 아뢴다.

"수가는 이번에 공사公事로 온 사람입니다. 자고로 국가 간에 싸움이 있을지라도 사신만은 죽이지 않는 법입니다. 더구나 수가는 이번에 화평을 청하려고 왔는데 어찌 감히 신의 개인적인 원한으로 국가의 공사를 그르칠 수 있겠습니까. 또 신을 죽이려고 한 자는 바로 위나라 정승 위제입니다. 수가가 꼭 신을 죽일 작정으로 모함한 것은 아니었을 것입니다."

진소양왕이 말한다.

"경은 공사公事와 사사私事를 분별할 줄 아니 충신이오. 내 언제고 위제를 쳐서 경의 원수를 갚아줄 터이니 경은 위나라 사신을 적당히 조처하오."

범저는 사은謝恩하고 물러갔다.

진소양왕은 마침내 위나라가 청하는 화평을 허락했다. 이에 수가는 다시 승상부에 가서 범저에게 하직 인사를 드렸다.

범저가 수하 사람들에게 분부한다.

"아는 사람이 찾아왔는데 어찌 한끼 식사도 대접하지 않을 수 있으리오. 이 손님을 바깥방으로 안내하고, 곧 크게 잔칫상을 차려라."

수가는 속으로 하늘에 감사하고, 지난날 자기가 저지른 잘못을 부끄러워하며 범저의 관대한 도량에 감격했다.

범저는 당堂에서 안으로 들어가고, 수가는 바깥방으로 나갔다. 수가가 방에 홀로 앉아 바깥을 내다보니 군사들이 지키고 서 있었다.

잠시 후 오시午時가 되자 수가는 배가 고파왔다.

'내 일전에 역관에서 승상에게 음식을 대접하긴 했지만, 어찌 이렇듯 오래도록 음식을 차려 나에게 대접하려는 것일까? 과분하고도 죄송스러운 일이다.'

다시 문틈 사이로 내다보니 이미 당상堂上엔 진수성찬이 가득 차려져 있었다. 그런데 갑자기 바깥이 떠들썩하며 각국 사신과 귀빈들이 들어오고 있었다.

수가가 생각한다.

'나를 위해 각국 사신과 귀빈들까지 청한 모양이구나! 그러나 난들 저들이 누가 누군지 알 수 있어야지? 술이나 마시며 서로 인사를 나누면 자연 알게 되겠지.'

각국 사신과 귀빈들은 안내를 받아 분분히 당 위로 올라가서 자리에 앉았다.

부중 사람 하나가 전판傳板(말을 적어두거나 상황을 알리는 판)을 탕탕 치면서 외친다.

"손님들이 다 오셨습니다."

그제야 범저는 다시 당으로 나와 모든 손님과 인사를 나누고 자리에 앉았다.

이윽고 당 아래 양 곁채에서 주악奏樂이 울리자 당 위에선 서로 술을 나누며 음식을 먹기 시작했다.

그런데도 웬일인지 범저는 수가를 불러들이지 않았다. 수가는 계속 문틈으로 내다보았다. 그는 배도 고프고 목도 마르고 부끄럽고도 괴로웠다. 그의 심정은 말할 수 없이 복잡했다.

술이 몇 순배 돌자 범저가 비로소 말한다.

"내가 전부터 아는 사람이 지금 부중에 와 있소. 하마터면 깜박 잊을 뻔했구려."

모든 귀빈들이 잔을 놓고 일제히 일어나며 묻는다.

"승상께서 전부터 아시는 분이라면 필시 귀하신 몸일 텐데 우리가 가서 그분을 뵈어야 하지 않을까요?"

범저가 대답한다.

"어서들 앉으십시오. 비록 전부터 아는 사이긴 하지만 여러분과 자리를 함께할 처지는 아니오. 여봐라! 저 당 아래에다 조그만 자리를 펴고, 아까 그 손님을 데려다가 식사를 들도록 해라."

이윽고 군사들이 수가를 죄인 잡아들이듯 양쪽에서 끼고 들어와 당 아랫자리에 앉혔다. 자리에는 술도 밥도 없었다.

군사 한 사람이 두 손에 볶은 콩을 가득 가지고 와서 수가의 입에 들이댔다. 곧 짐승처럼 머리를 숙이고 입으로 콩을 먹으라는 것이었다.

모든 귀빈이 이 광경을 보고 의아해서 범저에게 묻는다.

"승상께선 저 사람과 무슨 원한이 있기에 저렇듯 하시나이까?"

범저는 모든 귀빈에게 자기의 과거 이야기를 모두 이야기했다.

그제야 모든 귀빈이 머리를 끄덕이고 말한다.

"그렇다면 승상께서 이러시는 것도 무리는 아닙니다."

수가는 이런 수모를 당하면서도 감히 항거하지 못했다. 그는 너무나 시장해서 짐승처럼 그 볶은 콩을 다 먹었다.

당 위에서도 식사가 끝났다. 수가는 범저에게 우러러 절하고 머리를 조아리며 감사했다.

범저가 눈을 부라리고 분부한다.

"우리 대왕께서 위나라가 청하는 화평을 승낙하셨다만, 위제에 대한 나의 원수는 갚지 않을 수 없다. 너는 돌아가서 위왕에게 내 말을 전하여라. '속히 위제의 목을 끊어서 나에게 보내라! 그리고 진나라로 나의 가족을 호송해 보내라. 그래야만 앞으로 두 나라가 우호를 맺을 것이다. 만일 너희들이 그렇게 하지 않을 경우엔 내 친히 군사를 거느리고 가서 대량大梁 땅을 쑥대밭으로 만들어버리겠다. 그때엔 후회한다 해도 소용없다!' 이렇게 단단히 일러라!"

수가가 벌벌 떨면서,

"예, 분부대로 가서 아뢰겠습니다. 아뢰겠습니다."
하고 달아나듯 부중 밖으로 나갔다.

두골頭骨로 쌓은 백기대白起臺

진秦나라에서 겨우 목숨을 부지한 수가須賈는 위나라로 수레를 달렸다. 그는 위나라 도읍 대량성大梁城에 돌아간 즉시 위안리왕魏安釐王에게 범저范雎의 분부를 전했다.

범저의 가족을 진나라로 보내는 것은 어려운 일이 아니었다. 그러나 정승 위제魏齊의 목을 끊어서 진나라로 보낸다는 것은 무엇보다 국가 체면에 관한 문제였다.

위안리왕은 그저 주저하고 결정을 짓지 못했다.

이 소문을 들은 위제는 그날 밤으로 정승의 인印을 버리고 달아나 전부터 잘 아는 조나라 평원군 조승趙勝에게로 갔다.

이에 위안리왕은 수레에 황금 100일과 채색 비단 1,000단端을 싣게 하고, 큰 수레에 범저의 가족을 태워서 진나라로 보냈다.

위나라 신하는 범저의 가족을 데리고 진나라 함양성에 당도했다.

위나라 신하가 범저에게 아뢴다.

"대감의 가족을 모시고 왔습니다. 그러나 정승 위제는 이미 달아나버려서 목을 잘라오지 못했습니다. 소문에 지금 위제는 조나라 평원군에게 가 있다고 합니다."

범저는 궁에 가서 진소양왕에게 이 일을 아뢨다.

진소양왕이 말한다.

"우리 진나라는 지난날 민지澠池 땅에서 조나라와 우호를 맺었소. 그때 과인은 조나라에 왕손 이인異人을 볼모로 보냈소. 그것은 진·조 두 나라의 우호를 두터이 하기 위해서였소. 그런데 그후 우리 진나라가 한나라 알여閼與 땅을 쳤을 때, 뜻밖에도 조나라는 지난날의 우호를 저버리고 대장 조사趙奢를 보내어 한나라를 구원했소. 그래서 우리 진나라 군사는 대패하고 말았소. 과인은 그 당시 우리를 방해했던 조나라의 죄를 아직 따지지 않고 내버려뒀는데 마침 잘되었소. 이제 조나라가 또 승상丞相의 원수인 위제를 받아들였다고 하니 바야흐로 기회는 온 것이오. 승상의 원수는 바로 과인의 원수라. 과인은 이번에 군사를 일으켜 조나라를 치겠소. 이는 첫째 지난날에 우리 진나라 군사가 한나라 알여 땅을 쳤을 때 조나라 군사가 와서 방해했으니 그때의 원한을 갚기 위해서며, 둘째는 위제를 찾아내어 승상의 원수를 갚기 위해서요."

이리하여 진나라는 군사 20만 명을 일으켰다. 진소양왕은 친히 군사를 거느리고 왕전王翦을 대장으로 삼아 일제히 조나라로 쳐들어갔다.

진나라 군사는 조나라로 쳐들어가자마자 단숨에 세 군데 성을 함몰했다.

이때 조나라는 조혜문왕이 죽고, 세자 단丹이 왕위에 있었다. 그가 바로 조효성왕趙孝成王이다.

그러나 조효성왕은 너무나 어려서 그 어머니 혜문태후惠文太后

가 섭정攝政으로 앉아 나랏일을 처리하고 있었다.

진나라 군사가 쳐들어온다는 소문이 퍼지자 조나라 조야朝野는 놀랐다. 이때는 인상여藺相如도 늙고 병들어서 은퇴한 지 오래고, 그 뒤를 이어 우경虞卿이 정승으로 있었다.

이에 정승 우경은 염파廉頗에게 군사를 주어 진나라 군사를 막도록 보냈다. 염파가 군사를 거느리고 떠난 지도 오래되었건만 전세는 날로 불리해지기만 했다.

정승 우경이 혜문태후에게 청한다.

"지금 사세가 매우 급합니다. 청컨대 장안군長安君을 제나라에 볼모로 보내어 구원을 청해야겠습니다."

혜문태후는 두말하지 않고 즉시 허락했다. 물론 이 일에 합의를 보게 된 데에는 그만한 이유가 있었다. 조나라 혜문태후는 바로 제나라 제민왕齊湣王의 딸이었다.

그해에 제나라 제양왕齊襄王이 죽고, 그 아들 세자 건建이 즉위했다. 그러나 새로 왕위에 오른 세자 건도 나이가 어려서 그 어머니 군왕후君王后 태사씨太史氏가 제나라 일을 맡아보았다.

이런 관계로 조나라 혜문태후와 제나라 군왕후는 각별한 사이였다. 더구나 외가인 제나라에 볼모로 가는 장안군은 조나라 혜문태후가 가장 사랑하는 막내아들이다. 그러므로 일은 순조로이 진행되었다. 제나라 군왕후 태사씨는 볼모로 온 장안군을 반가이 받아들였다.

군왕후 태사씨가 대장 전단田單에게 하령한다.

"장군은 군사 10만 명을 거느리고 가서 조나라를 구원하오!"

한편, 진나라 대장 왕전王翦은 제나라 군사가 조나라를 도우러 온다는 정보를 받았다.

왕전이 진소양왕에게 아뢴다.

"조나라엔 훌륭한 장수가 많고, 현명하기로 이름난 평원군이 있기 때문에 공격하기가 어렵습니다. 더구나 제나라 군사가 조나라를 도우러 온다 하니 형세가 더욱 어렵게 되었습니다. 그러니 군사가 상하기 전에 이대로 돌아가는 것이 어떻겠습니까?"

진소양왕이 대답한다.

"조나라에 망명해 있는 위제의 목도 끊지 않고 그냥 돌아간다면 내 무슨 면목으로 승상 범저를 대하리오."

이에 진소양왕은 조나라 평원군에게 사자를 보냈다. 사자가 평원군에게 진소양왕의 말을 전한다.

"우리 진나라가 조나라를 치는 목적은 다만 위나라에서 망명와 있는 위제를 잡아가기 위해서요. 위제만 내주면 우리는 즉시 본국으로 돌아가겠소."

평원군이 사자에게 대답한다.

"위제는 이곳에 와 있지 않소. 아마 헛소문을 들으신 것 같소."

이에 진소양왕은 평원군에게 세 번씩이나 사신을 보내어 교섭을 시켰다. 그러나 평원군은 끝까지 잡아떼며 위제를 내놓지 않았다.

진소양왕은 몹시 우울했다. 장차 조 · 제 두 나라 연합군과 싸우자니 이길 성싶지가 않고, 그렇다고 그냥 돌아간다면 영영 위제를 잡을 도리가 없는 것이다.

진소양왕은 여러모로 고민한 끝에 한 가지 계책을 생각해냈다. 진소양왕은 마침내 조효성왕에게 서신을 보냈다.

그 글에 하였으되,

과인과 군왕은 형제간이나 진배없습니다. 과인은 위제가 평원군 문하에 있다는 헛소문을 듣고서 그를 잡으려고 군사를 일으켰습니다. 그렇지 않다면 무엇 때문에 우리 군사가 조나라 경계를 넘어왔겠습니까? 그동안 우리 군사가 빼앗은 조나라 세 성을 군왕께 다 돌려드립니다. 과인은 전처럼 조나라와 우호를 유지하고자 합니다.

조효성왕은 곧 진소양왕에게 답장을 보내어 세 성을 도로 받았다. 이와 동시에 진소양왕은 군사를 거느리고 조나라 땅에서 물러갔다.

한편, 조나라를 구원하러 오던 제나라 장수 전단田單은 도중에서 이미 진나라 군사가 물러갔다는 소식을 받았다. 이에 전단도 군사를 돌려 제나라로 돌아갔다.

한편 진소양왕은 군사를 거느리고 함곡관函谷關으로 돌아갔다. 진소양왕은 이번엔 평원군에게 서신 한 통을 써서 조나라로 보냈다.

그 글에 하였으되,

과인은 대군의 높은 의기義氣를 익히 들어온 터라 대군과 서로 친히 사귀기를 바랍니다. 대군은 과인의 뜻을 저버리지 말고 우리 진나라로 놀러 오십시오. 과인은 대군과 함께 열흘 동안 서로 즐기며 친교親交할 작정입니다.

평원군은 진소양왕의 서신을 받아보고 곧 궁으로 가서 조효성왕에게 이 일을 아뢨다.

조효성왕이 모든 신하를 불러들여 상의한다.

"진왕秦王이 평원군을 초청했으니 어찌하면 좋겠소?"

정승 우경이 아뢴다.

"진나라는 범과 이리 같은 나라입니다. 지난날에 제나라 맹상군孟嘗君도 진나라에 갔다가 하마터면 영영 돌아오지 못할 뻔했습니다. 더구나 지금 진왕은 평원군이 위제를 숨겨두고 있는 줄로 의심하고 있습니다. 그러므로 평원군을 보내서는 안 됩니다."

염파가 말한다.

"지난날 인상여藺相如는 품에 화씨和氏의 옥〔璧〕을 품고 단독으로 진나라에 갔으나 결국 무사히 돌아왔습니다. 이번에 진왕이 호의로 평원군을 초청했는데 가지 않는다면 우리 조나라를 의심할 것입니다. 우리 나라가 진왕의 의심을 살 필요는 없습니다."

조효성왕이 머리를 끄덕이며 분부한다.

"과인도 이번 초청이 진왕의 호의에서 나온 것이라 믿고 싶소. 그의 호의를 무시할 수도 없는 노릇이오. 평원군은 수고스럽겠지만 진나라에 한번 갔다 오도록 하오."

마침내 평원군은 진나라 사신을 따라 서쪽으로 떠났다.

수일 후에 평원군은 진나라 도읍 함양성에 당도하여 궁으로 들어가서 진소양왕을 뵈었다. 진소양왕은 평원군을 보자 십년지기十年知己를 대하듯 환영했다.

함양궁咸陽宮에선 날마다 잔치를 차려 평원군을 대접했다. 그런 지 여러 날이 지났다. 그날도 서로 술을 돌려 즐기던 참이었다.

진소양왕이 술잔을 들고 평원군에게 말한다.

"과인은 대군에게 청이 하나 있소. 대군이 내 청을 들어줄 생각이거든 우선 이 술잔부터 받으시오."

평원군이 대답한다.

"대왕의 분부이신데 이 몸이 어찌 따르지 않으리이까."

평원군은 술잔을 받아 단숨에 마신 후 그 술잔에 다시 술을 부어 진소양왕에게 바쳤다. 그러나 진소양왕이 술잔을 받지 않고 말을 계속한다.

"옛날 주문왕周文王은 여상呂尙을 얻어 강태공으로 봉했고, 제환공은 관이오管夷吾를 얻어 중부仲父로 삼았소. 오늘날 과인에겐 범저가 바로 강태공과 중부나 진배없소. 그런데 범저의 원수 위제가 대군의 문하에 숨어 있다는 사실을 내 어찌 모르겠소. 대군은 즉시 조나라로 사람을 보내어 위제의 목을 끊어오게 하오. 나는 범저의 원수를 갚아줄 수 있어야만 대군의 술잔을 받겠소."

평원군이 대답한다.

"신이 듣건대 '몸이 귀해져도 천할 때 사귄 친구를 버리지 말아야 하며, 부자가 됐을지라도 가난할 때 사귄 친구를 버리지 말아야 한다'고 하더이다. 대왕께서 말씀하신 그 위제는 바로 신의 오랜 친구입니다. 위제가 옛 친구인 신을 찾아왔다면 신이 그를 버려야겠습니까? 신은 그렇게 친구를 박대할 수는 없습니다. 더구나 위제는 신에게 와 있지도 않으니 이 이상 어쩔 도리가 없습니다."

진소양왕의 얼굴빛이 대뜸 변한다.

"대군이 위제를 내놓지 않겠다면, 좋소! 과인도 대군을 조나라로 돌려보내지 않겠으니 그리 아오!"

평원군이 조용한 목소리로 말한다.

"신이 조나라로 돌아가고 못 돌아가는 것은 대왕의 처분에 달려 있습니다. 그러나 대왕께서 좋은 언사로 사람을 초청해놓고 이런 즐거운 술자리에서 협박하신다면, 장차 천하 모든 나라가 옳고 그름을 판단해줄 것입니다."

진소양왕은 평원군이 위제를 내놓지 않을 것을 알고 일단 관사

館舍로 내보냈다. 그리고 그날로 서신을 써서 조나라 조효성왕에게 보냈다.

그 글에 하였으되,

지금 군왕의 신하 평원군은 우리 진나라에 와 있고, 진나라 정승 범저의 원수 위제는 조나라에 있습니다. 군왕께서 위제의 목만 보내주시면 그날로 즉시 평원군을 돌려보내겠습니다. 그렇지 않을 경우엔 과인이 친히 군사를 일으켜 위제를 치러 조나라로 가겠습니다. 물론 평원군은 언제까지나 진나라에 묶여 있을 것이니 그리 아십시오. 군왕의 선처를 바랍니다.

조효성왕이 진소양왕의 서신을 읽고 불같이 호령한다.

"내 어찌 위나라에서 망명해 온 위제 때문에 우리 조나라의 보배인 평원군을 잃을 수 있으리오! 즉시 군사를 보내어 평원군의 집을 에워싸고 위제를 잡아오너라!"

그러나 군사들이 평원군의 집을 포위하기도 전에 소문이 먼저 퍼졌다. 평원군 집에 머물고 있던 선비들은 그간 위제와 친숙해져 있었다. 그래서 그들은 그날 밤으로 위제를 도망시켰다.

평원군 집에서 도망쳐나온 위제는 정승 우경의 부중으로 가서 도와달라고 간청했다.

정승 우경이 위제에게 말한다.

"우리 왕께선 호랑이보다 진나라를 더 무서워하고 있소. 그러니 지금은 말로 호소할 때가 아니오. 그대가 살아나려면 다시 위나라로 돌아가는 수밖에 없소. 그대도 잘 알다시피 위나라 신릉군信陵君 공자 무기無忌는 어진 선비를 존경하기 때문에 천하 모든 망명객들이 다 그 문하로 몰리는 실정이오. 또 신릉군으로 말하자면 원래 이 나라 평원군과도 절친한 사이요. 그러니 신릉군은 다시 돌아온 그대를 괄시하지 않을 것이오. 하지만 그대는 지금 죄인인지라 혼자 가진 못할 터이니 내 마땅히 그대를 위나라까지 데려다주겠소."

정승 우경은 조효성왕에게 바치는 편지와 정승의 인을 책상 위에 놓고 떠날 준비를 했다. 그날 밤으로 우경은 위제를 데리고 조나라를 떠나 위나라로 향했다.

수일 후 위나라 도읍 대량大梁 땅 교외에 당도한 우경이 위제를 위로한다.

"신릉군은 의기義氣 있는 대장부요. 내가 먼저 가서 말을 하면 신릉군은 즉시 그대를 영접하러 나올 것이오. 그러니 그대는 여기서 잠시 기다리오."

우경은 혼자 신릉군의 집 문 앞에 가서 주객主客(손님을 영접하는 사람)에게 명자名刺(오늘날의 명함)를 주어 들여보냈다. 주객이 들어갔을 때 신릉군은 마침 목욕을 하고 있었다.

신릉군이 그 명자를 보고 깜짝 놀란다.

"조나라 정승 우경이 오시다니? 필시 무슨 중대한 일이 있어서 오신 게로구나! 그대는 나가서 내가 지금 목욕 중이라고 고하고 방으로 모신 후 잠시 기다리시라고 여쭈오. 음, 그리고 무슨 일로 오셨나 좀 알아보오."

주객이 나가서 우경을 방으로 안내하고 묻는다.

"무슨 일로 이렇게 왕림하셨습니까?"

우경이 대답한다.

"실은 위제 때문에 왔소. 세상이 다 알다시피 위제는 지금 진나라 때문에 쫓겨다니는 신세요. 그래서 나는 조나라 정승 자리까지 버리고 위제를 도와주려고 데리고 왔소."

주객은 다시 가서 신릉군에게 우경의 말을 전했다.

신릉군이 속으로 생각한다.

'어허, 이거 일이 난처하게 되었구나! 위제를 받아들였다가는 진나라가 우리 위나라를 그냥 두지 않을 테고, 그렇다고 천리 먼 길을 와서 간청하는 우경의 청을 거절할 수도 없는 노릇이니 이 일을 장차 어찌할꼬!'

우경은 아무리 기다려도 신릉군이 나오지 않자 화가 났다.

'흠! 신릉군은 내가 온 연유를 듣고서 난처해하는 모양이구나. 내가 그를 믿은 것이 잘못이었다. 신릉군은 소문과는 달리 보잘것없는 졸장부구나!'

우경은 기다리다 못해 자리를 박차고 일어서서 주객을 부른 후,

"허어! 내가 사람을 잘못 알고 왔군! 나는 돌아가니 그대는 들어가서 주인을 안심시키게!"

하고 분연히 신릉군의 집을 나왔다.

신릉군은 우경이 갔다는 말을 듣고서야 나와서 문하의 모든 선비에게 물었다.

"그대들이 보기에 그 우경이란 인물이 어떠합디까?"

이때 후생侯生이 곁에 있다가 껄껄 웃으며 대답한다.

"대군께선 어찌하사 그다지도 일에 어두우십니까? 원래 우경은 세 치 혀로 조나라 정승 자리를 차지했고, 만호후萬戶侯(인구 1만 호가 있는 땅을 받은 후작)의 국록을 받은 인물입니다. 위제는 신세가 하도 다급해서 우경을 찾아갔고, 우경은 위제를 위해 부귀를 초개같이 버리고 조나라를 떠나온 사람입니다. 천하에 이렇듯 의

기義氣 있는 대장부가 과연 몇이나 되겠습니까? 그런데도 대군께선 우경의 높은 인격을 못 알아보시고서 저희에게 묻습니까?"

후생의 말을 듣고 신릉군은 부끄러워했다. 그는 머리를 말릴 여가도 없이 즉시 상투를 틀어올렸다.

"속히 수레를 대령하여라. 그리고 나의 관冠을 내오너라!"

신릉군은 허둥지둥 관을 쓰고 황급히 수레에 올라 우경을 뒤쫓아서 교외로 향했다.

한편, 위제는 교외에서 오랫동안 기다렸다. 그러나 아무리 기다려도 우경은 돌아오지 않았다.

위제가 위나라 하늘을 우러러보고 탄식한다.

"우경은 나에게 '신릉군은 의기 있는 대장부라, 내가 가서 말하면 즉시 나와서 그대를 영접할 것이다' 라고 했다. 그런데 해가 저렇듯 서산을 넘어가건만 아직 아무 소식이 없으니, 뜻한 바와는 반대로 일이 잘 이루어지지 않은 모양이구나!"

그제야 저편에서 우경이 돌아오고 있었다. 우경의 눈엔 눈물이 글썽글썽했다.

"내가 사람을 잘못 봤소. 신릉군은 의기남아가 아닙니다. 그는 진나라가 무서워서 나를 만나주지도 않았소. 자, 이제 우리는 초나라로 갑시다. 나는 그대가 안심하고 살 수 있는 곳까지 데려다주겠소."

위제가 조용히 머리를 흔든다.

"나는 한때의 불찰不察로 범저에게 죄를 지어 이 꼴이 되었구려. 나는 평원군에게 막대한 폐를 끼쳤으며, 대감에게까지 막심한 폐를 끼쳤소. 나 때문에 부귀영화를 다 버리고 오신 대감이 또다시 낯선 초나라까지 가시다니 그건 안 될 말씀이오. 더욱이 아는 사람 하나 없는 초나라에서 누가 나를 받아들일 리 있겠소."

말을 마친 순간, 위제는 눈 깜짝할 사이에 허리에서 칼을 뽑아 자기 목을 찔렀다. 우경은 황급히 칼을 빼앗았으나 쓰러진 위제의 목에선 쉴 새 없이 피가 쏟아졌다.

우경이 위제의 시체를 끌어안고 한참을 슬퍼하는데, 저편에서 수레 달려오는 소리가 났다. 우경이 바라보니 신릉군이었다. 우경은 즉시 일어나 몸을 피해 신릉군을 만나지 않았다.

신릉군은 수레를 멈추고 뛰어내렸다. 신릉군이 싸느란 위제의 시체를 어루만지며,

"어허, 이게 웬일이오. 이 무기가 잘못했소!"

하고 통곡했다.

한편, 조나라에선 평원군 집에 갔던 군사들이 맨손으로 돌아와서 조효성왕에게 아뢴다.

"위제는 이미 달아나고 없더이다."

이 말을 듣고 조효성왕은 이맛살을 찌푸렸다. 동시에 신하 한 사람이 급히 들어와서 아뢴다.

"정승 우경이 위제를 데리고 어디론지 가버렸답니다."

조효성왕이 큰소리로 외친다.

"아마 한나라 아니면 위나라로 떠났을 것이다. 사방으로 사람을 보내어 즉시 위제와 우경을 잡아오너라!"

이리하여 조나라 무사 한 무리가 그들을 잡으려고 위나라로 달렸다. 조나라 무사들은 위나라 가까이까지 가서야 비로소 위제가 자결했음을 알았다. 무사들은 돌아가서 조효성왕에게 그 소식을 보고했다.

이에 조효성왕은 즉시 위나라로 사신을 보냈다. 위나라에 당도한 조나라 사신이 위안리왕에게 아뢴다.

"신은 죽은 위제의 목을 받으러 왔습니다. 진나라에 위제의 목을 바쳐야만 우리 나라 평원군이 놓여날 수 있습니다. 대왕께선 위제의 목을 내주소서."

위안리왕은 신릉군을 불러들여 조나라 사신과 대면시켰다. 신릉군은 차마 위제의 목을 내줄 수가 없었다.

조나라 사신이 신릉군에게 간곡히 청한다.

"대군大君과 평원군은 서로 절친한 사이가 아닙니까? 평원군이 위제를 사랑하는 마음도 대군과 추호도 다를 것이 없습니다. 그래서 평원군은 진나라에 붙들려 있는 것입니다. 만일 위제가 살아 있다면 어찌 감히 이런 청을 하겠습니까. 위제는 아깝게도 이미 죽은 사람입니다. 아무것도 모르는 죽은 사람의 목을 아끼사 언제까지 진나라에 평원군을 버려두시렵니까? 그렇게 되면 평원군을 사랑하는 대군의 마음도 결코 편안하지 못할 것입니다."

이에 신릉군은 하는 수 없이 비단으로 위제의 목을 싸서 좋은 나무통에 넣어 조나라 사신에게 내주었다. 그러고는 교외 밖에다 목 없는 위제의 시체를 장사지냈다.

염옹이 시로써 위제를 탄식한 것이 있다.

> 위제는 아무 까닭 없이 수가의 말만 듣고 범저에게 형벌을 내렸으니
> 마땅히 죽음으로써 범저에게 사과했어야만 할 것이다.
> 쫓겨다니는 목숨이 남에게 폐만 끼치고 결국 자신마저 망쳤으니
> 차라리 그 목을 진나라 함양으로 일찍 보낸 것만 같지 못했도다.
> 無端辱士聽須賈

只合捐生謝范雎

殘喘累人還自累

咸陽函首恨敎遲

그럼 그후 우경은 어찌 되었는가? 그는 세상 인심을 탄식하고, 그후로는 열국列國을 돌아다니며 유세도 하지 않았다. 그는 백운산白雲山으로 들어가 세상을 풍자諷刺하는 글을 쓰면서 여생을 보냈다.

우경이 남겨놓은 그 저서를 『우씨춘추虞氏春秋』라고 한다.

또한 염옹이 시로써 우경을 찬탄한 것이 있다.

그가 생활이 궁해서 산속에 들어가 글을 쓰며 산 것은 아니니

우리는 천추에 빛나는 그의 고상한 인품을 잊지 못하겠도다.

가련하구나, 훌륭한 문장을 쓴 저 솜씨는

일찍이 정승 자리를 헌신짝처럼 버리고서 위제를 데리고 떠났던 사람이다.

不是窮愁肯著書

千秋高尙記虞兮

可憐有用文章手

相印輕抛徇魏齊

조효성왕은 사신이 위나라에서 가지고 온 위제의 목을 즉시 진나라로 보냈다. 진소양왕은 조나라에서 보내온 위제의 목을 곧 범저에게 내주었다.

범저가 아랫사람에게 위제의 목을 내주면서 분부한다.

"이놈의 살과 가죽을 모조리 벗겨내고 해골에 옻칠을 해오너라."

그후로 범저는 옻칠을 한 위제의 해골을 요강〔溺器〕으로 사용했다. 범저는 위제의 해골에 오줌을 눌 때마다 저주했다.

"너는 빈객들을 시켜 내 몸에 오줌을 누게 했다. 이제 너는 저 세상에 있으면서 항상 내 오줌이나 받아먹어라!"

이에 진소양왕은 평원군을 조나라로 돌려보냈다. 조나라는 평원군을 정승으로 삼아 우경의 자리를 메웠다.

한편 범저가 진소양왕에게 아뢴다.

"신은 원래 신분이 낮고 천賤한 몸으로 대왕의 은덕을 입어 승상의 자리까지 올랐고, 겸하여 철천지원수도 갚게 되었으니 그저 황공하오이다. 그러나 과거를 돌이켜보건대 신은 정안평鄭安平이 없었던들 그 당시에 살아나지 못했을 것이며, 왕계王稽가 없었던들 마침내 진나라에 오지도 못했을 것입니다. 바라건대 대왕께서는 신의 벼슬을 깎으시고, 대신 정안평과 왕계의 벼슬을 높여주소서. 그러면 신은 죽어도 한이 없겠습니다."

진소양왕이 대답한다.

"승상이 말해주지 않았으면 과인은 그 두 사람을 거의 잊을 뻔했소."

진소양왕은 즉시 왕계에게 하동河東 땅 태수太守를 제수하고, 정안평을 편장군偏將軍으로 승진시켰다.

이리하여 진소양왕은 오로지 범저의 계책을 좇아 먼저 가까운 한나라와 위나라를 치기로 하고, 멀리 있는 제나라와 초나라와는 우호를 더욱 두터이 할 작정이었다. 이것이 이른바 원교근공책遠交近攻策이었다.

범저가 또 진소양왕에게 아뢴다.

"신이 듣건대 제나라 군왕후 태사씨太史氏는 현명하며 지혜가 있다고 하옵니다. 그러니 마땅히 제나라로 사신을 보내어 군왕후 태사씨에게 옥련환玉連環(옥을 이어서 만든 목걸이)을 선사하고, 이러이러하게…… 한번 시험해보십시오."

이에 진나라 사신이 제나라에 가서 군왕후 태사씨에게 옥련환을 바치고 진소양왕의 말을 전한다.

"제나라 사람으로 이 옥련환의 줄을 풀 수 있는 사람이 있다면 우리 진나라는 제나라를 더욱 공경하겠소이다."

군왕후 태사씨가 아랫사람에게 분부한다.

"쇠망치를 가지고 오너라."

군왕후 태사씨는 쇠망치로 단번에 옥련환의 줄을 끊었다.

군왕후 태사씨가 진나라 사신에게 말한다.

"그대는 돌아가서 진왕에게 노부老婦가 이미 옥련환의 줄을 풀었다고 전하오!"

진나라 사신은 진나라로 돌아가서 진소양왕에게 이 사실을 보고했다.

곁에서 범저가 진소양왕에게 아뢴다.

"제나라 섭정攝政 군왕후 태사씨는 과연 여중호걸女中豪傑입니다. 만만히 보고서 제나라를 쳤다가는 절대 안 됩니다. 예정대로 제나라와 우호를 맺으십시오."

이리하여 진나라는 제나라와 우호를 맺었다. 따라서 그후로 제나라는 평화가 지속되었다.

전번에 말한 것처럼 이때 초나라 세자 웅완熊完은 아직도 진나라에 볼모로 있었다. 초나라 세자 웅완이 진나라에 와 있은 지도 벌써 16년이 지났다. 그런데도 진소양왕은 세자 웅완을 초나라로 돌려보내지 않았다.

그러던 차에 진소양왕은 범저가 아뢰는 원교근공책을 써서 초나라로 사신을 보냈다. 이리하여 마침내 진 · 초 두 나라는 우호를 맺게 되었다.

우호를 맺은 초나라는 주영朱英을 진나라로 보내어 답례하게 했다. 초나라 사신 주영은 답례차 진나라에 가서 지금 초경양왕의 병세가 매우 위중하여 회복하기 어렵다는 것을 널리 호소했다.

지난날 초나라 세자 웅완이 볼모로 진나라에 왔을 때 태부太傅 황헐黃歇도 함께 따라와 있었다는 것은 이미 말한 바다.

태부 황헐이 세자 웅완에게 말한다.

"이번에 사신으로 온 주영의 말을 들으셨지요? 지금 부왕父王의 병세가 매우 위중하시다는데 세자께선 이렇듯 진나라에 붙들려 계시니 참 기막힙니다. 세자가 고국으로 돌아가시지 못하는 동안에 만일 부왕께서 세상을 떠나신다면 필시 다른 공자가 왕위를 계승할 것입니다. 그렇게 되면 세자께선 영영 초나라를 잃고 맙니다. 신은 응후應侯 범저를 찾아가서 세자를 돌려보내달라고 청해 볼 작정입니다."

세자 웅완이 부탁한다.

"나는 태부만 믿소. 태부는 나를 위해 적극 힘써주오!"

이에 황헐은 승상부丞相府에 가서 범저를 만났다.

"승상께선 지금 초왕의 병세가 위중하다는 걸 아십니까?"

"이번에 온 초나라 사신이 그런 말을 하더군요."

황헐이 말한다.

"초나라 세자는 진나라에 와 있은 지도 오래되어서 이곳 많은 분들과 널리 친분을 갖고 있습니다. 그러므로 초왕이 세상을 떠나신 후 세자가 왕위에 오르기만 하면 장차 초나라는 극진히 진나라를 섬길 것입니다. 승상께선 이 기회를 놓치지 마시고 세자를 초나라로 돌려보내주십시오. 그러면 세자는 승상의 은덕을 길이 잊지 않을 것입니다. 그러나 만일 세자를 돌려보내지 않고 그냥 붙들어둔다면 결국 다른 공자가 초나라 왕위를 차지하고 맙니다. 그럼 세자는 이 진나라 함양에서 한갓 백성으로 일생을 마치게 됩니다. 뿐만 아니라 이번에 세자를 돌려보내지 않으면 초나라는 다시는 진나라로 볼모를 보내지 않을 것입니다. 승상께서 끝까지 세자를 붙들어두어 마침내 다른 공자가 초나라 왕이 된다면 이는 또한 진나라를 위해서도 불행한 일입니다."

범저가 머리를 끄덕인다.

"그대 말씀이 옳소. 세자를 초나라로 돌려보내도록 하겠소."

이튿날 범저는 입궁하는 길로 진소양왕에게 황헐의 말을 고했다.

진소양왕이 대답한다.

"그렇다면 우선 황헐을 초나라로 보내어 문병問病하게 하오. 과연 초왕의 병이 위독하거든 그때에 세자를 데려가라고 하오."

범저는 황헐을 불러 진소양왕의 뜻을 전했다.

황헐이 돌아가서 세자와 상의한다.

"지금 진왕은 세자를 돌려보내지 않고, 지난날 우리 초회왕楚懷王께 했듯이 언제까지나 진나라에 잡아둘 작정입니다. 진왕은 세자를 미끼로 우리 초나라에 땅을 요구하려는 수작입니다. 곧 요행히 초나라에서 세자를 모시러 오면 진왕은 땅을 받고서 세자를 내줄 것이며, 초나라에서 아무 기별이 없으면 결국 세자는 이 진나라에서 일생을 마치는 수밖에 없습니다. 그래서 저 음흉한 진왕은 우선 신만 초나라로 돌려보내고 하회를 기다리자는 배짱입니다."

세자 웅완이 무릎을 꿇고 청한다.

"태부여! 이 일을 어떻게 하면 좋겠소? 나를 도와주오!"

태부 황헐이 대답한다.

"신의 어리석은 소견으로는 별수 없이 세자께선 변복하고 초나라로 달아나시는 게 좋을 성싶습니다. 이번에 우리 초나라에서 사신으로 온 주영은 머지않아 일을 마치고 돌아갑니다. 이 기회를 놓쳐서는 안 됩니다. 신은 이곳에 남아서 죽든 살든 뒷일을 도맡겠습니다."

세자 웅완이 기뻐한다.

"내 무사히 초나라에 돌아가서 왕이 되는 날엔 반드시 태부와 부귀영화를 함께하겠소."

이에 황헐은 비밀히 주영을 찾아가서 이 일을 상의했다.

초나라 사신 주영이 두말하지 않고 흔쾌히 승낙한다.

"내가 세자를 모시고 가겠소."

마침내 세자 웅완은 미복微服으로 변장하고 어자御者가 되어 주영의 수레를 몰고서 함양성을 떠나 무사히 함곡관函谷關을 빠져나갔다. 그러나 진나라 사람들은 아무도 이 일을 알지 못했다.

이런 줄은 모르고서 진소양왕은,

"황헐은 본국에 돌아가서 초왕을 문병하라."

하고 전지傳旨를 내렸다.

황헐은 객사에서 그 전지를 받고 진소양왕에게 글을 올렸다.

그 내용은 지금 세자가 갑자기 병환이 나서 자기 외엔 아무도 돌볼 사람이 없다는 것과, 그러니 세자의 병이 좀 나아지면 즉시 초나라로 가겠다는 것이었다.

어느덧 반년이 지났다.

이제는 세자 웅완이 충분히 진나라 경계를 벗어났을 만한 때였다. 그제야 황헐은 궁에 들어가서 진소양왕을 뵈었다.

황헐이 머리를 조아리며 사죄한다.

"외신外臣(외국의 사신使臣) 황헐은 대왕을 속일 수 없어 모든 것을 사실대로 아뢰나이다. 세자 웅완이 시기를 놓치면 초나라 왕이 될 수 없겠기에 신이 먼저 초나라로 보냈습니다. 지금쯤은 세자가 완전히 진나라 경계를 벗어났을 것입니다. 이 황헐은 이렇듯 대왕을 속였습니다. 그저 여러 말 마시고 이 몸을 죽여주십시오."

진소양왕이 노발대발한다.

"보아라! 초나라 사람의 속임수가 이렇듯 간교하구나. 속히 황헐을 잡아내어 목을 참해라!"

승상 범저가 진소양왕 앞에 가까이 가서 속삭인다.

"황헐을 죽여보았자 달아난 초나라 세자가 돌아올 리 만무합니다. 공연히 초나라와 원수를 사느니 차라리 황헐의 충성을 칭찬하시고 초나라로 돌려보내는 것이 좋을 줄로 압니다. 장차 초왕이 죽고 달아난 세자가 초나라 왕이 되면 황헐은 반드시 초나라 정승이 될 것이며, 따라서 그들은 우리 진나라를 성심껏 섬길 것입니다."

순간 진소양왕이 씻은 듯이 노여움을 풀고 부드러운 표정으로 말한다.

"……그러나 황헐은 충신이오. 내 어찌 남의 나라 충신을 죽일 수 있으리오. 그대는 초나라로 돌아가서 세자를 잘 섬기고 과인을 저버리지 마오."

이에 황헐은 많은 예물까지 받고서 그날로 진나라를 떠나 초나라로 향했다.

사신이 시로써 이 일을 읊은 것이 있다.

세자가 어자로 변장하고 나는 듯이 달아났기에 망정이지
하마터면 진나라에서 한갓 백성으로 일생을 마칠 뻔했도다.
이렇듯 황헐이 앞날을 내다보고 결단을 내리지 않았던들
세자도 지난날의 초회왕과 같은 신세를 면치 못했으리라.
更衣執轡去如飛
險作咸陽一布衣
不是春申有先見
懷王餘涕又重揮

황헐이 초나라에 돌아간 것은 3월이었다. 그 3월에 초경양왕楚頃襄王은 마침내 세상을 떠나고 말았다. 이에 세자 웅완이 왕위에 올랐다. 그가 바로 초고열왕楚考烈王이다.

초고열왕은 즉위한 즉시 태부 황헐을 정승으로 삼았다. 그리고 황헐에게 회북淮北 지대 12현縣을 봉하고, 춘신군春申君•이란 칭호를 내렸다.

춘신군 황헐이 아뢴다.

"회북 땅은 제나라와 접경 지대입니다. 청컨대 회북 땅 일대에 여러 군郡을 설치하고 성을 쌓아 국방에 힘쓰도록 하십시오. 그 대신 신에겐 강동江東 땅을 주셨으면 합니다."

이에 초고열왕은 춘신군 황헐에게 옛날 오나라 지대였던 강동 땅을 봉했다.

강동 땅을 하사받은 황헐은 옛 오왕吳王 합려闔閭가 쌓았던 성을 중수重修해서 큰 고을〔邑〕로 만들고, 성안에다 사종오횡四縱五橫으로 준하濬河를 끌어들여 태호太湖와 통하게 했다. 그리고 파초문破楚門을 부숴버리고 창문昌門을 다시 세웠다.

그 당시에 제나라 맹상군孟嘗君은 이미 죽고 없었으나 조나라엔 평원군平原君이 있고, 위나라엔 신릉군信陵君이 있어서 각기 많은 선비를 양성하고 있었다.

초나라 춘신군 황헐은 전부터 그들을 존경해온 만큼 그 또한 많은 선비를 양성하기 시작했다. 그래서 춘신군의 문하에는 늘 식객이 수천 명씩 있었다.

한편, 조나라 평원군은 이 소문을 듣고서 초나라 춘신군의 문중으로 사자를 보내어 시찰하고 오게 했다. 조나라 사자는 평원군 문중의 높은 수준을 자랑하려고 상투에 대모玳瑁(바다거북의 한 종류)로 만든 동곳을 꽂고, 주옥珠玉으로 칼집을 장식한 칼을 허리에 차고 초나라로 떠났다.

마침내 조나라 사자가 초나라 춘신군 문중에 가서 본즉, 식객食客만 해도 3,000여 명이나 있었다. 더구나 놀라운 것은 그중에서도 상객에 속하는 선비는 모두 명주明珠(아름다운 진주)가 박혀 있는 신발을 신고 있었다.

잔뜩 뽐내고 갔던 조나라 사자가 속으로 탄식한다.

"춘신군은 선비를 극진히 대접하는구나! 자기 자신보다 선비를 더 소중히 대접하는구나!"

결국 조나라 사자는 춘신군에게 큰 감명을 받고 돌아갔다.

그후 춘신군은 선비들의 계책을 써서 북쪽 추로鄒魯 땅을 초나라에 편입시키고, 어진 선비 순경荀卿을 난릉령蘭陵令으로 천거하고, 초나라 정법政法을 대폭 수정하고 군사를 조련시켰다. 이리하여 초나라는 다시 부강해지기 시작했다.

한편, 진나라 진소양왕은 범저의 계책인 원교근공책에 따라 멀리 떨어져 있는 제나라와 초나라와는 일단 우호를 맺었기 때문에 이제 가까운 나라부터 칠 작정이었다.

이리하여 진나라는 마침내 군사를 일으켰다. 진나라 대장 왕흘王齕은 군사를 거느리고 가까운 한韓나라로 쳐들어갔다. 진나라는 위수渭水를 통해서 군량軍糧을 뒤대고, 치중輜重을 동쪽 하락河洛으로 보냈다.

한나라로 쳐들어간 진나라 군사는 단숨에 야왕野王 땅의 성을 함몰했다. 그래서 한나라는 상당上黨 땅과의 모든 연락이 끊어졌다. 이때 상당 땅 태수는 풍정馮亭이란 사람이었다.

풍정이 모든 관리에게 말한다.

"진나라 군사가 이미 야왕 땅을 점령했으니 이제 우리 상당 땅도 꼼짝없이 진나라 군사에게 먹히게 되었다. 그렇다면 우리는 진나라 군사에게 고분고분 항복할 것인가? 아니다! 기왕 사세가 이렇게 된 바에야 우리는 차라리 상당 땅을 조趙나라에 바치고 항복하는 것이 낫다. 조나라가 우리 상당 땅을 차지하게 되면 진나라는 반드시 격노하여 당장 군사를 옮겨 조나라를 칠 것이다. 곧 진나라 군사가 조나라를 치기만 한다면 필시 조나라는 우리 한나라와 손을 잡고 진나라 군사를 막으려 할 것이다. 우리 한나라와 조나라가 한마음 한뜻이 되기만 하면 진나라 군사를 쳐부수기는 어렵지 않다!"

마침내 풍정이 사자에게 서신과 상당 땅 지도를 내주면서 분부한다.

"그대는 속히 조나라에 가서 조효성왕에게 이것을 바쳐라."

이에 사자는 조나라로 말을 달려갔다. 이때가 바로 조효성왕 4년이요, 주난왕 53년이었다.

어느 날 밤 조효성왕은 꿈을 꾸었다.

꿈에 조효성왕은 편의偏衣를 입은 채 용을 타고 하늘로 올라가고 있었다. 그런데 하늘로 다 오르기도 전에 조효성왕은 땅 위로 떨어지고 말았다. 정신을 차려보니 조효성왕은 금산金山과 옥산玉山 사이에 있었다. 두 산의 광채가 어찌나 휘황한지 눈이 부실 지경이었다. 동시에 조효성왕은 꿈에서 깨어났다.

조효성왕은 대부 조우趙禹를 불러들여 꿈 이야기를 하고는 그 징조를 물었다.

대부 조우가 대답한다.

"편의를 입으셨다니 말입니다만, 편의란 앞을 여미게 된 옷이니 이는 합친다는 뜻입니다. 또 용을 타고 하늘로 올라가시다가 땅으로 떨어졌다는 것은 장차 땅을 얻으실 징조입니다. 그리고 금산과 옥산에 계셨다는 것은 많은 재물을 얻으실 징조입니다."

조효성왕은 매우 만족해했다. 조효성왕은 다시 무사巫史를 불러들여 꿈 이야기를 하고 점을 쳐보게 했다.

무사가 점괘를 뽑아보고 아뢴다.

"편의는 화려한 옷이 아니니, 곧 쇠잔衰殘한다는 뜻입니다. 용을 탔으나 하늘에 오르지 못하고 떨어졌다는 것은 모든 일이 순조롭지 못하고 변화가 많다는 뜻입니다. 곧 유명무실有名無實하다는 징조입니다. 그리고 금산과 옥산이란 것은 구경거리는 되지만 쓸모가 없습니다. 꿈이 좋지 못합니다. 매사에 조심하십시오."
그러나 조효성왕은 이미 대부 조우의 말에 혹한 만큼 무사의 해몽을 믿지 않았다.
그후 사흘이 지나자 한나라 상당 땅 태수 풍정의 사자가 서신을 가지고 조나라에 당도했다.
조효성왕이 그 서신을 받아본즉 하였으되,

지금 한나라는 진나라 군사의 공격을 받고 위기에 직면했습니다. 따라서 장차 상당 땅도 진나라 손아귀에 들어가게 되었습니다. 그러나 이곳 모든 관리와 백성들은 진나라에 붙기를 원치 않고 조나라를 섬기겠다고 합니다. 그래서 상당 일대의 열일곱 성을 대왕께 바칩니다. 대왕께선 이곳 모든 관리와 백성들의 뜻을 저버리지 마소서.

조효성왕이 만면에 미소를 띠고 말한다.
"일전에 대부 조우가 과인의 꿈을 해몽하기를 '땅을 넓히고 재물을 얻을 징조'라고 하더니 과연 그 말이 이제 들어맞았구나!"
곁에서 평양군平襄君 조표趙豹가 간한다.
"신이 듣건대 까닭 없이 생기는 이익은 불행의 근본이라고 하더이다. 그러니 대왕께선 한나라 땅을 받지 마십시오."
조효성왕이 반문한다.
"한나라 사람들이 진나라를 무섭다 하고 우리 조나라의 덕을 사모하는데 어째서 까닭이 없다고 하는가?"
"진나라 군사는 누에가 뽕잎 먹듯 한나라로 쳐들어가서 이미 야왕野王 땅을 함몰하고 상당 땅을 고립시켰습니다. 그래서 진나라는 상당 땅을 이미 자기네 것으로 생각하고 있습니다. 그런데 우리 조나라가 그 상당 땅을 차지한다면 진나라가 어찌 가만있겠습니까! 비유해서 말하자면 농사는 진나라가 힘써 짓고, 수확은 우리 조나라가 독차지하는 격입니다. 그러므로 신은 이것을 '까닭 없는 이익'이라고 한 것입니다. 또 풍정은 왜 상당 땅을 진나라에 바치지 않고 하필 우리 조나라에 바치겠다는 것입니까? 그는 장차 우리 나라에 모든 불행을 뒤집어씌우고 그 대신 한나라의 위기를 좀 면해보자는 심산입니다. 대왕께선 이런 모든 점을 깊이 살피십시오."

그러나 조효성왕은 평양군 조표의 말을 믿으려 하지 않았다. 조효성왕은 평원군을 불러들여 다시 이 일을 상의했다.

평원군이 아뢴다.

"100만 군사를 출동시켜 국력을 기울여도 1년이 지나야 성 하나를 점령하기가 어렵습니다. 그런데 이제 군사 한 사람도 쓰지 않고, 군량 한 톨 없애지 않고서 열일곱 성을 얻게 되었으니 이보다 큰 이익이 어디 있겠습니까? 대왕께선 이 기회를 놓치지 마십시오."

조효성왕이 매우 기뻐한다.

"그대의 말이 바로 과인의 뜻과 똑같소!"

이에 평원군은 군사 5만 명을 거느리고 상당 땅을 받으러 갔다.

상당 땅에 당도한 평원군은 풍정에게 조효성왕의 뜻을 전했다. 그리고 풍정에게 3만 호를 봉하고 화릉군華陵君이란 칭호까지 내리고서 그냥 상당 태수로 유임留任시켰다. 또한 열일곱 성의 현령縣令 17명에게도 각각 3,000호를 봉하고, 자손 대대로 그 땅을 계승하게 했다.

그러나 풍정은 굳게 문을 닫고 울기만 할 뿐 평원군과 만나지도 않았다. 평원군은 거듭 풍정에게 사람을 보내어 만나자고 청했다.

풍정이 심부름 온 사람에게 말한다.

"내게 이미 세 가지 옳지 못한 일이 있으니 사자를 만나볼 수 없다. 왕을 위해 땅을 지키지 못했으니 이것이 옳지 못한 그 한 가지며, 왕께 아뢰지 않고 내 마음대로 조나라에 땅을 바쳤으니 이것이 옳지 못한 그 두 가지며, 왕의 땅을 다른 나라에 팔고 부귀를 얻었으니 이것이 옳지 못한 그 세 가지다. 이러한 내가 어찌 사람을 대하리오."

이 말을 전해 듣고 평원군은 길이 탄식했다.

"허어, 풍정은 충신이로다!"

이에 평원군은 친히 풍정의 집 문 앞에 가서 자리를 잡고 사흘 동안 떠나지 않았다. 풍정은 평원군의 극진한 태도에 감격하여 마침내 문밖으로 나왔다. 서로 인사를 나누면서도 풍정의 눈에선 눈물이 그치지 않았다.

"나 같은 죄인이 무슨 면목으로 상당 태수 자리에 눌러 있겠소! 새로이 좋은 태수를 뽑아 이 땅을 맡기십시오."

평원군이 거듭거듭 위로한다.

"나는 누구보다도 그대의 마음을 잘 알겠소. 그러나 그대가 태수로 눌러 있지 않으면 이곳 모든 관리와 백성을 위로할 길이 없소."

풍정은 평원군의 권유에 못 이겨 상당 태수에 그냥 머물러 있기로 했다. 그러나 그는 3만 호와 화릉군이란 칭호만은 끝까지 사양하고 받지 않았다.

평원군이 조나라로 돌아가는데 풍정이 전송하며 청한다.

"우리가 조나라에 상당 땅을 바친 것은 우리 힘으로는 진나라를 당적할 수 없었기 때문이오. 대군은 조나라에 돌아가셔서 조왕에게 잘 말씀드리고 속히 훌륭한 장수와 군사를 이리로 보내주오."

"염려 마오. 내 힘 자라는 데까지 최선을 다하리다."

이에 평원군은 상당 땅을 떠났다.

평원군은 조나라로 돌아가서 조효성왕에게 다녀온 경과를 보고했다. 조효성왕은 상당 땅을 얻게 된 데 축하하는 의미로 성대한 잔치를 벌였다. 그리고 상당 땅으로 군사 보낼 일을 상의했으나 결정을 짓지 못했다.

한편, 진나라 대장 왕흘王齕은 속속 군사를 진격시켰다. 마침내 진나라 군사는 상당 땅을 포위했다. 상당 태수 풍정은 두 달 동안이나 성을 굳게 지키며 진나라 군사에 대항했다. 그런데 어찌 된 셈인지 암만 기다려도 조나라 군사는 오지 않았다.

이에 상당 태수 풍정은 관리와 백성들에게 각기 조나라로 달아날 것을 지시했다. 그리고 풍정 자신도 밤을 이용해서 조나라로 달아났다.

그제야 조효성왕은 염파廉頗를 상장군上將軍으로 삼고, 군사 20만 명을 주어 상당 땅으로 보냈다. 염파가 군사를 거느리고 장평관長平關에 당도했을 때였다. 그는 도망쳐오는 상당 태수 풍정을 만났다.

풍정이 염파에게 말한다.

"이미 진나라 군사는 상당 땅을 함몰했소. 진나라 군사가 이리로 오는 중이오."

이에 조나라 상장군 염파는 군사를 거느리고 금문산金門山 밑에 가서 영채를 벌이고 성루城壘를 쌓았다. 또 동서 각처에 별〔星〕 모양으로 영채 수십 개를 세웠다. 그런 후에 염파는 풍정에게 군사 1만 명을 주어 광랑성光狼城으로 보내고, 도위都尉 벼슬에 있는 개부蓋負와 개동蓋同에게 군사 2만 명을 주어 동장성東鄣城과 서장성西鄣城을 지키게 하고, 비장裨將 조가趙茄에게 군사를 주어 진나라 군사의 동정을 정탐하도록 보냈다.

조가는 군사 5,000명을 거느리고 적의 동태를 정탐하려고 장평관을 나갔다. 한 20리쯤 갔을 때였다. 이때 마침 진나라 장수 사마司馬 경梗이 조나라 군사를 정탐하려고 오다가 서로 마주쳤다. 조가는 진나라 장수 사마 경의 군사가 많지 않은 것을 보고 즉시 쳐들어갔다.

조나라 비장 조가와 진나라 장수 사마 경이 서로 어우러져 한창 싸우는 중이었다.

누가 알았으랴. 이때 진나라 제2정탐군인 장당張唐이 군사를 거느리고 들이닥쳤다. 조가는 그만 겁을 먹고 손이 떨리기 시작했다.

진나라 장수 사마 경은 기회를 놓치지 않고 조나라 비장 조가를 한칼에 쳐죽였다. 이에 장수를 잃은 조나라 군사는 어지러이 죽음을 당했다.

염파는 조가가 거느리고 간 정탐군이 전멸당했다는 보고를 받고 모든 성루에 분부를 내렸다.

"굳게 지키기만 할 뿐 진나라 군사가 올지라도 나가서 싸우지 마라. 그리고 땅을 깊이 파고 물을 끌어들여라."

조나라 군사는 명령대로 거행하면서도 그 뜻을 몰랐다. 이윽고 진나라 대장 왕흘王齕이 대군을 거느리고 왔다. 진나라 군사는 금문산에서 10리쯤 떨어진 곳에 영채를 세웠다.

이튿날, 진나라 군사는 곧 두 패로 나뉘어 일제히 동장성과 서장성을 한꺼번에 공격했다. 이에 조나라 도위인 개부와 개동은 진나라 군사를 맞이하여 싸우다가 둘 다 패하고 전사했다.

진나라 대장 왕흘은 이긴 김에 다시 광랑성을 쳤다. 진나라 장수 사마 경은 용기를 분발하여 맨 먼저 광랑성 위로 올라갔다. 그 뒤를 따라 진나라 대군이 개미 떼처럼 올라갔다. 풍정은 도저히 진나라 군사를 당적할 수 없어 광랑성을 버리고 금문산 성루로 달아났다.

가는 곳마다 이긴 진나라 군사는 금문산 성루城壘를 쳤다.

조나라 대장 염파가 모든 군사에게 영을 내린다.

"일체 경거망동하지 마라. 만일 나가서 진나라 군사와 싸우는 자가 있으면 비록 이겨서 돌아올지라도 참하리라!"

진나라 대장 왕흘은 공격을 되풀이했으나 아무 성과도 거두지 못했다. 결국 진나라 군사는 염파의 성루로부터 한 5리쯤 물러가서 영채를 세우고 다시 누차 싸움을 걸었다. 그러나 조나라 군사는 나오지 않았다.

왕흘이 씹어뱉듯 말한다.

"늙은 장수 염파는 용의주도해서 꼼짝을 하지 않는구나!"

편장偏將 왕릉王陵이 한 가지 계책을 고한다.

"금문산 밑에 시냇물이 흐르는데, 그곳을 양곡楊谷이라고 합니다. 지금 조나라 군사와 우리 진나라 군사는 모두 그 물을 먹고 있습니다. 조나라 성루는 그 시냇물 남쪽에 있고, 우리 진나라 영채는 서쪽에 자리잡고 있습니다. 그런데 물줄기는 우리가 있는 이 서쪽에서 동남쪽으로 흐릅니다. 우리가 그 물줄기를 끊어 동쪽으로 보내지 않으면 조나라 군사는 물을 구할 수 없습니다. 불과 수일 안에 조나라 군사는 반드시 소란해질 것입니다. 소란해진 군사를 쳐서 이기지 못한 예는 없습니다."

왕흘이 머리를 끄덕이며 대답한다.

"거 참 좋은 생각이오."

이에 진나라 군사는 시냇물 물줄기를 끊어 다른 방향으로 빼돌렸다. 그래서 오늘날도 사람들은 그 양곡이란 곳을 절수絶水라고 부른다. 곧 양곡이 절수라 불린 것은 그때부터였다.

그러나 누가 알았으리오.

염파는 용의주도한 노장군老將軍이었다. 염파는 이미 그럴 줄 알고 미리 군사를 시켜 땅을 깊이 파고, 많은 물을 끌어들여 저수지貯水池를 여러 개 만들어놓았던 것이다. 그래서 조나라 군사는 물을 마음대로 쓰고도 전혀 부족함을 느끼지 않았다.

그때부터 조나라 군사와 진나라 군사는 4개월 동안을 서로 노려만 보고 있었다. 진나라 대장 왕흘은 그간 여러 번 싸움을 걸었지만 한번도 싸워보지 못했다. 그는 어찌해볼 도리가 없어서 본국으로 사람을 보내어 진소양왕에게 이 사실을 고했다.

이에 진소양왕은 승상 범저范雎와 이 일을 상의했다.

범저가 아뢴다.

"조나라 장수 염파는 전쟁 경험이 많기 때문에 우리 진나라 군사가 강하다는 걸 알고 경솔히 싸우려 들지 않는 것입니다. 더구나 염파는 우리 진나라가 멀리 있기 때문에 진나라 군사가 무작정 머물지 못할 것까지 계산에 넣고 있습니다. 곧 그는 우리 군사를 지치게 하고 틈이 생기기를 기다리는 것입니다. 만일 염파를 해치우지 않으면 우리 군사는 조나라로 쳐들어갈 수 없습니다."

진소양왕이 묻는다.

"염파를 해치울 수 있는 무슨 좋은 계책이라도 있소?"

범저가 좌우 사람을 밖으로 내보내고 나서 아뢴다.

"예, 염파를 해치우려면 반간계反間計를 쓰는 수밖에 없습니다. 그러기 위해서는 1,000금이 필요합니다."

진소양왕은 반색을 하고, 즉시 범저에게 1,000금을 내주었다.

범저가 부중府中으로 돌아가서 심복 부하인 문객에게 분부한다.

"그대는 샛길로 조나라 한단 땅에 들어가서 이 1,000금으로 조왕을 모시는 좌우 신하들을 매수하고 이러이러하게…… 유언비어를 퍼뜨리오."

그 심복 부하는 범저의 분부를 받고 조나라로 떠났다.

그런 지 몇 달이 지났다. 아니나 다를까! 조나라에선 난데없는 소문이 퍼지기 시작했다.

"우리 조나라엔 마복군馬服君 조괄趙括만한 장수가 없지. 아니, 조사趙奢의 아들 조괄을 모른단 말인가! 조괄은 죽은 아버지보다 몇 배나 뛰어난 장수지! 그런데 염파 장군은 이제 너무 늙어서 겁이 많단 말이야. 글쎄 싸우기만 하면 진나라 군사에게 패한다지 뭔가! 그동안에 우리 조나라 군사가 3, 4만 명은 죽었다는군그래. 진나라 군사의 공격이 맹렬해서 머지않아 염파 장군은 항복할 것이라는 말이 떠돌고 있네. 이런 때일수록 마복군 조괄 장군을 속히 보내야 할 텐데 참 걱정일세."

어찌된 셈인지 이런 말이 조나라 조야朝野 간에 떠돌았다.

그렇지 않아도 조효성왕은 조가가 정탐 나갔다가 전사했다는 보고와 동장성東鄣城·서장성西鄣城·광랑성光狼城 등 성 셋이 진나라 군사에게 함몰당했다는 보고를 받았다. 조효성왕은 장평長平으로 사람을 보내어 염파에게 출전하라고 독촉했다. 그러나 염파는 이미 계책이 서 있었기 때문에 출전하지 않았다.

이에 조효성왕은 더럭 의심이 났다.

'그래도 출전하지 않는다니 염파는 늙어서 겁이 많아진 것이 아닌가?'

이런 참에 좌우 신하들이 조효성왕에게 유언비어를 전하며 염파에 관한 이간질을 시작했다. 조효성왕도 자연 그 유언비어를 믿게 되었다. 그래서 마침내 조효성왕은 궁으로 마복군 조괄을 불러들였다.

"경은 국가를 위해 진나라 군사를 격파할 수 있겠소?"

마복군 조괄이 장담한다.

"진나라가 무안군武安君 백기白起를 보냈다면 신이 그들을 무찌르기에 시일이 좀 걸리겠으나, 진나라 장수 왕흘쯤이야 당장에 격파할 수 있습니다."

조효성왕이 다시 묻는다.

"어째서 그렇소?"

조괄이 대답한다.

"무안군 백기로 말하면 그는 여러 차례 진나라 대장 노릇을 했습니다. 지난날에 그는 이伊 땅과 궐闕 땅에서 한나라 군사와 위나라 군사와 싸웠을 때 적군 24만 명의 목을 참했고, 다시 위나라를 쳤을 때 크고 작은 성 61곳을 함몰했고, 남쪽으로 초나라를 쳤을 때 언鄢 땅과 영郢 땅을 함몰하고 무巫 땅과 검黔 땅을 평정했고, 또다시 위나라를 쳤을 때 위나라 장수 망묘芒卯를 패주시키는 동시에 위나라 군사 13만 명의 목을 참했고, 한나라를 쳤을 때 성 다섯을 함몰하는 동시에 한나라 군사 5만 명의 목을 참했고, 우리 조나라 장수 가언賈偃을 참했을 뿐만 아니라 조나라 군사 2만 명을 강물 속에 빠뜨려 죽였습니다. 이렇듯 진나라 무안군 백기는 싸우면 반드시 이기고 공격하면 반드시 점령하기 때문에 그의 이름이 널리 알려졌습니다. 그러므로 다른 나라 군사들은 무안군 백기의 이름만 들어도 겁을 먹고 떱니다. 만일 신이 진나라 무안군 백기와 대전한다면 상대가 좀 만만치 않기 때문에 이기기까지 상당한 시일이 걸릴 것입니다. 그러나 왕흘로 말할 것 같으면 그는 이번에 처음 진나라 대장이 된 사람입니다. 염파가 워낙 겁을 먹었기 때문에 왕흘이 감히 깊이 들어오긴 했습니다만, 만일 신이 간다면 진나라 군사는 다 가을바람을 만난 나뭇잎처럼 떨어질 것입니다. 그러니 대왕은 추호도 걱정하지 마십시오."

이 말을 듣자 조효성왕은 반기며 큰 기대를 걸었다. 조효성왕은 그 자리에서 마복군 조괄을 상장군上將軍으로 삼았다. 겸하여 조괄에게 황금과 채색 비단과 부절符節을 하사하고 분부한다.

"경에게 이 부절과 군사 20만 명을 주노니 출군出軍 준비를 서두르오."

그날로 조괄은 20만 군사를 사열했다. 조괄은 왕에게서 받은 황금과 채색 비단을 수레에 가득 싣고서 집으로 돌아가 어머니에게 보였다.

어머니가 말한다.

"지난날 너의 부친이 세상을 떠나실 때 '너는 조나라 장수가 되지 말라'고 유언하셨다. 그런데 어째서 오늘날 사양하지 않고 장수가 되어 돌아왔느냐?"

조괄이 대답한다.

"사양하고 싶었지만 우리 나라에 저만한 사람이 없는 걸 어떡합니까?"

이에 조괄의 어머니는 글을 써서 조효성왕에게 보냈다.

조효성왕이 그 글을 받아본즉 하였으되,

조괄은 한갓 그 부친의 소장所藏인 『육도삼략』이란 책만 보았을 뿐 도무지 변통變通이 없는 사람입니다. 결코 장수가 될 만한 인재가 못 되니 바라건대 왕께선 조괄을 싸움터로 보내지 마십시오.

조효성왕은 조괄의 어머니를 궁으로 불러들여 친히 그 까닭을 물었다.

조괄의 어머니가 대답한다.

"조괄의 아버지 조사趙奢는 지난날 장수가 되었을 때 나라에서 주는 상까지도 다 군사들에게 나눠주고 집에 가져온 일이 없습니다. 또 일단 왕명을 받은 이후론 군중軍中에서 숙식하며 한번도 집안일을 물어본 일이 없었습니다. 어디까지나 군사들과 기쁨과 괴로움을 함께했고, 무슨 일이 있으면 반드시 사람들에게 널리 의견을 물어보고서 결정을 지으며 한번도 자기 마음대로 한 일이 없었습니다. 그런데 조괄은 장수가 되자마자 나라에서 주신 물건을 모조리 집으로 가지고 왔습니다. 이런 사람이 어찌 군사들의 존경을 받을 수 있으며 장수가 될 수 있겠습니까? 조괄의 부친은 세상을 떠날 때 첩에게 이런 말을 했습니다. '조괄이 장수가 되는 날이면 조나라 군사는 망한다. 당신은 내 말을 명심하오.' 그래서 첩은 아직도 그 말을 잊지 않고 있습니다. 바라건대 왕께선 다시 좋은 장수를 뽑으시고 결코 조괄을 보내지 마십시오."

조효성왕이 말한다.

"과인은 이미 결심했소. 그대는 아무 말 마오!"

조괄의 어머니가 다시 아뢴다.

"왕께서 첩의 말을 듣지 않으시니 어쩔 도리가 없습니다. 그러나 조괄이 싸움에 나가서 패할지라도 첩의 집안 사람들에게까지 죄를 내리지는 마십시오."

조효성왕이 대답한다.

"염려 마오."

마침내 조괄은 20만 대군을 거느리고 한단성邯鄲城을 떠나 장평長平 땅으로 나아갔다.

물론 사세가 이렇게 바뀐 것은 범저의 심복 부하가 조나라에 들어가서 황금을 뿌리고 농간을 부렸기 때문이다. 범저의 심복 부하는 조나라 도읍 한단성에 머물면서 조괄이 조효성왕에게 말한 내용까지 모두 정탐했다. 그는 조괄이 대장이 되어 대군을 거느리고 떠나는 것까지 보고서야 급히 진나라로 돌아갔다.

"드디어 조괄이 대장이 되어 떠나는 것까지 보고 왔습니다. 조괄이 두려워하는 것은 우리 나라 무안군 백기 장군입니다."

진소양왕이 즉시 범저와 상의했다.

범저가 아뢴다.

"무안군 백기가 아니면 이 일을 성취시킬 수 없습니다."

진소양왕은 즉시 무안군 백기를 상장군으로 삼고, 왕흘을 부장으로 소속시켰다.

진소양왕이 모든 군사에게 영을 내린다.

"백기 장군이 상장군이 되었다는 것을 비밀로 하여라. 이 비밀을 누설하는 자가 있으면 계급의 고하를 막론하고 참하리라!"

한편, 조나라 대장 조괄은 장평관長平關에 당도했다. 조괄은 조효성왕에게서 받아온 부절을 염파에게 내보였다. 이에 염파는 조괄에게 모든 군적軍籍을 넘기고 다만 군사 100여 명만 거느리고서 한단성으로 돌아갔다.

새로 도임한 조나라 대장 조괄은 그간 염파가 해놓은 모든 것을 모조리 뜯어고쳤다. 그는 여러 곳에 흩어놓은 모든 영채와 성루를 한곳으로 모아 하나의 대영大營을 만들었다.

이때 풍정馮亭은 여러모로 조괄에게 간했다. 그러나 조괄은 들으려 하지 않고 염파의 부하 장수들을 다 갈아치우고 자기 직속 부하 장수들을 들어앉혔다.

그리고 조괄이 추상같이 분부를 내린다.

"앞으로 진나라 군사가 오거든 즉시 나가서 싸워라. 진나라 군사가 달아나거든 끝까지 추격해서 무찔러라. 한 놈이라도 살려보내선 안 된다!"

한편 무안군 백기 장군도 진나라 군사의 진영陣營에 부임해왔다. 백기는 이미 조괄이 와서 염파의 군령軍令을 다 뜯어고쳤다는 정보를 받았다. 백기는 우선 군사 3,000명을 조나라 군영으로 보내어 싸움을 걸게 했다.

조괄은 진나라 군사가 와서 싸움을 걸자 즉시 군사 1만 명을 내보내어 싸우게 했다. 그러나 싸운 지 얼마 안 되어 진나라 군사는 대패하여 돌아갔다.

진나라 장수 백기가 높은 곳에서 조나라 군사를 내려다보며 부장 왕흘에게 말한다.

"내 이제야 적에게 이길 수 있는 방도를 알았소!"

한편, 조괄은 제1진第一陣을 이기자 어찌나 기쁜지 춤이라도 추고 싶었다. 조괄은 즉시 사람을 시켜 진나라 군사의 진영으로 전서戰書를 보냈다.

백기가 부장 왕흘을 시켜 대답한다.

"내일은 싸워서 승부를 결정짓겠다. 이 뜻을 너희 나라 장군에게 전하여라."

그런 후에 백기는 군사를 거느리고 10리 밖에 물러가서 영채를 세웠다.

한편 조괄은 매우 자신만만했다.

"진나라 군사는 나를 무서워한다. 그래서 그들은 10리나 물러간 것이다. 이제 소를 잡고 군사들을 배부르게 먹여라. 내일 크게 싸워 반드시 진나라 장수 왕흘을 사로잡겠다. 그리고 천하 모든 나라의 이야깃거리가 되게 하리라."

한편 진나라 장군 백기는 영채를 세우고 나서 모든 장수에게 일일이 영을 내렸다.

"내일 왕분王賁, 왕릉王陵 두 장수는 군사 1만 명을 거느리고 진을 벌이고, 서로 교대해가며 조괄과 싸우되 이길 생각은 말고 우리 편으로 조나라 군사를 끌어들이기만 하오. 그리고 사마司馬착錯, 사마 경梗 두 장수도 각기 군사 1만 5,000명씩을 거느리고 지름길로 나아가서 조나라 군사의 뒤를 에워싸고 군량을 운반하는 길을 끊으오. 그리고 호상胡傷은 군사 2만 명을 거느리고 왼쪽에 둔치고 있다가 조나라 군사가 이곳까지 오거든 즉시 나아가서 그들과 싸워 두 조각으로 분리시키오. 그리고 몽오蒙驁, 왕전王翦 두 장수는 각기 날쌘 기마대騎馬隊 5,000명씩을 거느리고 형편을 보아가며 대응하오."

백기의 분부를 받은 진나라 모든 장수는 맡은 바 사명을 다하기 위해서 각기 떠났다. 그리고 백기와 왕흘 두 장군만이 영채를 굳게 지켰다. 이야말로 빈틈없는 전략이었다. 곧 용호龍虎가 서로 싸우려는 격이었다.

이튿날 조괄의 명령이 내리자, 조나라 군사는 사고四鼓 때에 식사하고 오고五鼓 때에 모든 준비를 마쳤다.

먼동이 트자 조나라 군사는 진을 벌이고 전진했다. 조나라 군사가 한 5리쯤 갔을 때 전방에서 진나라 군사가 두 개의 둥그런 진〔圓陣〕을 벌이고 있는 것이 보였다.

이에 조괄은 선봉장先鋒將 부표傅豹를 보내어 싸우게 했다. 부표가 말을 달려가자 진나라 장수 왕분이 달려나와 서로 싸움이 벌어졌다. 왕분은 부표와 30여 합을 싸우다가 말고삐를 돌려 달아나기 시작했다. 부표는 달아나는 왕분을 뒤쫓았다.

조괄이 이를 바라보다가 왕용王容에게 분부한다.

"속히 군사를 거느리고 가서 부표를 도와 달아나는 진나라 군사를 사로잡아라!"

왕용이 군사를 거느리고 달려가는데, 이번엔 진나라 장수 왕릉王陵이 나타나 앞을 가로막았다. 왕릉은 왕용과 수합을 싸우다가 역시 말고삐를 돌려 달아나기 시작했다. 이에 조괄은 자기 군사가 연거푸 이기는 걸 보고서 친히 대군을 휘몰아 달아나는 진나라 군사를 뒤쫓았다.

풍정馮亭이 조괄에게 간한다.

"진나라 사람은 속임수를 많이 씁니다. 적이 달아난다고 이렇듯 뒤쫓기만 해선 안 됩니다."

그러나 조괄은 들으려 하지 않고 더욱 세차게 진나라 두 장수를 뒤쫓았다. 조나라 군사가 10여 리를 쫓아갔을 때 앞에 진나라 영채營寨가 나타났다.

도망쳐간 진나라 장수 왕분과 왕릉은 안에서 영문營門을 열어주지 않아 영채 주위를 빙글빙글 돌다가 다시 달아났다.

이에 조괄이 명령을 내린다.

"달아나는 두 적장을 쫓지 말고 일제히 진나라 영채를 공격하라!"

그러나 진나라 군사는 영채를 굳게 지키기만 하고 싸움에 응하지 않았다. 조나라 군사는 진나라 영채를 향해 연 사흘 간을 공격했다. 그래도 진나라 영채는 끄떡도 하지 않았다.

조괄이 수하 장수에게 분부한다.

"그대는 속히 가서 우리 후군後軍을 이리로 데리고 오너라. 우리도 이곳에 영채를 세우고 총공격을 해야겠다."

이때 조나라 장수 소사蘇射가 나는 듯이 말을 달려와서 고한다.

"우리 후영後營은 지금 진나라 장수 호상에게 포위당했습니다. 진나라 군사가 막고 있기 때문에 우리 후군이 이리로 오지 못하고 있는 실정입니다."

분노가 치솟은 조괄은,

"호상이란 놈이 어떤 놈이관데 그다지도 무례하다더냐! 내가 친히 가서 그놈을 사로잡으리라! 우선 그놈들의 동정부터 살펴보고 오너라!"

하고 정탐꾼을 보냈다.

얼마 후에 정탐꾼이 돌아와서 고한다.

"서쪽 길은 진나라 군사와 말이 깔려 있고, 동쪽 길은 길 가는 사람 하나 없더이다."

이에 조괄은 군사를 거느리고 동쪽 길로 후영을 향해 돌아갔다. 불과 2, 3마장쯤 갔을 때였다. 매복하고 있던 진나라 장수 몽오蒙驁가 군사를 거느리고 내달아나오면서 큰소리로 외친다.

"조나라 장군 조괄아! 너는 아직도 무안군 백기 장군의 계책에 빠졌다는 걸 모르느냐? 속히 항복하여라!"

조괄이 분기충천하여 창을 들고 몽오와 싸우려 하는데 편장偏將 왕용王容이 나선다.

"원수元帥께선 수고하실 것 없습니다. 이 몸이 나가서 공을 세우겠습니다."

조나라 왕용과 진나라 몽오가 한창 어우러져 싸우는데 이번엔 진나라 장수 왕전王翦이 군사를 거느리고 내달아왔다.

이에 조나라 군사는 수많은 진나라 군사를 당적할 수가 없었다. 조나라 군사는 이리 쓰러지고 저리 쓰러졌다. 조나라 장군 조괄은 이기기 어렵다는 것을 알자 즉시 금金을 울려 군사를 거두어 거느리고 수초水草가 무성한 곳에 이르러 영채를 세웠다.

풍정이 또 간한다.

"군사는 예기銳氣가 없으면 안 됩니다. 비록 지금 우리가 불리하지만 힘써 싸우면 오히려 본영本營으로 돌아갈 수 있습니다. 그런데 싸울 생각은 하지 않고 이런 곳에 영채를 세운다면 이야말로 앞뒤로 공격만 받을 뿐 벗어나기 힘듭니다."

그래도 조괄은 듣지 않고 군사를 시켜 그곳에 누벽壘壁을 쌓아 굳게 지키기만 했다. 동시에 조괄은 수하 장수를 한단邯鄲으로 보내어 조효성왕에게 원군을 청했다. 그리고 후대後隊로 사람을 보내어 군량을 운반해오게 했다.

그러나 누가 알았으리오. 군량을 운반해올 수 있는 길은 이미 끊어진 지 오래였다. 진나라 장수 사마 경이 이미 군사를 거느리고 길을 끊었으며, 대장 백기의 군사는 앞을 막았으며, 호상·몽오 등은 대군을 거느리고 뒤를 에워쌌으니 조나라 군사는 어디로도 뛸 수가 없었다.

날마다 진나라 장수가 조나라 영채 앞에 와서 큰소리로 외친다.

"들거라! 무안군 백기 장군의 명령이시다. 조괄은 속히 항복하여라!"

그제야 조괄은 진나라 무안군 백기가 정말로 진나라 군사 속에 와 있다는 걸 알았다. 놀란 조괄은 한순간 가슴이 찢어지는 듯했다. 그러나 이젠 어찌해볼 도리가 없었다.

한편, 진소양왕은 무안군 백기의 첩보를 받고 장평 땅에서 조나라 장군 조괄이 곤경에 빠져 있다는 걸 알았다. 이에 진소양왕은 친히 하내河內 땅으로 갔다. 그는 민가의 백성 가운데 15세 이상 되는 장정들을 모조리 징발하여 종군從軍시켰다. 그들은 여러 길로 나뉘어 조나라 군사의 군량을 마구 약탈하고, 조나라 구원군이 오지 못하도록 도중에서 길을 끊었다.

조괄이 진나라 군사에게 포위당한 지도 한 달 보름이 지났다. 영내營內에는 양식이 떨어진 지도 오래다. 조나라 군사 간엔 서로 죽이고 전우의 살을 씹어먹는 사태까지 벌어졌다. 그러나 조괄은 능히 그들을 말리지 못했다.

마침내 조괄은 최후의 수단을 써야만 했다. 그는 모든 장수를 사대四隊로 나누었다. 부표는 일대一隊를 거느리고 동쪽을 뚫고 나가기로 하고, 소사는 일대를 거느리고 서쪽을 뚫고 나가기로 하고, 풍정馮亭은 일대를 거느리고 남쪽을 뚫고 나가기로 하고, 왕용王容은 일대를 거느리고 북쪽을 뚫고 나가기로 했다.

마침내 조나라 군사는 일제히 북을 울렸다. 사대四隊로 나뉜 그들은 각기 장수를 따라 동서남북으로 쏟아져나가 일제히 달아나기 시작했다. 조괄도 뒤따라 영채 밖으로 달려나갔다.

그러나 누가 알았으리오. 진나라 사수射手들은 이미 멀찌감치 조나라 영루營壘를 에워싸고 숨어 있었다.

무안군 백기는 조나라 군사가 영채를 버리고 사방으로 쏟아져 나오자 즉시 큰 기旗를 올려 매복하고 있던 사수들에게 신호를 보냈다. 순간 사방으로 달려나오는 조나라 군사를 향해 사면팔방四面八方에서 화살이 빗발치듯 날아왔다. 조나라 군사들 중엔 화살에 맞아 쓰러지는 자가 속출했다.

조나라 군사는 연달아 날아오는 화살 때문에 하는 수 없이 다시 영채로 돌아갔다. 조나라 군사는 이렇게 하기를 서너 차례 되풀이했으나 결국 진나라 군사의 포위를 뚫지 못하고 무수한 생명만 잃었다. 영채 안으로 쫓겨들어간 조나라 군사는 완전히 기진맥진했다.

다시 한 달이 지났다.

조괄은 분통한 생각을 참을 수 없었다. 그는 우선 씩씩한 군사 5,000명을 뽑아 가장 두텁고 무거운 갑옷과 투구로 중무장시키고, 가장 날쌘 준마만 골라 타도록 했다. 이번엔 조괄이 창을 들고 앞장서서 영문 밖으로 달려나갔다. 바로 그 뒤를 따라 부표와 왕용이 5,000명의 군사를 거느리고 달려나갔다.

그들이 영문 밖으로 나갔을 때였다. 기다렸다는 듯이 진나라 군사들이 쏘아대는 화살이 빗발치듯 날아왔다. 게다가 앞장서서 달려오는 조괄을 사로잡으려고 진나라 장수 왕전과 몽오가 달려나가서 영접하듯 앞을 가로막고 덤벼들었다.

조괄은 진나라 두 장수와 이를 악물고 싸웠다. 그러나 조괄이 어찌 진나라 군사의 포위를 뚫을 수 있으리오.

조괄은 다시 영채로 돌아가는 수밖에 없어 싸우다 말고 말고삐를 돌려 달아나기 시작했다. 그러나 이땐 조괄이 탄 말도 지칠 대로 지쳐 갑자기 돌부리를 차고 나동그라졌다. 땅바닥에 나자빠진 조괄의 머리에서 투구가 벗겨졌다. 조괄이 투구를 쓰려고 황급히 일어나는 순간 화살이 연달아 조괄의 머리를 꿰뚫었다. 조괄은 허공을 움켜잡고 쓰러지며 그 자리에서 죽고 말았다.

대장이 죽자 조나라 군사는 갈팡질팡이었다. 조나라 장수 부표와 왕용도 잇달아 죽었다. 조나라 장수 소사와 한나라 장수였던 풍정 두 사람만이 이 혼란한 틈을 타서 무사히 달아났다.

한참 달아나다가 풍정이 소사에게 말한다.

"내 세 번이나 조괄에게 간했으나 결국 들어주지 않아서 이제 이 꼴이 되었구려. 이는 다 하늘의 뜻이라. 내 무엇 때문에 달아나리오!"

풍정은 즉시 칼을 뽑아 자기 목을 찌르고 말 위에서 굴러떨어져 죽었다. 이리하여 결국 소사 한 사람만이 살아서 달아났다. 그러나 소사는 조나라로 돌아갈 면목이 없어서 그길로 오랑캐 땅〔胡地〕으로 가버렸다.

한편, 진나라 장군 백기는 수하 장수에게 분부하여 조나라 군사에게 항복을 재촉하는 초항기招降旗를 높이 올렸다. 이제 싸움은 끝난 것이나 다름없었다. 조나라 군사는 무기를 버리고 갑옷을 벗은 채 땅바닥에 꿇어엎드려 외쳤다.

"살려주소서!"

백기는 사람을 시켜 조괄의 목을 끊어오게 했다. 그리고 친히 조나라 영루 밖에 가서 남은 조나라 군사에게 항복을 권했다. 이때 영루營壘 안엔 아직도 20만 명의 조나라 군사가 남아 있었다. 그들은 대장 조괄이 죽었다는 말을 듣자 모두 나와서 항복했다. 조나라 군사가 내다바치는 무기와 갑옷이 산더미처럼 쌓였다.

무안군 백기가 부장 왕흘王齕에게 말한다.

"전번에 우리 진나라가 이미 한나라 야왕野王 땅과 상당上黨 땅을 함몰했건만, 그곳 백성들은 우리 진나라를 마다하고 조나라에 들러붙었소. 그런데 이제 우리에게 항복한 조나라 군사와 이미 항복한 후영後營의 조나라 군사와 그간 포로로 잡아둔 조나라 군사를 합치면 모두 40여만 명이나 되오. 우리가 이미 점령한 한나라 땅 백성들도 아직 우리를 좋아하지 않는 터인데, 만일 이 40여만 명이나 되는 조나라 포로들이 하루아침에 변란이라도 일으킨다면 그때 어떻게 진압한단 말이오?"

왕흘이 대답한다.

"만사는 장군이 알아서 처리하십시오."

무안군 백기는 더 이상 아무 말 하지 않고 머리만 끄덕였다. 조나라 포로 40여만 명은 10개소의 영채에 수용되었다. 10명의 장수가 각기 영채를 통솔했다. 그리고 40여만 명의 조나라 포로를 감시하는 데 20만 명의 진나라 군사가 배치되었다.

수일 후였다.

그날은 웬일인지 진나라 군사들이 조나라 포로에게 우주牛酒를 나눠주었다. 그런 후에 각 영채에서 진나라 군사들이 조나라 포로들에게 상부의 지시를 전했다.

"우리 무안군 백기 장군께선 너희들 중에 젊고 씩씩하고 싸울 수 있는 자만 뽑아서 무기를 주고 진나라로 데려갈 작정이시다. 이에 뽑힌 사람은 우리 진나라 군사로 편입되어 우리와 똑같은 대우를 받는다. 그외에 늙고 약하고 병든 자는 다 조나라로 돌려보낼 것이니 그리 알아라."

이 말을 듣고 조나라 포로들은 환호성을 울리며 기뻐했다.

그날 밤 무안군 백기는 각 영채의 포로들을 통솔하는 10명의 장수를 불러들였다.

무안군 백기가 장수들에게 비밀히 명령을 내린다.

"우리 군사는 모두 머리에 흰 수건을 쓰도록 하오. 그래야 어둠 속에서도 곧 분간할 수 있을 것이오. 알겠소? 자, 그럼 오늘 밤 안으로 조나라 포로를 다 죽여버리오!"

참으로 끔찍한 명령이었다.

자정이 넘자 10개의 영채에서 일제히 무서운 학살이 시작되었다. 머리에 흰 수건을 쓴 진나라 군사들은 조나라 포로들을 칼로 창으로 닥치는 대로 찍어 죽이고 쳐 죽였다. 심지어는 우리 속에 들어 있는 조나라 포로를 활로 마구 쏴 죽였다.

무기 하나 없는 조나라 포로들은 끌려나가서 목을 잃고, 구덩이 속으로 굴러떨어지기도 했다. 울부짖는 소리, 죽어자빠지는 비명, 코를 들 수 없는 피비린내, 시체, 시체, 시체! 그야말로 사방이 온통 지옥으로 변했다.

조나라 포로들 중엔 혼란한 틈을 타서 요행히 영문 밖으로 달아난 자도 있었다. 그러나 바깥에선 진나라 장수 몽오와 왕전이 군사를 거느리고 순라巡邏를 돌고 있었다. 그들은 영문 안에서 뛰어나오는 조나라 포로가 있으면 그 자리에서 잡아죽였다.

이윽고 아침이 되자 비로소 사방은 조용해졌다. 하룻밤 사이에 조나라 포로 40여만 명이 죽음을 당했다.

사방에서 들리느니 졸졸 흐르는 물소리뿐이었다. 그러나 그것은 물이 아니고 피가 얕은 곳으로 흘러내리는 소리였다.

하룻밤 사이에 양곡楊谷의 냇물은 붉은 홍수로 변했다. 오늘날도 사람들은 양곡의 냇물을 단수丹水라고 부른다.

무안군 백기는 군사를 시켜 조나라 포로의 두골頭骨만 거두어 영루 앞에 쌓게 했다. 그 많은 두골은 곧 하나의 산을 이루었다.

무안군 백기는 그것을 두로산頭顱山이라고 명명했다. 그리고 두골만으로 이루어진 산 위에다 크고 으리으리한 대臺를 세웠다. 이에 백기는 자기 이름 그대로 그 대를 백기대白起臺라고 명명했다. 이 백기대 바로 밑이 양곡이다.

대당大唐 시대 때 일이다. 당나라 현종황제玄宗皇帝가 이곳으로 순행巡幸한 일이 있었다. 옛날에 조나라 포로 40만 명이 하룻밤 사이에 학살을 당한 곳이다. 바람 소리도 처절하고 구슬펐다.

현종황제는 거듭거듭 길이 탄식하고, 삼장법사三藏法師에게 수륙재水陸齋를 올리도록 명했다. 이리하여 이곳에서 그 옛날 조나라 군사 40만 명의 원혼冤魂을 천도薦度하는 수륙재가 7일 동안 밤낮없이 계속되었다. 그런 후에 현종황제는 그 양곡을 생원곡省冤谷이라고 불렀다. 그러나 이건 다 후세 때 일이다.

사신이 시로써 이 만고에 유례없는 학살을 탄식한 것이 있다.

100척의 백기대가 다 두골로 쌓였으니
한 장수가 공을 이루자면 1만 명의 뼈가 뒹군다는 것도 다 옛 이야기로다.
이기기 위해서 싸우는 것이라, 자고로 무기엔 정이 없다지만
항복한 조나라 군사 40만 명이야 무슨 죄가 있느냐!
高臺百尺盡頭顱
何止區區萬骨枯
矢石無情緣鬪勝
可憐降卒有何辜

이번 장평 땅 싸움의 전후를 통틀어본다면, 진나라 군사에게 투

항한 조나라 군사는 45만 명으로 추산할 수 있다. 곧 백기가 오기 전에 왕흘이 조나라 장수 염파와 대치한 전후까지를 모두 합쳐서 추산한 숫자다.

그렇다면 이 엄청난 학살 속에서 살아남은 조나라 군사는 과연 몇 명이나 있었던가? 진나라 장군 백기가 죽이지 않고 조나라로 돌려보낸 조나라 군사는 불과 240명이었다. 그들은 모두 미성년인 소년들이었다.

그럼 백기는 왜 그들을 살려보냈던가? 천하 모든 나라에 자기의 위엄을 널리 선양하기 위해서였다.

후세 사가史家들은 흔히 '장평에서 죽은 조나라 군사가 40만이라고 하지만 실은 45만 명이 죽은 걸로 보아야 한다'고 말한다.

참으로 무섭고 끔찍한 일이었다.

여불위呂不韋의 계교計巧

처음에 조나라 조효성왕趙孝成王은 대장 조괄의 첩보捷報를 받고 몹시 기뻐했다. 그런 지 얼마 지나지 않아 조괄이 장평長平에서 진秦나라 군사에게 포위를 당해 곤경에 빠져 있으니 속히 구원군을 보내달라는 급보가 들이닥쳤다.

구원군을 보내주려고 조효성왕이 여러 신하와 상의하던 참인데 급보가 잇달아 들어왔다.

너무나 놀라운 소식이었다. 조괄은 이미 죽고 군사 40여만 명이 모조리 진나라 군사에게 항복했다는 것이었다.

그런데 더욱 놀라운 보고가 연달아 들어왔다. 진나라 장군 무안군武安君 백기白起가 하룻밤 사이에 조나라 포로 40여만 명을 전부 학살했다는 것이었다. 이야말로 청천벽력이었다. 그중 연소자年少者 240명만이 겨우 살아서 돌아왔다는 것이다.

조효성왕은 대경실색하고, 조나라 모든 신하들은 온몸에서 찬 바람이 이는 듯 떨었다.

이 소문이 퍼지자 조나라는 온통 울음바다로 변했다. 자식은 죽은 아버지를 통곡하고, 아버지는 죽은 자식을 통곡하고, 형은 죽은 동생을 통곡하고, 동생은 죽은 형을 통곡하고, 조부는 죽은 손자를 통곡하고, 아내는 죽은 남편을 통곡했다. 그리하여 온 거리와 시정市井에서 울부짖는 통곡 소리가 그치지 않았다.

그러나 조괄의 어머니만은 울지 않았다.

"나는 조괄이 이 나라 장수가 되었을 때부터 그를 산 사람으로 생각하지 않았다."

조효성왕은 지난날 조괄의 어머니가 한사코 자기 자식을 장수로 삼아서는 안 된다고 말리던 일이 생각나 그녀를 죽이지 않고 도리어 많은 비단과 곡식을 보내어 위로했다.

그리고 염파에게 사람을 보내어 지난날 조괄을 대신 장수로 삼고 그를 파직罷職시켰던 일을 사과했다.

조나라가 경황 중에 정신을 못 차리는데, 변방邊方 관리가 말을 타고 밤낮없이 달려와서 아뢴다.

"진나라 군사는 우리가 전날 거두어들인 한韓나라 상당上黨 땅을 이미 함몰했습니다. 그래서 한나라 상당 땅 일대에 있는 열일곱 성도 모두 다 진나라 군사에게 항복했습니다. 진나라 무안군 백기 장군은 '조나라 도읍 한단邯鄲 땅을 함몰시키겠다'면서 지금 대군大軍을 거느리고 우리 나라로 쳐들어오는 중입니다. 이 일을 어찌하면 좋겠습니까?"

조효성왕이 모든 신하를 굽어보고 처량히 묻는다.

"누가 가서 진나라 군사를 막겠소?"

모든 신하는 아무도 대답을 하지 못했다.

그날 평원군平原君 공자 승勝은 궁에서 물러나와 자기 부중府中

으로 가서 모든 문객門客에게 물었다.

"진나라 군사가 우리 나라로 쳐들어온다고 하오. 장차 어떻게 해야 그들을 물리칠 수 있겠소?"

그러나 그들 역시 대답이 없었다. 이때 마침 소대蘇代(소진蘇秦의 동생)가 평원군의 집에서 유숙留宿하고 있었다.

소대가 말한다.

"이 소대가 진나라 도읍 함양성咸陽城에 가기만 하면 진나라 군사는 더 이상 조나라를 치지 못할 것이오. 그 이유는 묻지 마시고 나를 진나라로 보내보시오."

평원군은 다시 궁으로 가서 조효성왕에게 소대의 말을 그대로 전했다. 이에 조효성왕은 소대에게 많은 황금과 비단을 주어 진나라로 보냈다.

소대는 진나라 함양성에 당도하는 즉시 승상丞相 범저范雎를 찾아갔다.

범저가 소대에게 읍揖하며 윗자리를 내주고 묻는다.

"선생은 무슨 일로 우리 진나라에 오셨소?"

소대가 대답한다.

"나는 승상을 위해서 왔소."

범저가 청한다.

"나를 위해 오셨다면 선생은 좋은 계책을 가르쳐주오."

그러나 소대가 되묻는다.

"승상께선 무안군 백기가 이미 조나라 장군 조괄을 죽인 사실을 아시는지요?"

"알고 있소."

"그런데 이번엔 무안군 백기가 조나라 도읍 한단 땅으로 쳐들어가는 중이라지요?"

"그러하오."

소대가 기침을 한 번 하고 나서 말한다.

"무안군 백기는 용병술用兵術이 귀신 같은 진나라 장수요! 그가 싸움에 나가서 빼앗은 성城만 해도 70군데가 넘으며, 싸움에서 참수斬首한 적敵만 해도 줄잡아 100만 명은 될 것이오. 그러니 그 누가 무안군 백기와 어깨를 견줄 수 있으리오. 무안군 백기의 큰 공적은 그 옛날 강태공姜太公보다 크면 컸지 결코 못하지는 않소! 그러한 그가 지금 조나라 한단 땅으로 쳐들어가고 있으니 조나라가 망할 것은 뻔한 이치요. 그러면 진나라는 제업帝業을 달성할 것이며, 무안군 백기는 자연 좌명佐命(천명을 받고 천자가 될 사람을 도움)의 일등 공신이 될 것이오. 동시에 무안군 백기는 옛 상商나라 때 이윤伊尹보다, 주周나라 초창기의 강태공보다 더 큰 세력을 확보할 것이오. 오늘날 승상께선 진나라 신하로서 가장 높은 지위에 있지만 그때엔 무안군 백기 앞에서 몸을 숙여야 할 것이오."

범저가 이 말을 듣고 놀라 바짝 다가앉으면서 묻는다.

"그럼 이 일을 어찌하면 좋겠소?"

소대가 부드럽게 대답한다.

"승상께선 한나라와 조나라에 땅을 베어서 바치라고 하십시오. 그러고서 진나라와 두 나라의 화평을 성립시키십시오. 두 나라의 땅을 받게 되면 그건 승상의 공로로 무안군 백기는 모든 병권兵權을 내놓게 되며, 따라서 승상의 지위는 태산처럼 튼튼해질 것이오."

소대의 말을 듣고 범저는 비로소 안심했다.

이튿날 범저가 궁에 들어가서 진소양왕秦昭襄王에게 아뢴다.

"지금 우리 나라 군사는 타국他國에서 오랫동안 싸우느라 매우 피곤해 있습니다. 그러니 그들에게 휴식을 주어야 합니다. 그리고 한나라와 조나라로 사람을 보내어 우리 나라에 땅을 바치라 하고 일단 화평을 맺으십시오."

진소양왕이 대답한다.

"이 일은 승상이 알아서 적당히 처리하오."

그날로 범저는 소대에게 많은 황금과 비단을 주어 한나라와 조나라에 가서 교섭해주기를 청했다.

소대가 한 · 조 두 나라에 가서 승낙을 얻기는 그야말로 쉬운 노릇이었다. 두 나라 왕은 그간 진나라 군사에게 어찌나 혼이 났던지 소대가 시키는 대로 즉시 진나라에 땅을 바쳤다.

그런데 한나라는 진나라에 원옹성垣雍城 하나만 바치고, 조나라는 여섯 성을 바쳤다.

진소양왕이 한나라 사자에게 투덜댄다.

"그래, 너희 나라는 겨우 성 하나만 바친단 말이냐. 너무나 적다!"

한나라 사자가 머리를 조아리며 대답한다.

"이미 한나라 상당 땅의 열일곱 성이 다 진나라 것이 되지 않았습니까?"

그제야 진소양왕은 웃기만 하고 더 말하지 않았다.

진소양왕이 분부를 내린다.

"무안군 백기 장군과 모든 군사를 소환하여라."

한편, 무안군 백기는 이미 조나라로 쳐들어가서 한단성邯鄲城을 포위하려던 참이었다. 그러던 차에 갑자기 회군하라는 왕명王命을 받았다.

무안군 백기가 혼잣말로 중얼거린다.

"음, 이게 다 승상 범저의 농간이로구나! 한스럽도다!"

이때부터 백기는 범저와 틈이 생기기 시작했다.

무안군 백기는 하는 수 없이 모든 군사를 거느리고 진나라로 돌아갔다.

무안군 백기가 군사들을 모아놓고 연설한다.

"이제 우리는 고국에 돌아왔다. 그간 너희들의 수고와 공로를 어찌 잊을 수 있으리오. 그러나 조나라는 장평長平 땅에서 대패한 후로 한단성 안에서 어쩔 줄을 몰라 했다. 우리가 승세를 몰아 끝까지 밀고 들어갔더라면 불과 한 달 안에 조나라를 뿌리째 뽑아버릴 수 있었는데…… 참 애석하구나! 승상 범저가 대세大勢를 모르고 우리를 불러들여야 한다고 주장했다니 어찌하리오. 우리는 좋은 기회를 놓치고 말았다."

진소양왕이 이 소문을 듣고서 후회한다.

"백기가 조나라 한단성을 함몰할 자신이 있었다면 왜 일찍이 상소라도 올리지 않았던고!"

이에 진소양왕은 다시 무안군 백기를 장군으로 등용해서 조나라를 치려고 했다. 그러나 공교롭게도 이때 무안군 백기는 병이 나서 일어나지를 못했다. 그래서 진소양왕은 왕릉王陵을 대장으로 기용했다.

마침내 왕릉은 진나라 군사 10만 명을 거느리고 다시 조나라로 쳐들어가서 한단성을 포위했다.

이에 조나라 조효성왕은 다시 염파廉頗를 대장으로 삼았다. 염파는 성을 굳게 지키면서 사재私財를 털어 결사대決死隊를 모집했다. 그 결사대는 가끔 한밤중에 성을 넘어가서 진나라 군사의 영채營寨를 기습하곤 했다. 그래서 진나라 장수 왕릉은 조나라 군사에게 여러 번 패했다.

한편, 이때 진나라에선 무안군 백기가 병이 완쾌되었다. 진소양왕은 무안군 백기를 불러들여 왕릉을 대신해서 대장이 되기를 종용했다.

무안군 백기가 아뢴다.

“조나라 도읍 한단성을 함몰한다는 것은 쉬운 일이 아닙니다. 지난날엔 조나라 군사가 대패하여 조나라 백성들이 모두 넋을 잃었기 때문에 승세를 이용해서 무찌를 수 있었습니다. 그러나 그후로 2년이란 세월이 흘렀습니다. 그동안에 조나라는 정신을 수습하고 모든 준비를 갖추었습니다. 더구나 조나라의 노장군老將軍 염파는 결코 조괄趙括 따위와 비할 수 없는 장수입니다. 뿐만 아니라 천하 모든 나라는 우리 진나라가 조나라와 이미 화평을 맺었다는 걸 다 알고 있습니다. 그런데 신이 다시 가서 조나라를 친다면 천하 모든 나라는 우리 진나라를 신용 없는 나라라 생각하고 즉시 연합하여 조나라를 구원하러 올 것입니다. 신이 모든 나라 연합군과 싸워서 이길 수는 없습니다.”

그러나 진소양왕은 무안군 백기에게 출발하도록 강요했다. 무안군 백기는 굳이 사양하고 집으로 돌아갔다. 이에 진소양왕은 승상 범저를 보내어 무안군 백기에게 출발하라고 계속 강요했다.

무안군 백기가 승상 범저에게 화를 낸다.

“지난날 승상은 조나라까지 쳐들어간 나를 불러들이지 않았소? 승상은 나의 앞날을 막아버렸단 말이오! 나는 이제 병든 몸이오. 그러니 못 가겠소!”

승상 범저는 하는 수 없이 돌아가 진소양왕에게 백기의 뜻을 전했다.

진소양왕이 범저에게 묻는다.

"백기가 정말 병을 앓고 있는 것일까?"

범저가 대답한다.

"진짜인지 꾀병을 앓는 것인지는 아직 모르겠으나 대장이 되지 않겠다는 결심만은 확고합니다."

진소양왕이 버럭 화를 낸다.

"좋소! 우리 진나라에는 백기가 아니더라도 대장이 될 만한 사람은 얼마든지 있소. 반드시 백기를 대장으로 삼아야 한다는 법은 없단 말이오! 지난날 장평 땅에서 맨 처음 조나라 군사와 싸워 이긴 장수가 바로 왕흘王齕이오. 왕흘이 어찌 백기만 못하리오."

이에 진소양왕은 왕흘을 대장으로 삼고 군사 10만 명을 더 주어 출군出軍시켰다. 그 대신 지금까지 진나라 대장으로 조나라에서 싸우던 왕릉은 소환을 당했다. 왕릉은 조나라를 무찌르지 못했다는 죄목으로 진나라에 돌아오자마자 모든 관직을 삭탈당했다.

한편 새로 출군해간 대장 왕흘은 계속 조나라의 한단성을 포위하고 공격했다. 그러나 5개월이 지나도 한단성은 함몰되지 않았다.

진나라에선 무안군 백기가 이 소문을 듣고 마침 문병 온 한 빈객賓客에게 말한다.

"조나라 한단성을 함몰하기는 어렵다고 말했건만 우리 왕은 내 말을 듣지 않았소! 과연 내 말이 맞았구려!"

그런데 그 빈객은 원래 승상 범저와 가까운 사이였다. 빈객은 승상 범저에게 가서 무안군 백기의 말을 고해바쳤다.

범저는 궁으로 들어가서 진소양왕에게,

"즉시 무안군 백기를 대장으로 삼아 조나라에 가서 한단성을 함몰하라고 명을 내리십시오. 이제야 그가 그동안 꾀병을 앓았다는 사실이 드러났습니다."
하고 그 빈객에게서 들은 말을 아뢰었다.

진소양왕이 노발대발한다.

"과인을 속여 나라를 돌보지 않고 꾀병을 앓는 자를 어찌 신하라고 할 수 있으리오! 지금 즉시 백기의 모든 벼슬을 삭탈하고 일개 사졸士卒의 신분으로 강등시켜 당장 국외로 추방하여라!"

추상같은 명령이었다.

무안군 백기는 하루아침에 일개 졸병 신세가 되어 쫓겨나게 되었다. 왕명이 지중하니 어찌 시각을 지체할 수 있으리오.

백기가 함양성 서문西門 밖으로 쫓겨 나가면서 길이 탄식한다.

"그렇다! 옛날에 월越나라 범려范蠡가 말하기를, '토끼를 다 잡고 나면 그 다음엔 사냥한 개를 삶아 죽인다'고 하지 않았던가. 나는 진나라를 위해 목숨을 걸고 싸워 모든 나라 70여 성을 함몰시킨 사람이다. 이렇듯 진나라를 위해 공을 세웠으니 이젠 개처럼 쫓겨나는 것도 당연하지!"

함양성에서 쫓겨난 백기는 두우杜郵 땅에 이르러 뒤따라오는 짐꾼을 기다리려고 잠시 쉬었다.

한편, 진나라 궁성에선 승상 범저가 진소양왕에게 아뢴다.

"백기는 대왕을 몹시 저주하면서 떠났다고 합니다. 그는 꾀병을 앓으며 대왕을 속인 사람입니다. 장차 백기가 다른 나라에 가서 장수가 되어 우리 진나라로 쳐들어온다면 어찌하시겠습니까? 백기를 그냥 보냈다가는 큰 후환이 있을까 두렵습니다. 이 점을 깊이 통촉하십시오."

이에 진소양왕이 허리에 찬 칼을 쑥 뽑아주면서 말한다.

"속히 뒤쫓아가서 백기에게 이 칼을 전하고 자결하라 이르오!"

이리하여 진나라 사자는 진소양왕의 칼을 가지고 백기의 뒤를 쫓아갔다. 사자가 말을 달려 두우 땅에 이르렀을 때 마침 그곳에서 쉬고 있는 백기를 발견했다. 사자는 백기에게 칼을 건네주고 진소양왕의 어명御命을 전했다.

백기가 칼을 받아쥐고 길이 한탄한다.

"내가 하늘에 무슨 죄를 지었기에 이 지경이 되었는고!"

한참 후에 백기가 다시 탄식한다.

"그렇지! 이젠 마땅히 내가 죽어야지! 지난번 장평 땅에서 항복한 조나라 군사를 속여 하룻밤 사이에 40여만 명을 죽인 나 아닌가! 그들에게 무슨 죄가 있었으리오. 암, 이젠 내가 죽어야지! 죽어야 마땅하지!"

말을 마친 백기는 진소양왕의 칼로 자기 목을 찌르고 죽었다. 이때가 진소양왕 50년 11월이요, 주난왕周赧王 58년이었다.

진나라 사람들은 억울하게 죽은 백기를 동정하고 슬퍼했다. 진나라 여러 곳에선 백성들이 사당을 지어 백기를 모셨다.

그후 대당大唐 말년 때 일이었다. 갑자기 하늘에서 뇌성이 일어나더니 들에 있던 소 한 마리가 벼락을 맞고 나자빠져 죽었다. 사람들이 살펴본즉 소 뱃가죽에 '백기白起'라는 두 글자가 씌어 있었다.

어떤 논객論客이 그 죽은 소를 보고서 다음과 같이 평한 것이 있다.

> 옛날에 무안군 백기 장군은 많은 사람을 죽였기 때문에 수백 년이 지난 오늘날에 와서 짐승의 몸을 받아 벼락을 맞고 응보應報를 받은 것이다. 대저 살생殺生의 죄는 이렇듯 중한 법이다.

후세에 장수 된 자는 특히 주의하고 조심하여라.

진소양왕은 백기를 죽인 후에 지난날 범저를 도와준 일이 있는 정안평鄭安平을 부장副將으로 삼았다.

진소양왕이 정안평에게 군사 5만 명을 내주며 분부한다.

"그대는 가서 조나라 한단성을 공격하고 있는 왕흘을 도와 공을 세우라. 과인은 기필코 조나라를 무찌르고야 말겠다!"

한편, 조나라 조효성왕은 진나라에서 또 부장 정안평이 군사를 거느리고 온다는 보고를 받고 놀라서 허둥댔다. 이젠 어찌해볼 도리가 없었다.

조효성왕은 즉시 모든 나라로 사신을 보내어 구원을 청했다.

평원군平原君이 조효성왕에게 아뢴다.

"위나라는 우리 나라와 인척간이므로 반드시 구원병을 보낼 것입니다. 그러나 초나라는 거리가 너무 먼데다 강대국이므로 사신만 보내서는 소용없습니다. 신이 직접 가서 초나라를 움직여보겠습니다."

조효성왕은 두말하지 않고 승낙했다.

이날 평원군은 자기 문객 가운데 초나라로 함께 갈 문무文武를 겸비한 자 20명만 뽑기로 했다. 그러나 거개가 문文에 능통하면 무武를 모르고, 무에 능통하면 문을 몰랐다. 결국 뽑아놓고 보니 문객 3,000명 중에서 겨우 19명에 불과했다. 20명 예정에서 한 사람이 부족했다.

평원군이 탄식한다.

"수십 년 동안 선비를 양성한 결과가 겨우 이것인가! 훌륭한 인재를 얻기가 이렇듯 어렵구나!"

그때 맨 아래쪽 자리에 앉아 있던 선비들 중에서 한 사람이 일어섰다.

"저 같은 사람은 그 20명에 들 수 없습니까?"

평원군이 되묻는다.

"그대는 누구요?"

"저의 성은 모毛이며 이름은 수遂라고 합니다. 저는 원래 대량大梁 땅 출신으로 대군大君의 문하에 들어온 지 3년이 되었습니다."

평원군이 웃으며 말한다.

"대저 훌륭한 사람이란 주머니 속에 들어 있는 송곳과 같소. 곧 송곳이 주머니를 뚫고 나오듯 훌륭한 사람은 반드시 두각을 나타내는 법이오. 선생은 나의 문하에서 3년 동안이나 있었다지만, 아직까지 선생의 이름을 들어본 일이 없소. 그렇다면 선생은 문도 못하고 무도 못하는 축일 것이오."

모수毛遂가 대답한다.

"그렇다면 청하노니 대군께선 이 몸을 주머니 속에 넣어주십시오. 내 반드시 주머니를 뚫고 나타나리이다. 주머니도 없는데 두각을 나타낸다는 것이 어찌 훌륭한 인물이겠습니까?"

평원군은 그 말을 기특히 여기고 마침내 모수를 데려가기로 작정했다. 이리하여 예정대로 20명의 인원이 결정되었다.

그날로 평원군은 다시 궁에 가서 조효성왕에게 하직 인사를 드린 후 문객 20명을 거느리고 초나라로 떠났다. 초나라에 가까워지자 평원군은 초나라 춘신군春申君 황헐黃歇에게 사람을 보내어 미리 연락을 했다.

원래 초나라 춘신군 황헐과 평원군은 늘 서신 연락이 있었기 때문에 서로 친한 사이였다. 이에 춘신군 황헐은 궁에 들어가서 초고열왕楚考烈王에게 조나라 평원군이 온다는 소식을 일러두었다.

평원군이 춘신군의 부중에 당도한 것은 이른 새벽이었다. 서로 아침 식사를 마친 뒤에 춘신군은 평원군을 데리고 궁으로 들어갔다.

평원군은 정전正殿에 들어가서 초고열왕에게 절하고 정해주는 자리에 앉았다. 따라온 모수와 19명의 문객은 층계 아래에 나란히 늘어섰다.

평원군이 아뢴다.

"대왕께서도 들어서 잘 아시겠지만 진나라의 횡포는 극도에 달했습니다. 이젠 천하 모든 나라가 합종合縱•하여 진나라를 물리쳐야 할 때입니다."

초고열왕이 대답한다.

"지난날에도 합종의 맹약을 선창한 나라는 바로 조나라였소. 그러나 장의張儀의 말을 곧이들었기 때문에 모든 나라가 단결하지 못하고 말았소. 우리 선왕이신 초회왕楚懷王께서 종약從約의 장長이 되어 진나라를 쳤지만 실패했고, 그후엔 제나라 제민왕齊湣王이 장이 되어 진나라를 칠 생각이었지만 모든 나라가 배신했기 때문에 역시 실패하고 말았소. 그래서 그 뒤로 천하 모든 나라는 합종이란 말만 들어도 골머리가 아플 지경이오. 말하자면 합종이란 해봤자 모래로 만든 성과 같소. 곧 언제 무너질지 모르니 누가 그걸 믿으려고 하겠소."

평원군이 아뢴다.

"그렇지 않습니다! 지난날에 소진蘇秦이 처음 각국의 합종을 제의해서 육국六國이 형제의 의를 맺고 원수洹水에서 함께 동맹했기 때문에 진나라는 15년 동안이나 함곡관函谷關을 나오지 못했습니다. 그러다가 그후 제나라와 위나라가 서수犀首의 꼬임에 속아서 조나라를 치려 했고, 초회왕이 장의의 꼬임에 속아서 제나라를 치려 했기 때문에 결국 동맹이 와해되고 만 것입니다. 그 당시 제 · 위 · 초 삼국이 진나라의 꼬임에 속지 않고 꿋꿋이 단결만 했더라도 진나라는 꼼짝을 못했을 것입니다. 또 제나라 제민왕으로 말할 것 같으면 명색만 종약의 장이었지, 모든 나라를 자기 손아귀에 넣기 위해서 딴 짓을 하고 있었습니다. 그래서 모든 나라는 제나라를 불신했던 것입니다. 지난 일만 보더라도 허물은 몇 나라 왕들에게 있었을 뿐 결코 합종이 좋지 못한 결과를 초래한 것은 아닙니다."

초고열왕이 대답한다.

"그러나 오늘날 천하대세로 말하자면, 진나라는 강하고 다른 나라는 다 약하오. 그러니 모든 나라가 각기 자기 나라를 안전하게 지키는 길밖에 없소. 이제 모든 나라가 위험을 무릅쓰면서까지 연합하기는 더욱 어렵다는 말이오."

평원군이 다시 아뢴다.

"강한 진나라는 육국이 제각기 분리되어야 좋아합니다. 그 대신 육국이 비록 약하지만 함께 동맹하여 하나로 연합하기만 하면 도리어 진나라를 지배할 수 있습니다. 지금 대왕의 말씀처럼 모든 나라가 자기 나라만 지키고 서로 돕지 않는다면 장차 어찌 되겠습니까? 말씀하신 대로 지금 진나라는 강하고 나머지 나라는 다 약합니다. 일대일로 싸워서 진나라를 이길 수 있는 나라는 없습니다. 진나라는 싸움에 이기면 다른 나라를 칠 것이며, 또 이긴다면 또 다른 나라를 칠 것입니다. 이러고 보면 장차 천하는 어찌 되겠습니까?"

초고열왕이 말한다.

"그러나 전번에 진나라 군사가 한번 출동하자 한나라 상당 땅 일대의 열일곱 성을 함몰했고, 하룻밤 사이에 조나라 군사 40여만 명을 죽였소. 한 · 조 두 나라 힘으로도 진나라 무안군 백기 한 사람을 당적하지 못했소. 더욱이 지금 진나라 군사는 귀국의 도읍 한단성邯鄲城을 포위하고 있는 실정이 아니오? 우리 초나라는 멀리 남쪽에 위치한 나라요. 그래, 우리 초나라가 그 머나먼 곳에 있는 귀국을 돕기 위해 진나라 군사와 싸울 수 있다고 생각하오? 어쨌든 합종이란 말뿐이지 실현하기는 어려운 노릇이오."

평원군이 주장한다.

"전번 일은 우리 왕께서 장수로서 자격이 없는 조괄趙括을 보내셨기 때문에 장평長平 싸움에서 실패했습니다. 이젠 진나라 장수 왕릉王陵과 왕흘王齕이 전후해서 수년 동안 조나라 한단성을 포위하고 있지만, 우리 조나라 군사는 털끝만큼도 상하지 않았습니다. 만일 천하 모든 나라가 구원병만 보내준다면 우리 조나라는 진나라 군사를 크게 무찌를 수 있습니다. 뿐만 아니라 천하 모든 나라는 진나라 때문에 골치를 앓을 필요도 없게 됩니다."

초고열왕이 잘라 말한다.

"우리 초나라는 요즘 진나라와 새로이 우호를 맺고 있는 중이오. 한데 우리가 조나라를 돕는다면 진나라는 반드시 가만있지 않을 것이오. 우리는 조나라를 대신해서 진나라와 싸울 수 없소!"

평원군이 예언한다.

"진나라가 초나라에 친절히 구는 이유를 잘 알아두십시오. 그들이 초나라와 우호를 맺은 것은 오로지 삼진三晉(위魏 · 조趙 · 한韓)을 없애버리기 위한 수단입니다. 대왕께선 한 가지만 더 알아두십시오. 만일 삼진이 망하고 나면 그 다음은 바로 초나라가 망할 차례입니다."

그러나 진나라를 무서워하는 초고열왕은 주저하며 쉽게 결정을 짓지 못했다.

이때 계단 아래에 서 있던 모수가 하늘을 쳐다본즉 해는 이미 중천에 떠 있었다. 오시午時였다.

모수가 허리에 찬 칼을 잡고 계단 위로 올라가서 평원군에게 묻는다.

"일이란 무엇이든지 간에 이해利害로써 따지고 가부간에 즉시 결정을 내리면 그만인데 뭘 이러고 계십니까? 아침에 들어와서 지금 해가 중천에 이르렀는데 아직도 결정을 짓지 못하고 설왕설래하시니 참 답답합니다."

초고열왕이 화를 내며 묻는다.

"저 사람은 누구요?"

평원군이 대답한다.

"신의 문객으로 이번에 같이 온 모수라는 사람입니다."

초고열왕이 언성을 높여 꾸짖는다.

"과인이 그대의 주인과 대사를 의논하는 중인데 어찌하여 참견하는가? 그대는 속히 물러가오!"

그러나 모수는 물러가지 않고 도리어 초고열왕 앞으로 가까이 가서 칼을 잡고 반문한다.

"합종은 바로 천하의 대사인 만큼 천하 모든 사람이 다 의견을 말할 수 있습니다. 그러하거늘 우리 대군 앞에서 신을 꾸짖으시니 웬일이십니까?"

모수의 태도는 늠름했다. 그제야 초고열왕은 약간 음성을 낮추었다.

"무슨 할말이 있거든 하오!"

모수가 아뢴다.

"원래 초나라는 지역이 5,000여 리이며, 옛 초문왕楚文王과 초무왕楚武王 때부터 왕호王號를 썼고, 그후로 천하를 굽어보며 맹주盟主로서 눈부신 활약을 해왔습니다. 그러던 것이 진나라가 일어나면서부터 초나라 군사는 싸울 때마다 패했습니다. 마침내는 초회왕이 진나라에 붙들려가서 갖은 고초를 겪다가 세상을 떠난 사태까지 일어나고 말았습니다. 뿐만 아니라 그후 초나라 군사는 진나라 군사와 싸우고 또 싸웠으나 진나라 장수 백기에게 번번이 패하여 언鄢 땅을 빼앗겼고, 심지어는 오래도록 내려오던 옛 도읍지 영성郢城까지 빼앗기고 말았습니다. 결국 지금은 어떻습니까? 옛 강대국인 초나라는 도읍을 진陳 땅으로 옮겨와 있는 실정입니다. 그러하건만 대왕께선 그 천추유한千秋遺恨을 잊으셨습니까! 삼척동자도 다 이 일을 수치로 알고 있거늘 유독 대왕만이 모르십니까? 오늘날 천하가 연합해야 산다는 것은 우리 조나라를 위해서가 아니라 실은 초나라를 위해서 더욱 시급하다고 생각하지 않으십니까!"

초고열왕이 한숨을 몰아쉬면서 머리를 끄덕인다.

"그대 말씀이 옳소."

모수가 힘있게 묻는다.

"그럼 대왕께서는 뜻을 결정하셨습니까?"

초고열왕이 머리를 번쩍 들고 외치듯 대답한다.

"과인은 모든 걸 결심했소!"

눈 깜짝할 사이였다. 초고열왕은 모수의 말에 신들린 사람처럼 주먹을 불끈 쥐었다.

모수가 좌우를 돌아보고 분부한다.

"속히 희생의 피를 올리오!"

초나라 신하가 희생의 피를 담은 그릇을 가져왔다. 모수가 그릇을 받아 무릎을 꿇고 공손히 초고열왕에게 바치며 아뢴다.

"이제부터 대왕께선 천하 종약의 맹장盟長이십니다. 마땅히 대왕께서 먼저 삽혈揷血(입술에 희생의 피를 바르고 맹서하는 일)하십시오. 다음은 우리 대군께서 삽혈하시고, 그 다음은 신이 오늘을 증명하는 뜻에서 삽혈하겠습니다."

그 자리에서 초고열왕과 평원군과 모수는 차례로 삽혈을 했다. 모수가 다시 희생의 피가 담긴 그릇을 받쳐들고 계하에 있는 문객 19명을 돌아보며 말한다.

"그대들도 마땅히 계단 아래에서 삽혈하오. 만사는 다 다른 사람의 힘으로 이루어진다고 했소."

이리하여 반나절이 지나도 결말을 짓지 못하던 교섭이 불과 한 식경 사이에 끝났다. 모수의 말과 행동은 전광석화電光石火 격이었다.

합종을 허락한 초고열왕이 즉시 분부한다.

"춘신군 황헐은 군사 8만 명을 거느리고 가서 조나라를 구원하오."

이튿날 평원군은 초고열왕에게 하직하고 조나라로 향했다.

평원군이 돌아가는 도중에 모수에게 말한다.

"선생의 세 치 혀가 오히려 백만 군사보다 강했소. 나는 많은 사람을 겪었기에 어느 정도 사람을 알아본다고 자부했는데, 이번에 선생을 뵙고서는 지금까지의 모든 자신감을 잃었소. 3년 동안이나 함께 있으면서도 선생을 알아보지 못한 내가 어찌 천하의 선비를 알아본다고 하겠소."

평원군은 조나라로 돌아가는 즉시 모수를 상객으로 높이고 극진히 대우했다.

염옹髯翁이 시로써 이 일을 읊은 것이 있다.

배 젓는 노는 제아무리 클지라도 결국 사공의 손에 의해 움직이며
저울추는 비록 작지만 천근의 무게를 다루는도다.
참으로 날카로운 송곳은 주머니 속과 하등 관계없나니
그러므로 문이니 무니 떠들어대는 19명 따위가 뽑혔도다.
櫓檣空大隨人轉
秤錘雖小壓千斤
利錐不與囊中處
文武紛紛十九人

이때 위나라 위안리왕魏安釐王은 대장 진비晉鄙에게 군사 10만 명을 주어 조나라를 돕도록 보냈다.

한편 진나라 진소양왕은 모든 나라 군대가 조나라를 도우러 몰려든다는 보고를 받고 친히 조나라로 갔다. 조나라 싸움터에 당도한 진소양왕은 위나라 위안리왕에게 사신을 보내어 위협했다.

"우리 진나라 군사는 머지않아 조나라 한단성을 함몰할 단계에 이르렀소. 그런데 왕은 군대를 보내어 조나라를 돕고 우리 나라 군사를 방해하려고 한다니, 어디 할 수 있거든 마음대로 해보시오! 과인은 즉시 군대를 옮겨 귀국貴國부터 무찔러버리겠소!"

진소양왕의 공갈을 듣고 위안리왕은 잔뜩 겁을 먹었다.

이에 위안리왕이 이미 떠난 대장 진비에게 사자를 보내어 영을

내린다.

"지금 천하대세가 만만치 않으니 일단 도중에서 군사를 멈추고 함부로 조나라를 돕지 마라."

도중에서 왕명을 받은 진비는 업하鄴下 땅에 영채를 세우고 머물렀다.

한편 조나라를 도우러 오던 초나라 춘신군 황헐도 무관武關 땅에 이르러 일단 군사를 멈추고 사세를 관망했다.

일이 이쯤 되었으니 조나라 운명은 장차 어찌 될 것인가? 그러나 부득이 화제를 지난날로 옮겨야겠다.

지난날에 진秦나라와 조趙나라는 민지澠池 땅에서 회견하고 우호를 맺은 일이 있었다. 그때 진소양왕의 손자인 왕손王孫 이인異人이 조나라에 볼모로 들어갔다는 것은 이미 앞에서 언급하였다. 그래서 왕손 이인은 이때도 조나라 도읍 한단성 안에서 볼모 생활을 하고 있었다. 여기서 왕손 이인에 대한 내력을 좀더 자세히 말해야겠다.

왕손 이인은 안국군安國君(이름은 주柱이며, 자는 자혜子傒)의 둘째아들이었다. 안국군은 바로 진소양왕의 세자다. 진나라 세자 안국군에겐 아들이 20여 명이나 있었다. 물론 무수한 여자들의 몸에서 태어난 아들들이라 모두 서출庶出로 적자嫡子가 아니었다.

안국군의 본부인인 동궁비東宮妃는 초왕楚王의 딸로 세칭 화양華陽부인이었다. 화양부인은 남편인 세자 안국군의 사랑을 받았으나 아들을 낳지 못했다.

그럼 왕손 이인은 어떤 여자의 소생인가? 바로 하희夏姬란 여자의 소생이었다. 그런데 하희는 세자 안국군의 사랑을 별로 받지 못하고 일찍이 세상을 떠났다.

이러한 여러 가지 불리한 조건 때문에 20여 명의 형제들 중에서도 특별히 왕손 이인이 볼모로 뽑혀 조나라로 갔던 것이다. 따라서 진나라는 그간 왕손 이인을 데려올 생각도 하지 않고 그냥 버려두었다. 진소양왕도 세자 안국군도 왕손 이인에겐 전혀 관심이 없었다.

지난날 진나라 장수 왕전王翦이 조나라를 쳤을 때 일이었다. 조효성왕趙孝成王은 진나라 군사가 쳐들어온다는 보고를 받고 노발대발했다.

"과인은 진나라 때문에 분노를 참을 수 없다! 우리 나라에 볼모로 와 있는 진나라 왕손 이인을 죽여버려라!"

조효성왕의 분부는 추상같았다.

이때 평원군이 간한다.

"왕손 이인은 진나라에서 버림받은 사람이나 다름없습니다. 그러한 사람을 죽인다고 무슨 이익이 있겠습니까? 죽였다가는 공연히 진나라에 구실만 만들어줄 뿐입니다. 그러니 죽이지 말고 놔두었다가 요긴할 때 이용이나 하도록 하십시오."

조효성왕은 머리를 끄덕였으나 그래도 화가 풀리지 않았다.

"진나라 볼모 왕손 이인을 곧 총대叢臺(숲 속의 대)로 안치시켜라. 대부 공손건公孫乾은 진나라 볼모를 잘 감시하고 함부로 바깥 출입을 못하도록 엄중히 지켜라. 그리고 그 진왕의 손자놈에게 지금까지 대주던 비용도 대폭 줄여라!"

진나라 왕손 이인은 불쌍한 사람이었다. 그는 본국인 진나라로부터 천대를 받으면서도 진나라 볼모로 조나라에 와서 갖은 고생을 겪고 있는 신세였다.

그후로 왕손 이인은 조나라에서 어딜 가려 해도 수레가 없어 걸어다녀야 했으며, 돈이 없어서 늘 우울하게 총대에 들어박혀 있었다. 왕손 이인은 가히 징역을 살고 있는 거나 다름없었다.

이때 조나라 양책陽翟 땅 출신 사람이 있었다. 그의 성은 여呂이며 이름은 불위不韋였다. 여불위는 아버지와 더불어 물건을 팔며 살아가는 장사꾼이었다.

원래 그들 부자父子는 모든 나라를 돌아다니면서 난세와 전쟁을 이용하는 데 비상한 재주가 있었다. 그들은 물건을 싸게 사서 비싸게 파는 데 이골이 난 모리배謀利輩였다.

세상이 어지러울수록 벼락부자가 생기게 마련이다. 그들 부자의 재산이 얼마나 되는지 확실히 아는 사람은 없었지만, 여씨呂氏의 집이 부호富豪란 것만은 누구나 다 알고 있었다. 이때 여씨 부자는 조나라 한단성 안에서 살고 있었다.

어느 날 여불위는 거리에 나갔다가 돌아오는 도중에 우연히 진나라 왕손 이인을 보게 되었다. 여불위가 본즉 그 사람은 귀인상貴人相이었다. 비록 초라한 행색에 적막한 슬픔이 서렸으나, 백옥 같은 얼굴에 입술은 주홍빛으로 귀인의 기상이 완연했다.

여불위가 속으로 거듭 탄복한다.

'내 저렇듯 잘생긴 사람은 처음 보는구나. 거참! 잘도 생겼다!'

여불위가 지나가는 사람에게 묻는다.

"여보시오, 말 좀 물읍시다. 저기 저 사람은 누굽니까? 혹시 아시는지요?"

지나가던 사람이 웃으며 대답한다.

"저분 말이오니까? 저분으로 말하자면 진나라 세자 안국군의 아들인 왕손 이인이지요. 우리 조나라에 볼모로 와 있는 중인데,

진나라 군사가 자꾸 우리 나라 경계를 침범하니 참 딱한 노릇이지요. 그래서 우리 왕께서는 저 왕손 이인을 죽이려고까지 했답니다. 겨우 죽음은 면했으나 왕손 이인은 가위 총대叢臺에 구금당하고 있는 처지이며, 요급料給조차 넉넉지 못해 궁줄에 빠져 있다오."

여불위가 속으로 은근히 중얼거린다.

'잘만 하면 참 좋은 밑천이 되겠구나!'

여불위가 부리나케 집으로 돌아가 아버지에게 묻는다.

"농사를 지으면 몇 배나 이익을 볼 수 있습니까?"

아버지가 대답한다.

"10배의 이익을 보게 된다."

"주옥珠玉 따위의 보물 장사를 하면 몇 배나 이익을 볼 수 있습니까?"

"줄잡아 100배의 이익은 생긴다."

여불위가 또 묻는다.

"만일 사람 하나를 도와서 일국의 왕으로 세우고 그 나라의 강산을 잡는다면 그 이익은 몇 배나 되겠습니까?"

아버지가 껄껄 웃으며 대답한다.

"한 사람을 왕만 되게 한다면야 어찌 그 이익을 천만 배라고만 하겠느냐? 이루 다 헤아릴 수 없다."

이튿날 여불위는 총대를 맡고 있는 공손건公孫乾에게 가서 100금金을 뇌물로 쓰고 교제를 텄다. 그후로 자주 왕래하는 동안에 그들은 점점 서로 친해졌다.

어느 날, 여불위는 공손건에게 놀러 갔다가 왕손 이인을 보게 되었다.

여불위가 시침을 떼고 공손건에게 묻는다.

"뜰을 거니는 저 사람은 누구입니까?"

공손건은 여불위가 정말 아무것도 모르는 줄 알고서 왕손 이인의 내력을 설명해주었다.

한 달쯤 후였다.

공손건은 술과 음식을 장만하고 사람을 보내어 여불위를 청해 왔다.

여불위가 자리에 앉으면서 말한다.

"이거 단둘이서 마시기엔 술자리가 좀 쓸쓸하군요. 그렇다고 다른 사람을 불러올 것까지는 없고…… 참, 이곳에 진나라 왕손 이인이 있지 않소? 그 사람을 오라고 해서 심심풀이 겸 함께 드십시다."

이에 공손건도 동의하며 안으로 사람을 보내어 왕손 이인을 데려왔다.

세 사람이 둘러앉아 술을 마시는 동안 모두가 얼근히 취했다. 공손건이 변소에 가느라 몸을 일으킨 사이에 여불위가 때는 이때다 싶어 목소리를 낮추고 묻는다.

"이젠 진소양왕도 늙으셨소. 세자 안국군께서 가장 사랑하시는 분은 바로 정실正室이신 화양부인입니다. 그러나 화양부인껜 아들이 없지 않습니까. 그런데다가 전하殿下(왕손 이인을 지칭하는 말)의 형제는 20여 명이나 되건만 다 사랑을 받지 못하는 처지가 아닙니까? 이런 계제에 전하께선 왜 진나라로 돌아가서 화양부인에게 효성을 다하시지 않습니까? 아들 없는 화양부인이 그 효성에 감동하여 마침내 전하를 친아들로 삼기만 하면 이미 일은 성공한 것입니다. 곧 전하께선 결국에 가서 진나라 왕이 될 수 있지 않습니까?"

왕손 이인이 눈물을 머금고 대답한다.

"이 몸이 어찌 그런 큰 뜻을 품을 수 있겠소? 고국에 관한 말만 들어도 가슴이 찢어지는 듯합니다. 그저 이 조나라를 벗어날 길이 없어서 한이외다."

여불위가 속삭인다.

"비록 저희 집은 가난하나, 전하께서 생각만 있으시면 제가 직접 진나라에 가서 전하를 위해 천금千金을 쓰겠습니다. 어떻게 해서라도 세자 안국군과 화양부인을 설복시켜 진나라가 전하를 데려가도록 주선해보겠습니다."

왕손 이인이 여불위의 손을 꼭 잡고 부탁한다.

"그대 말씀대로만 된다면 내 반드시 그대와 함께 진나라 부귀를 누리겠소!"

이때 변소에서 돌아오는 공손건의 발소리가 들렸다. 여불위는 말없이 왕손 이인에게 머리를 끄덕여 보였다.

공손건이 방으로 들어와 앉으면서 묻는다.

"두 분은 무슨 재미나는 이야길 하셨소?"

여불위가 웃으며 선뜻 대답한다.

"내가 진나라 왕손께 진나라에선 옥玉이 어느 정도 값으로 매매되느냐고 시세를 물었더니 못마땅하신지 모른다면서 대답을 피하는구려."

공손건이 그제야 더 의심하지 않고 권한다.

"술이나 드시지 이런 데서까지 장사 일만 생각하오? 자, 술을 더 내오라 해서 우리 새로 한잔 듭시다."

이리하여 여불위는 그들과 즐기다가 집으로 돌아갔다.

그후 여불위는 왕손 이인과 수시로 만났다.

하루는 여불위가 왕손 이인에게 비밀히 황금 500금金을 주며 속삭인다.

"이 돈으로 좌우에 있는 사람들을 매수하십시오!"

그날부터 왕손 이인은 자기를 감시하고 있는 공손건의 직속 부하들에게 돈을 뿌렸다. 황금의 위력은 대단했다. 어느덧 총대를 지키는 자들은 모두 왕손 이인과 한패가 되었다.

여불위는 다시 500금을 가지고 시정에 나가서 갖가지 기이한 보물을 사들였다.

그리고 공손건에게 가서,

"이번에 장사차 여러 나라를 다녀올 작정이오. 그럼 다시 돌아와서 뵈올 때까지 안녕히 계시오."

하직하고 조나라를 떠나 어디론가 가버렸다.

과연 여불위는 어디로 간 것일까?

여불위는 진나라 도읍 함양에 나타났다. 원래 세자 안국군의 정실인 화양부인에겐 친정 언니가 있었는데, 그녀도 초나라에서 진나라로 시집와 살고 있었다. 미리 정탐해서 이 일을 알고 있던 여불위는 진나라에 당도하는 즉시 화양부인의 언니 집 사람들을 매수하기 시작했다.

여불위한테 많은 돈을 받아먹은 그 집 사람들은 화양부인의 언니에게,

"마님! 조나라에 볼모로 가 있는 왕손 이인께서 비밀히 여불위란 사람을 보내왔습니다. 그 사람이 화양부인께 전할 물건을 가지고 왔답니다. 게다가 이것은 왕손 이인이 마님께 보내신 물건이랍니다."

하고 함函 하나를 바쳤다.

그 함을 열어본즉 황금과 구슬이 가득 들어 있었다. 화양부인의 언니가 기뻐하며 분부한다.

"그 여불위란 사람이 화양부인에게 전할 물건도 가지고 왔다 하니 내 이러고 있을 수 없구나. 곧 그 사람을 불러오너라."

이윽고 여불위가 안내를 받고 들어왔다. 화양부인의 언니는 대청에 주렴珠簾을 드리우고서 그 밖으로 여불위를 대했다.

그녀가 먼저 말을 건넨다.

"이런 좋은 물건을 보내준 분은 물론 왕손 이인이지만 그 먼 길에 가지고 오느라 얼마나 수고하셨소. 그래, 그간 왕손 이인은 조나라에서 몸 성히 계시며, 고국을 그리워하지나 않으십디까?"

여불위가 대답한다.

"저는 공관公館에서 왕손 이인을 모시고 있는 사람입니다. 왕손 이인께선 저와 모든 일을 상의하시는 터이므로 그 심정을 잘 알고 있습니다. 그분은 자나깨나 세자의 부인이신 화양부인을 그리워하고 계십니다. 그리고 항상 말씀하시기를, '나는 어려서 어머니를 여의어서 화양부인을 친어머니로 생각하고 있다. 속히 고국에 돌아가서 화양부인께 효성을 다해야 할 텐데…… 내 지금 조나라에 이러고 있으니 이 불효한 죄를 어찌할꼬!' 하시며 탄식하고 우시기가 일쑤였습니다."

그녀가 측은한 듯이 머리를 끄덕이며 묻는다.

"그럼 그간 왕손 이인은 편안히 지내시고는 있는지요?"

"볼모로 타국에 계시는 몸이니 어찌 편할 리가 있겠습니까? 더구나 근자엔 진나라 군사가 가끔 조나라를 침범하므로 그럴 때마다 조왕趙王은 왕손 이인을 죽이려고까지 했습니다. 그러나 조나라 신하와 백성들이 조왕에게 지성으로 간했기 때문에 왕손 이인께선 겨우 목숨을 부지하고 있는 실정이올시다. 그러니 고국에 돌아오고 싶은 생각이 오죽하겠습니까."

"조나라 신하와 백성들이 어째서 그렇게까지 왕손 이인을 보호해주오?"

여불위가 대답한다.

"그럴 수밖에 없는 것이 조나라 사람이면 누구나 왕손 이인의 어진 효성을 잘 알기 때문입니다. 왕손 이인께선 아버지 되시는 세자 안국군과 친어머님처럼 생각하시는 화양부인의 생신날엔 물론이거니와 그 밖에도 정월 초하룻날과 매월 삭망朔望(초하루와 보름) 때면 반드시 목욕재계한 뒤 향을 사르고 사방에 절하며 부모님의 만수무강을 축원합니다. 또 왕손 이인께선 학문을 좋아하고 어진 선비를 존경하며, 모든 나라 빈객賓客들과도 널리 사귀고 있기 때문에 천하에 친한 사람이 많습니다. 그러므로 왕손 이인의 효성에 감동한 조나라 신하와 백성들이 왕손 이인을 죽이지 말라고 조왕에게 탄원한 것입니다."

말을 마치고 나서 여불위가 또 함 하나를 바친다.

"왕손 이인께선 고국에 돌아가서 화양부인께 효도를 다하지 못하니 한이라고 하시면서, 화양부인께 이 물건을 전하고 '불효한 자식의 심정을 아뢰라' 고 저에게 분부하셨습니다. 또 '그대가 진나라에 가거든 화양부인의 언니 되시는 마님 댁을 찾아가서 모든 걸 부탁하면 잘 조처해줄 것이다' 하고 분부하시기에 이렇듯 왔습니다."

이에 화양부인의 언니는 집안 사람에게 여불위를 극진히 대접하라고 분부했다. 그러고는 궁에 들어가서 친동생인 화양부인에게 이 일을 고하고 함을 전했다. 그 함을 열어본즉 황금과 옥으로 만든 눈부신 패물들이 한가득 들어 있었다.
화양부인이 좋아 어쩔 줄 몰라 하며 감탄한다.
"왕손 이인이 이렇듯 나를 생각하는가! 아아, 고마운 효성이로다. 언니는 집에 돌아가서 그 여불위란 사람에게 내가 왕손 이인의 효성에 지극히 감복하더란 말을 전하오."
화양부인의 언니는 집으로 돌아가 여불위에게 다녀온 경과를 말했다.
여불위가 슬며시 묻는다.
"마님께서 이렇듯 수고해주시니 감사합니다. 그런데 마님의 친동생 되시는 화양부인께선 슬하에 자녀를 몇이나 두셨습니까?"
그녀가 대답한다.
"화양부인은 세자 안국군의 총애를 받고 있건만, 웬일인지 자녀를 두지 못하셨다오."
여불위가 정중한 목소리로 말한다.
"옛말에 '색色으로 남자를 섬기는 여자는 색이 쇠衰하면 사랑을 잃는다'고 하였습니다. 그런데 화양부인께선 세자 안국군의 사랑을 받고 있지만 소생이 없습니다. 그러므로 결코 안심해선 안 됩니다. 이런 때일수록 정신을 바짝 차리고 마땅히 다른 여자들 몸에서 태어난 아들들 중에서 어질고 효성스런 사람을 골라 아들로 삼으셔야 합니다. 그래야만 언젠가 그 아들이 진나라 왕이 될 것이며, 따라서 화양부인도 태후太后로서 세도를 잃지 않으실 것입니다. 소생도 없는 몸으로서 이러고 있다가 다음날에 색이 쇠하여 세자 안국군의 사랑마저 잃게 되면 그때에 후회한들 무슨 소용이 있겠습니까? 오늘날 어질고 효성스런 사람으로 말할 것 같으면 왕손 이인만한 분이 없습니다. 더구나 왕손 이인께선 화양부인을 친어머님처럼 생각하고 계십니다. 화양부인께서 왕손 이인을 적자로 삼기만 하면 장차 복福이 면면하시리이다."

이튿날 화양부인의 언니는 다시 화양부인에게 가서 여불위의 말을 전했다.

화양부인이 한숨을 내쉬며 대답한다.

"그 사람 말이 맞소. 그렇지 않아도 난 늘 앞날을 근심하던 중이오."

어느 날 밤이었다.

화양부인은 세자 안국군과 술을 마시며 즐기었다. 술이 거나하게 취했을 때 별안간 화양부인이 흑흑 흐느껴 울었다.

세자 안국군이 당황하여 묻는다.

"부인! 갑자기 웬일이오?"

화양부인이 겨우 울음을 진정하고 대답한다.

"이 몸은 천행으로 세자를 모시게 되었으나 불행히도 소생이 없습니다. 한데 지금 다른 후궁들이 낳은 많은 아들들 중에서도 가장 훌륭한 인물은 바로 왕손 이인입니다. 그는 모든 나라 선비들과 친분을 두터이 하여 천하에 칭찬이 자자합니다. 세자께서 이 몸을 사랑하실진대 소원이나 하나 들어주십시오. 이 몸은 왕손 이인을 적자로 삼고 싶습니다. 왕손 이인을 첩의 친아들로 정해주십시오. 그러면 불쌍한 이 몸은 왕손 이인이 있기에 한결 든든하겠습니다."

세자 안국군이 웃으며 위로한다.

"그런 일이라면 어려울 것 없소. 그럼 부인의 원대로 왕손 이인을 적자로 정하겠소."

화양부인이 말한다.

"지금은 세자께서 이 몸의 청을 들어주시지만, 혹 다음날엔 다른 후궁의 청을 들어주시지나 않을지 마음이 놓이지 않습니다."

"부인이 정 내 말을 믿기 어렵다면 부신符信(둘로 쪼개서 서로 나누어 가졌다가 뒷날 맞추어서 증표로 삼던 물건)에 맹서盟誓를 새겨서 주리다."

이에 세자 안국군은 부신에 '적사이인嫡嗣異人(왕손 이인을 적자로 삼노라는 뜻)'이란 넉 자를 새기고, 반으로 쪼개어 화양부인에게 하나를 주고 다른 하나는 자기가 간직했다.

화양부인이 묻는다.

"지금 왕손 이인은 조나라에 볼모로 가 있으니 어떻게 데려와야 할까요?"

세자 안국군이 대답한다.

"내가 적당한 기회를 보아 부왕父王께 왕손 이인을 데려오도록 청하겠소."

그후 세자 안국군은 아버지 진소양왕에게 왕손 이인을 데려오자고 청했다. 그러나 진소양왕은 조나라에 몹시 격분해 있던 차라,

"그게 무슨 말이냐! 내버려둬라!"

하고 거절했다.

화양부인의 언니는 여불위에게 이러한 궁중의 내막을 전했다. 이에 여불위는 왕후王后의 친정 동생인 양천군楊泉君과 접촉하기로 결심했다. 양천군은 진소양왕의 총애를 받고 있는 사람이었다. 여불위는 즉시 돈으로 양천군의 문하 사람을 매수하여 자기를 양천군에게 소개해달라고 청했다.

이리하여 여불위는 쉽사리 양천군의 집에 초청되어 갔다.

여불위가 양천군에게 인사를 드리고 나서 대뜸 묻는다.

"대군의 죄는 죽음을 면하기 어려울 것입니다. 대군께선 제 말을 알아들으시겠습니까?"

이 뜻밖의 말에 양천군이 놀라 되묻는다.

"나에게 무슨 죄가 있단 말이오?"

여불위가 의젓이 설명한다.

"지금 대군의 집안과 문하 사람들은 모두 높은 지위에 올라 부귀를 누리고 있습니다. 대군 댁 마구간엔 준마駿馬가 넘치고, 뒷정원〔後庭〕엔 아름다운 여자들로 가득합니다. 그런데 대군에 비해 세자 안국군은 지금 생활이 어떻습니까? 세자 안국군 문하 사람들은 아무도 부귀를 누리지 못하고 세도도 잡지 못하여 다 궁한 처지에 빠져 있습니다. 그런가 하면 지금 진왕께선 춘추가 너무 연로하십니다. 언제고 진왕이 세상을 떠나시기만 하면 세자 안국군은 즉시 진나라 왕위에 오르십니다. 그렇게 되는 날에는 오늘날 곤궁하게 지내는 세자 안국군의 문하 사람들이 모두 부귀와 세도를 잡을 것입니다. 그와 동시에 부귀영화를 누리던 대군의 문하는 낭패를 당할 것입니다. 더군다나 지금 세자 안국군의 문하 사람들은 대군께 좋은 감정을 품고 있지 않습니다. 참으로 대군의 앞날은 위태롭기 그지없습니다."

양천군이 황급히 묻는다.

"그럼 지금 이 일을 어찌해야 좋겠소?"

"저에게 한 가지 계책이 있습니다. 가히 대군의 일생을 태산보다도 튼튼하게 해드릴 수 있습니다. 대군께선 저의 계책을 들으시렵니까?"

양천군이 자리에서 일어나 여불위 앞에 꿇어앉아 청한다.

"선생은 나에게 그 계책을 일러주오."

여불위가 조용하나 힘있는 목소리로 말한다.

"이제 진왕은 너무 늙으셨습니다. 게다가 적손嫡孫도 보지 못하셨습니다. 그런데 아시다시피 왕손 이인은 어질고 효성이 지극하기로 모든 나라에 널리 알려진 분입니다. 그러하건만 지금 왕손 이인은 조나라에서 볼모 신세가 되어 밤낮으로 고국을 그리워하는 처지에 있습니다. 이러한 때에 대군께서 친누님이신 왕후마마께 간곡히 청하시고, 또한 왕후마마께서 다시 진왕께 간곡히 청하사 마침내 왕손 이인을 데려오게 하시어 세자 안국군의 적자만 된다면 만사는 다 해결됩니다. 곧 타국에서 살던 왕손 이인은 진나라를 얻게 되고, 소생이 없는 세자비 화양부인은 아들을 두게 되는 것입니다. 그렇게 되면 이것이 누구의 덕이며 공로이겠습니까? 세자 안국군과 왕손 이인은 왕후마마의 덕을 입은 것이며, 왕후마마는 결국 대군의 덕을 입은 것이 아닙니까. 마침내 대군과 왕후마마께선 진나라에 끼친 큰 공로로 영세무궁토록 부귀영화를 누릴 수 있습니다."

양천군이 여불위에게 절하고 감사한다.

"삼가 선생의 가르침을 따르겠소."

그리하여 막혔던 사태는 다시 다른 길로 진전을 보게 되었다. 급기야 양천군은 친누님인 왕후에게 가서 여불위의 말을 전했고, 왕후도 진소양왕에게 왕손 이인을 데려오자고 졸랐다.

그러나 진소양왕은,

"좀 기다리시오. 머지않아 조나라가 과인에게 화평을 청해올 것이오. 그때에 왕손 이인을 데려옵시다."

하고 서두르지 않았다.

일이 이쯤 진전된 것도 다 여불위의 힘이었다. 여불위의 존재는 비록 표면에 나타나진 않았으나 진나라 고위층에 끼친 영향은 컸다.

드디어 세자 안국군이 여불위를 자기 처소로 불러들이기에 이르렀다. 여불위는 시각을 지체하지 않고 동궁에 들어가서 세자 안국군을 뵈었다.

세자 안국군이 청한다.

"나는 왕손 이인을 데려와서 적자로 삼을 작정인데 부왕께서 허락하지 않으시니 이 일을 어찌하면 좋겠소? 선생에게 묘한 계책이 있거든 나를 지도해주오."

여불위가 머리를 조아리며 대답한다.

"세자께서 과연 왕손 이인을 적자로 삼으실 결심이라면 소인이 넉넉지는 못하나 집안 재산 천금을 기울여서라도 조나라 신하들을 매수하여 무사히 왕손 이인을 구출해오겠습니다."

이 말을 듣고 세자 안국군과 세자비 화양부인이 좋아라 하면서 부탁한다.

"그럼 우리도 황금 300일鎰을 내놓을 테니 선생은 가지고 가서 일을 성사시키는 데 보태쓰오."

그날 왕후 역시 이러한 계책을 세웠다는 소식을 전해 듣고 황금 100일을 여불위에게 보냈다. 그리고 세자비 화양부인은 여불위에게 따로 황금 100일과 왕손 이인에게 전하라며 의복 한 상자를 내주었다.

세자 안국군이 여불위에게 다시 부탁한다.

"나는 이제 선생을 왕손 이인의 태부太傅로 삼노니, 선생은 일에 실수가 없도록 각별히 조심하오."

여불위가 하직 인사를 드리고 대답한다.

"조만간에 서로 만나볼 수 있도록 할 터이니 세자께서는 너무 염려하지 마십시오."

하루아침에 왕손 이인의 태부 벼슬을 받은 여불위는 그날로 진나라 함양성을 떠났다.

여불위는 조나라 도읍 한단성에 당도하는 즉시 자기 집에 가서 아버지에게 다녀온 경과를 보고했다. 여불위의 아버지는 그 말을 듣고 뛸 듯이 기뻐했다.

이튿날 여불위는 많은 예물을 갖추고 총대叢臺로 갔다. 그는 공손건에게 엄청난 예물을 바치고 난 후 왕손 이인을 만났다.

여불위는 왕손 이인에게 진나라 왕후와 세자 안국군과 화양부인의 말을 세세히 전했다. 그리고 받아온 황금 500일과 의복을 전했다.

왕손 이인이 기뻐하면서 여불위에게 말한다.

"의복은 받아두겠습니다만, 이 황금은 선생이 가지고 계시다가 형편에 따라 적절히 써주십시오. 그저 이 몸을 조나라에서 빼내어 진나라로 돌아가게만 해주시면 그 은혜를 잊지 않겠습니다."

여불위는 왕손 이인을 위로하고 집으로 돌아갔다.

한편 여불위에겐 사랑하는 한 여자가 있었다. 그녀는 지난날에 여불위가 한단성에서 얻어들인 여자로 젊고 매우 아름다웠다. 그래서 여불위의 집안 사람들은 그녀를 조희趙姬라고 불렀다. 조희는 특히 가무歌舞에 능했다. 이때 조희는 여불위의 아이를 가진 지 두 달째 되었다.

여불위가 왕손 이인을 만나보고 돌아온 그날 밤이었다. 그는 자지 않고 깊은 생각에 잠겼다.

'그렇다! 왕손 이인이 진나라로 돌아가기만 하면 세자 안국군

다음으로 진나라 왕위를 계승할 수 있는 자격을 갖춘다. 이 기회를 놓치지 말고 왕손 이인에게 조희를 바치자! 조희는 나의 씨를 밴 지 두 달밖에 안 되므로 아무도 이 사실을 모르고 있다. 조희가 왕손 이인과 살다가 아들을 낳기만 하면 된다. 그 아이는 바로 나의 씨인 것이다. 그러면 바로 내 아들이 진나라 왕손이 되는 게 아닌가. 결국엔 내 아들이 진나라 왕이 되는 것이다. 내 자손이 진나라를 차지한다! 아하! 영씨嬴氏의 진나라가 장차 여씨呂氏의 천하로 바뀐다!'

여불위의 눈에서 이상한 광채가 번뜩였다. 그는 소리 없는 미소를 지으며 불을 끄고 자리에 들었다.

수일 후였다.

여불위는 왕손 이인과 공손건을 자기 집으로 초대했다. 술상엔 진수성찬이 가득하고, 주위에선 생황笙簧과 노랫소리가 어우러져 울려 퍼졌다. 성대한 주연酒宴이었다. 서로 권커니 잣거니 거나하게 취했을 때였다.

여불위가 말한다.

"요즘 제가 새로 젊은 여인을 하나 들여앉혔는데, 노래도 잘하려니와 춤을 썩 잘 추지요. 불러다가 두 분께 술을 권하도록 하겠습니다. 두 분은 당돌하다고 꾸짖지 마십시오."

여불위가 푸른 옷을 입은 두 아환丫鬟(어린 계집종)에게 분부한다.

"조희를 이리로 모셔오너라!"

이윽고 조희가 화려하게 차려입고 들어왔다.

여불위가 분부한다.

"너는 이 두 귀인께 인사를 드려라."

조희는 고운 걸음걸이로 가벼이 주단 위를 걸어와 왕손 이인과 공손건에게 공손히 절했다. 왕손 이인과 공손건도 황망히 답례했다.

여불위가 다시 분부한다.

"금배金杯에 술을 가득 부어 두 분께 바치고 축수祝壽하여라."

조희가 먼저 왕손 이인에게 술을 가득 부어 바친다. 왕손 이인이 술잔을 받으려고 머리를 들었을 때 조희의 아름다운 얼굴이 바로 눈앞에 가득 찼다. 어찌나 아름다운지 인간 세상의 여자 같지가 않았다.

다음의 시로써 그 자색을 짐작할 수 있을지?

구름 같은 머리는 매미 날개인 듯한 옷에 가벼이 나부끼는데
고운 눈썹은 조용한 봄 산을 연상시키는도다.
입술은 앵두라도 저리 붉을 수 있을까
이는 두 줄로 백옥을 나란히 늘어놓은 양 하도다.
살며시 웃음지어도 양 볼에 보조개가 생기니
마치 포사褒姒가 주유왕周幽王에게 아양을 떠는 것 같도다.
부드럽고 아리따운 그 걸음걸이는
마치 서시西施가 오왕吳王 부차夫差의 넋을 빼앗는 듯하도다.
가지가지 아름다운 자태는 아무리 보아도 싫증이 나지 않으니
이 요염한 매력은 그 어떤 화공의 솜씨로도 그리지 못하리라.
雲鬢輕挑蟬翠
蛾眉淡掃春山
朱脣點一顆櫻桃
皓齒排兩行白玉
微開笑靨
似褒姒欲媚幽王

緩動金蓮
擬西施堪迷吳王
萬種嬌容看不盡
一團妖冶畫難工

조희는 두 귀인에게 술을 따라 바친 후에 천천히 긴 소매를 펼쳐 주단 위로 물러서서 음악에 맞추어 춤을 추었다. 두 손을 높이 혹은 가벼이 놀리니 조희의 몸은 마치 용이 구름 사이로 노니는 듯, 소매는 무수한 무지개가 서로 어우러져 빛을 발하는 듯, 빙그르르 돌 때엔 마치 고운 깃털이 바람 따라 쏠리며 안개가 자욱이 서렸다가 순식간에 흩어지는 듯이 그 아름다움은 이루 다 형언할 수 없었다.

공손건과 왕손 이인은 이 광경을 보고 정신이 황홀하여 무엇에 취한 듯 얼이 빠진 채 시종 찬탄해 마지않았다.

조희의 춤이 끝나자 여불위가 다시 분부한다.

"이번엔 두 분께 큰 잔으로 술을 따라 바쳐라."

조희가 큰 잔에 술을 따라 바치자, 두 사람은 받기가 무섭게 단숨에 잔을 비웠다. 그제야 조희는 다시 절하고 사뿐히 안으로 들어갔다.

이에 주인과 두 손님은 재차 술을 권하며 양껏 마셨다. 여불위는 특히 공손건에게 극진히 술을 권했다. 마침내 공손건은 자기도 모르는 사이에 만취하여 정신을 잃고 쓰러졌다.

왕손 이인은 조희의 아리따운 모습이 아직도 눈앞에 삼삼하여 술을 마셔도 전혀 취하지가 않았다.

왕손 이인이 일부러 취한 체하며 여불위에게 청한다.

"나는 조나라에 볼모로 온 이후로 객관客館에서 너무나 쓸쓸하고 적막한 세월을 보냈소이다. 그러니 선생께서 이번에 새로 들여앉혔다는 그 조희란 여자를 나에게 아내로 내주실 순 없겠습니까? 조희를 아내로 삼을 수만 있다면 평생토록 만족하며 살겠습니다. 조희의 몸값이 얼마나 되는지요? 지금은 그만한 돈이 없다 할지라도 죽기 전에 반드시 갚아드리겠습니다."

여불위가 짐짓 언짢은 체하며 꾸짖는다.

"저는 호의로 전하를 초대했고 심지어 조희까지 불러내어 경의를 표하게 한 것입니다. 그런데 전하께선 제 사랑하는 여자를 빼앗을 생각이십니까? 세상에 이런 도리가 어디에 있습니까!"

그제야 왕손 이인이 황망히 꿇어 엎드려 사과한다.

"그간 너무나 고독한 생활을 해온 터라 선생의 은총만 믿고서 못할 말을 아뢨나 봅니다. 실로 취중에 한 미친 말이니 이 죄를 용서하소서."

여불위도 황망히 왕손 이인을 붙들어 일으키면서 대답한다.

"저는 전하를 진나라로 돌려보내기 위해 이미 집안 재산 천금을 다 탕진했으나 한번도 아깝다는 생각을 한 적이 없습니다. 그러하거늘 그까짓 여자 하나쯤 뭐 그리 아까울 것이 있겠습니까. 다만 조희가 아직 어리고 부끄러움을 많이 타는 터라 전하를 따를지 그것이 염려스러울 뿐입니다. 그러나 제가 말해봐서 조희가 승낙만 한다면 즉시 전하께 보내드리겠습니다."

왕손 이인은 자리에서 일어나 여불위에게 두 번 절하고 감사했다. 이윽고 공손건이 술에서 깨어나자 왕손 이인은 함께 수레를 타고 총대로 돌아갔다.

이에 여불위가 조희에게 가서 묻는다.

"진왕의 손자 되시는 왕손 이인이 너를 몹시 사랑하사 아내로 삼고 싶다고 나에게 간청해왔다. 너의 뜻은 어떠하냐?"

조희가 한참 만에 대답한다.

"첩은 대인大人을 섬겨 이미 임신까지 한 몸입니다. 한데 이제 와서 버리신다면 첩은 어찌합니까? 첩이 어찌 또 다른 사람을 섬길 수 있겠습니까?"

여불위가 조그만 목소리로 말한다.

"내 말을 잘 들어보아라. 너는 평생 나를 섬겨보았자 한갓 장사꾼의 첩밖에 안 된다. 왕손 이인은 언제고 진나라 왕이 되실 분이다. 네가 그 어른의 사랑만 받게 되면 너는 진나라 왕후가 되는 것이다. 또한 하늘이 도우사 지금 네 뱃속에 들어 있는 아이가 아들이기만 하면 그 아이는 바로 진나라 세자가 되는 것이다. 곧 너와 나는 장차 진왕秦王의 부모가 된단 말이다. 따라서 우리의 부귀는 무궁할 것이다. 부부의 정을 생각해서라도 너는 결코 이 일을 남에게 누설하지 말아라."

조희가 머리를 숙이며,

"대인께서 큰일을 도모하고 계신데 첩이 어찌 분부를 따르지 않으리이까. 그러나 부부의 정을 어찌 끊으오리까?"

하고 흐느껴 울었다.

여불위가 조희의 몸을 어루만지면서 속삭인다.

"네가 나를 잊지 못하겠다면 진나라를 얻은 후에 또다시 부부가 되어 함께 부귀를 누리자. 그러는 것 또한 아름답지 않겠느냐!"

이에 여불위와 조희는 무릎을 꿇고 앉아 하늘에 절하고 서로 그렇게 하기로 맹세했다.

그날 밤 두 사람은 이불 속으로 들어가 서로 미친 듯이 애무하며 다른 때보다 더 깊은 정을 나누었다.

이튿날 여불위는 공손건에게 갔다.

"지난밤은 모든 것이 미흡하여 죄송했습니다. 널리 용서하십시오."

공손건이 급히 영접하며 대답한다.

"원, 천만의 말씀입니다. 그렇지 않아도 왕손 이인과 함께 가서 어젯밤에 베풀어주신 높은 정을 감사하려던 참이었습니다. 그런데 또 이렇게까지 와주시니 그저 황감하외다."

왕손 이인은 여불위가 왔다는 말을 듣고 공손건의 처소로 나가서로 지난밤에 감사했다는 인사를 나누었다.

여불위가 만면에 웃음을 띠고 왕손 이인에게 말한다.

"전하께서 저의 소첩小妾을 추하다 않고 아내로 맞으시겠다고 청하시기에 제가 어젯밤에 여러 가지로 타일러 마침내 승낙을 받았습니다. 오늘이 마침 좋은 날이라. 오늘 안으로 보내드리겠습니다."

왕손 이인이 감사한다.

"선생의 높으신 뜻을 갚기 위해서라면 이 몸을 아끼지 않겠습니다."

공손건이 그제야 눈치를 채고 감탄한다.

"어젯밤 내가 취해 떨어진 사이에 두 분 간에 무슨 교섭이 오갔던 모양이구려. 어쩐지 왕손 이인의 눈치가 좀 다르다고 생각했지요. 그러나 혼인은 중매 없이는 못하는 법이오. 내가 이 아름다운 일을 위해 중매를 서겠소! 하하하……"

세 사람은 다 같이 유쾌한 웃음을 터뜨렸다. 이에 공손건은 좌우 사람을 불러 잔치 준비를 시키고, 여불위는 자기 집으로 돌아갔다.

그날 저녁때 조희는 온거溫車에 실려 총대로 갔다. 왕손 이인은 조희를 영접하여 혼례를 올렸다.

염옹이 시로써 이 혼사婚事를 읊은 것이 있다.

새로운 기쁨과 옛사랑이 하루 만에 바뀌었으니
불 밝힌 신방에서 기박한 팔자가 서로 뜻을 얻었도다.
세상 사람들은 왕손 이인이 진나라를 차지했다고 하지만
누가 알았으리오, 실은 자기도 모르는 사이에 여불위의 자식을 진나라로 끌어들였도다.

新歡舊愛一朝移
花燭窮途得意時
盡道王孫能奪國
誰知暗贈呂家兒

왕손 이인은 혼인을 한 후로 조희를 지극히 사랑했다. 그들은 마치 고기와 물처럼 금슬이 좋았다. 두 사람이 혼인한 지 한 달 남짓 지나서였다.

조희가 드디어 왕손 이인에게 말한다.

"첩은 전하의 사랑을 받아 천행으로 태기胎氣가 있습니다."

왕손 이인은 그저 조희가 자기 아이를 가진 줄만 알고 몹시 기뻐했다. 하지만 조희는 임신한 지 벌써 두 달이 지난 후였다.

조희가 왕손 이인에게 온 지도 어느덧 8개월이 지났다. 10개월이면 아기를 낳게 마련인데 어찌 된 셈인지 해산달이 되었건만 뱃속의 아기는 꼼짝을 하지 않았다.

조희의 뱃속엔 장차 천하를 손아귀에 넣을 제왕帝王이 들어앉아 있었던 것이다. 그러니 어찌 범상한 아기와 같을 리 있으리오. 조희는 열두 달 만에 비로소 사내아이를 낳았다.

아기를 낳았을 때였다. 갑자기 방 안은 붉은 서광瑞光으로 가득 차고 가지가지 새들이 축하하듯 집 안으로 날아들었다. 아기는 나면서부터 코가 크고 눈이 길며, 네모진 이마에다 겹눈동자〔重瞳〕였다. 입 안엔 이미 몇 개의 이가 났고, 목덜미에서 등줄기로 용 비늘이 달려 있었으며, 울음소리가 어찌나 큰지 근방 동네에까지 들렸다. 이때가 바로 진소양왕 48년 정월 초하루였다.

왕손 이인이 큰 기쁨에 어쩔 줄 몰라 한다.

"듣건대 천하 운기運氣를 타고나는 임금은 날 때부터 비범한 징조가 있다고 하더라. 내 이 아기를 본즉 과연 골상骨相이 비범할 뿐만 아니라, 정월 초하룻날에 태어났으니 다음날에 반드시 천하를 다스리리라."

마침내 왕손 이인은 조희의 성을 따고 장차 천하를 다스릴〔政〕 것이라 하여 아기 이름을 조정趙政이라고 지었다.

이 아이가, 곧 조정이 다음날에 진나라 왕위를 계승하여 육국을 통일한 저 유명한 진시황秦始皇이 되는 것이다.

이날 여불위는 조희가 마침내 득남했다는 소식을 듣고 혼자 속으로 기뻐했다.

진소양왕 50년이었다.

어느덧 조정은 세 살이 되었다.

이때가 바로 진나라 군사가 조나라 도읍 한단성을 포위하고 한창 공격하던 무렵이었다. 조나라 조야朝野가 물 끓듯 들끓었고, 싸움의 형세는 날로 급박해졌다.

여불위가 왕손 이인에게 말한다.

"진나라 군사들의 공격이 심해질수록 전하께선 위태롭습니다. 조왕趙王이 언제 또 전하를 죽이려 들지 모릅니다. 이제 더 이상 조나라에 머물러 있을 수는 없습니다. 죽음을 면하려면 속히 진나라로 달아나셔야 합니다."

왕손 이인이 울상이 되어 부탁한다.

"나는 선생만 믿습니다. 선생은 나를 위해 지도해주십시오."

이에 여불위는 한단성 남문南門을 지키는 조나라 장군을 찾아갔다.

여불위가 조나라 장군 앞에 황금 300근斤을 내놓고 은밀히 부탁한다.

"원래 나의 고향은 양책陽翟 땅인데 장사 때문에 이곳 한단성에 와서 살고 있지요. 그런데 불행히도 진나라 군사가 침입해와서 한단성을 포위한 지도 이미 오래되었습니다. 그러니 어찌 고향 생각이 간절하지 않을 수 있겠소. 나는 이제 재산을 몽땅 털어서 모든 분에게 바칠 작정이오. 그러니 장군께선 특별히 인정을 쓰셔서 나의 집 식구를 양책 땅으로 돌아가게 해주십시오. 장군께서 성문 밖으로 우리 식구들을 내보내만 주신다면 그 은혜를 잊지 않겠소이다."

조나라 장군은 황금 300근을 보자 두말없이 그렇게 해주겠다고 허락했다.

이에 여불위는 다시 공손건을 찾아가 황금 100근을 바치고 부탁했다.

"저는 식구들을 데리고 고향인 양책 땅으로 돌아갈 작정입니다. 청컨대 공손께서 남문을 지키는 장군에게 우리 식구가 가거든 성문을 열어주라고 분부해주십시오."

공손건은 황금 100근을 받고 그날로 남문을 지키는 장군을 불러 여불위 일가에게 성문을 열어주도록 분부했다.

남문을 지키는 장군과 군졸들까지도 벌써 여불위로부터 많은 뇌물을 받았기 때문에 일은 순조롭게 진전되었다.

여불위가 왕손 이인에게 가서 미리 일러준다.

"내일 한밤중에 전하께선 식구를 데리고 총대에서 빠져나와 곧장 저의 아버지 집으로 오십시오. 이미 모든 계책이 서 있으니 만사를 제게 맡겨주십시오."

이튿날 여불위는 여러 대의 수레에 술과 음식을 잔뜩 싣고서 공손건에게 갔다.

"오랫동안 많은 신세를 졌습니다. 저는 식구를 거느리고 사흘 안으로 이곳을 떠날 작정입니다. 평화로워지면 다시 오겠지만 작별하는 자리에 어찌 주연이 없을 수 있겠습니까. 변변치 못한 음식이나마 오늘 크게 잔치를 벌일까 합니다."

그리하여 잔치는 그날 밤까지 계속되었다. 공손건은 대취하여 자리에 곯아떨어졌다. 좌우 졸개들과 위아래 할 것 없이 진종일 고기와 술을 진탕 먹었기 때문에 모두가 나가떨어져서 잠이 들었다. 밤은 점점 깊어가고 총대는 쥐 죽은 듯이 고요했다.

한밤중이 되었다.

왕손 이인은 조희와 아들 조정과 함께 미복微服으로 갈아입고 종들을 따라 총대를 빠져나와 여불위의 아버지 집으로 갔다. 이미 여불위 부자는 만반의 준비를 갖추고 왕손 이인 일행을 기다리고 있었다.

여불위는 모든 일행을 거느리고 남문으로 갔다. 남문을 지키는 조나라 장군이 여불위 일가 속에 왕손 이인과 처자妻子가 끼여 있으리란 걸 알 턱이 없었다. 조나라 장군은 곧 성문을 열어주었다. 이리하여 여불위는 일행을 거느리고 무사히 성문 밖으로 나갔다.

그때 진나라 장수 왕흘王齕의 대영大營은 한단성 서문西門 밖에 있었다. 그러나 양책 땅으로 가는 길은 한단성 남문 쪽으로 나 있었다. 그래서 여불위는 남문으로 나오긴 했으나 진나라 대영으로 가야만 했다. 그들은 양책 땅 쪽으로 얼마쯤 가는 체하다가 재빨리 방향을 바꾸어 진나라 대영이 있는 서문 쪽으로 달아났다.

어느덧 날이 밝아오기 시작했다. 여불위 일행은 곧 진나라 군사에게 들켜 포위를 당했다.

여불위가 왕손 이인을 데리고 진나라 군사 앞으로 가서 말한다.

"너희들은 이 어른을 알아보겠느냐? 지금까지 조나라에서 볼모로 고생하시던 진나라 왕손 이인이시다. 우리들은 간신히 한단성을 빠져나와 진나라 대영으로 도망가는 중이니 너희들은 속히 길을 안내하여라."

진나라 군사들은 즉시 말에서 내려 여불위와 왕손 이인과 그 가족을 데리고 왕흘이 있는 대영으로 갔다. 이에 진나라 장군 왕흘은 친히 뛰어나와 왕손 이인을 영접했다.

이날 왕손 이인은 목욕을 한 뒤 미복을 벗고 의관을 정제整齊하고서 왕흘이 차린 잔치 자리에 참석했다.

왕흘이 술잔을 권하며 말한다.

"대왕께서 친히 싸움을 독려督勵하시려고 지금 조나라에 와 계십니다. 이곳에서 대왕이 계시는 행궁行宮까지는 불과 10리밖에 안 됩니다."

잔치가 파한 후에 왕손 이인은 수레를 타고 진나라 군사들의 호위를 받으며 행궁으로 갔다. 진소양왕은 오랜만에 손자 이인을 보자 덥석 끌어안고 기쁨을 참지 못했다.

"세자가 밤낮으로 너를 그리워하고 있다. 하늘이 도우사 나의 손자가 호랑이 굴 속에서 무사히 빠져나왔구나! 너는 어서 함양에 돌아가서 너의 부모를 위로하여라."

이에 왕손 이인은 할아버지 진소양왕에게 하직하고 여불위 부자와 함께 수레를 타고 진나라 도읍 함양성을 향해 달렸다.

〔12권에서 계속〕

주周 왕실과 주요 제후국 계보도

* ㅡ 부자 관계, ㄴ 형제 관계.
* 네모 안 숫자(1, 2…)는 주나라 건국 이후와 각 제후국 분봉 이후의 왕위, 군위 대代 수(한韓 · 위魏 · 조趙는 B.C.453년의 분립 당시를 1대로 간주했음).

동주東周 왕실 계보 : 희성姬姓

…ㅡ 36 신정왕愼靚王 정定(B.C.320~315) ㅡ 37 난왕赧王 연延(B.C.314~256)

• 양주兩周 37대 866년(B.C.1122~256) : 본 소설에서는 동주東周 왕실(B.C.770~256)로부터 갈라져 나온 소국 동주東周 관할의 7읍邑이 진秦에게 몰수당하는 B.C.249년을 천년 왕국 주周의 멸망 연도로 보고 있지만, 이는 전근대 시대의 견해이며 현재의 역사 인식으로는 B.C.256년의 동주 왕실의 항복을 주 멸망 연도로 간주하는 것이 일반적이다.

제齊나라 계보 : 전씨田氏

…ㅡ 5 선왕宣王 벽강辟彊[1](B.C.319~301) ㅡ 6 민왕湣王 지地(B.C.300~284) ㅡ 7 양왕襄王 법장法章(B.C.283~265) ㅡ 8 왕건王建(B.C.264~221)

ㄴ 전영田嬰 ㅡ 전문田文(맹상군孟嘗君)

1 5 선왕(B.C.342~324) ㅡ 6 민왕(B.C.323~284)으로 보는 견해도 있음.

한韓나라 계보 : 한씨韓氏

…ㅡ 10 양왕襄王(B.C.311~296) ㅡ 11 이왕釐王(B.C.295~273) ㅡ 12 환혜왕桓惠王(B.C.272~239) ㅡ 13 왕안王安(B.C.238~230)

• 한韓 · 위魏 · 조趙 삼가가 자립한 B.C.453년(본 부록에서 전국 시대의 시작으로 보는 연도) 당시의 종주宗主부터를 1대 군주로 간주했다(위씨, 조씨도 마찬가지).

위魏나라 계보 : 위씨魏氏

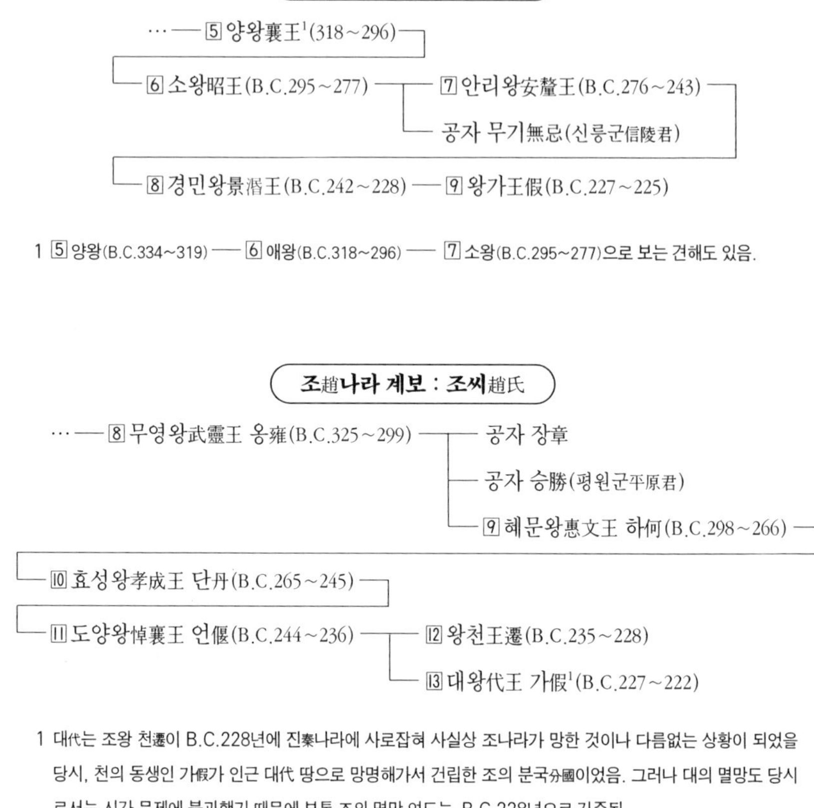

1 5 양왕(B.C.334~319) ── 6 애왕(B.C.318~296) ── 7 소왕(B.C.295~277)으로 보는 견해도 있음.

조趙나라 계보 : 조씨趙氏

1 대代는 조왕 천遷이 B.C.228년에 진秦나라에 사로잡혀 사실상 조나라가 망한 것이나 다름없는 상황이 되었을 당시, 천의 동생인 가假가 인근 대代 땅으로 망명해가서 건립한 조의 분국分國이었음. 그러나 대의 멸망도 당시로서는 시간 문제에 불과했기 때문에 보통 조의 멸망 연도는 B.C.228년으로 간주됨.

초楚나라 계보 : 웅성熊姓

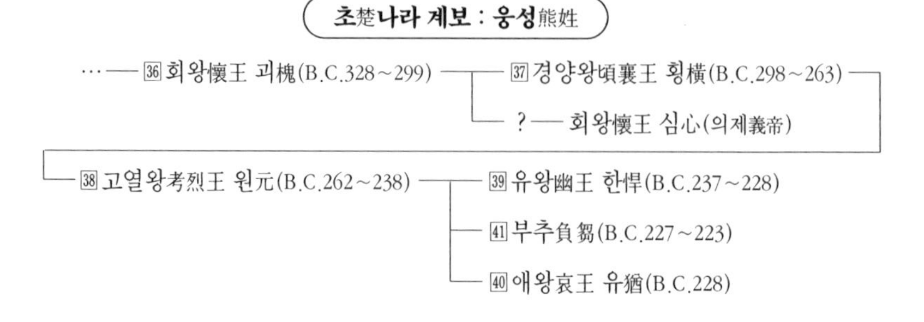

진秦나라 계보 : 영성嬴姓

… — 33 소양왕昭襄王(B.C.306~251) — 34 효문왕孝文王(B.C.250) —
— 35 장양왕莊襄王(이인異人, 자초子楚 : B.C.249~247) —
— 36 시황제始皇帝 정政(B.C.246~210)

노魯나라 계보 : 희성姬姓

… — 32 평공平公 숙叔(B.C.314~296) — 33 문공文公 가賈(B.C.294~273) —
— 34 경공頃公 수讎(B.C.272~249)

• 초나라가 B.C.256년에 노魯나라를 멸국시킨 후 경공頃公(B.C.271~248 재위)을 거 땅으로 이주시킴. 이어 B.C.249년에는 경공을 서인庶人으로 강등시키고 노나라 공실의 제사마저 단절시킴.

송宋나라 계보 : 자성子姓

… — 30 벽공辟公 벽병辟兵(B.C.372~370) — 31 척성剔成(B.C.369~329)
— 32 강왕康王 언偃(B.C.328~286)

• 286년에 제나라가 제 · 초 · 위 3국군을 이끌고 송宋나라를 멸망시킴.

위衛나라 계보 : 희성姬姓

… — 38 사군嗣君[1](B.C.324~283) — 39 회군懷君(B.C.282~253)
— 40 원군元君[2](B.C.252~230) — 41 군각君角(B.C.229~209)

1 효양후孝襄侯라고도 함. 효양후 5년(B.C.320)에 위魏나라에 의해 '군君'으로 강등되고, 복양으로 강제 이주되었음.

2 원군 14년(B.C.239)에 진秦나라가 원군을 야왕野王 땅으로 옮겨가게 한 후, 곧이어 위의 중심지(당시는 복양)를 동군東郡(진이 위魏나라를 정벌한 후 그 영토 일부에 설치한 직할군)의 일부로 삼음.

• 31 경공敬公(B.C.450~432) 시기부터 한韓 · 위魏 · 조趙의 압박을 받아 사실상 주권을 상실한 것이나 다름없는 상황이 됨.

기물器物

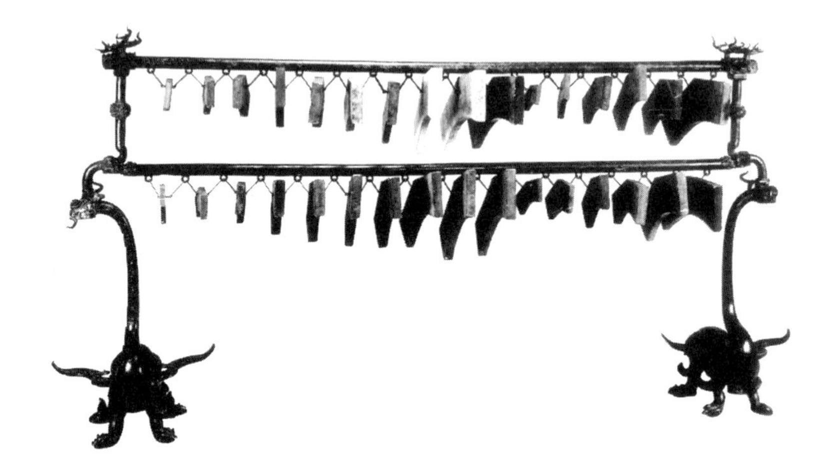

편경編磬　고대의 중요 예악기禮樂器. 옥이나 돌로 만든 크고 작은 경磬(경쇠)들을 한데 엮어 그것들을 타격打擊함으로써 낮은 음에서 높은 음까지 풍부한 음률을 내도록 만든 타악기. 종묘 제사와 연회 및 각종 의례儀禮에 상용되었고, 제후나 경대부卿大夫의 묘장墓葬에 부장副葬되어 기주器主의 신분 등급을 표시하였다. 그림의 편경은 1979년에 호북성湖北省 수주시隨州市에서 발굴된 증후을묘曾侯乙墓(증나라 제후인 을의 무덤. 전국 시대 초기 묘장)의 부장품 중 하나로, 32개의 곡척형曲尺形 경磬을 엮어 38개의 음을 내도록 만들어진, 예술적 가치가 상당히 높은 작품이다. 넓이 215cm, 높이 109cm.

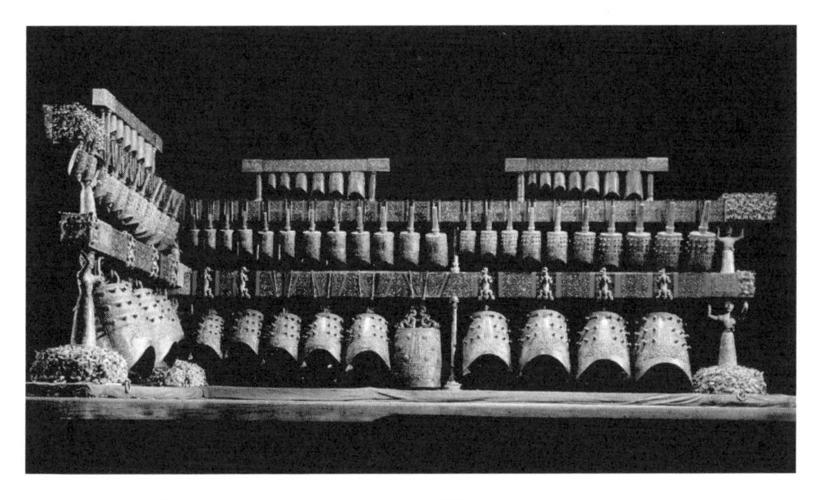

편종編鐘 고대의 예악기禮樂器 중 가장 핵심적인 종류. 청동으로 만든 크고 작은 종鐘들을 한데 엮어 타종打鐘함으로써 낮은 음부터 높은 음까지 다양하고 풍부한 음율을 내도록 제작한 타악기. 기타 사항은 편경과 같으나 편경보다도 중요도나 이용도가 훨씬 높았다. 그림의 편종 역시 호북성 수주시 소재 증후을묘曾侯乙墓에서 출토된 부장품으로, 총 64개의 종을 엮어 만든 고고 발굴사상 전무후무한 거작巨作이다. 1979년 발굴 당시 중국 전체의 대단한 관심과 놀라움을 불러일으켰고 국가 문화재로 지정되었다. 현재까지도 중국 각지에서는 셀 수 없을 정도의 많은 종들이 발견되나 그들은 대부분 한두 개의 단편 작품에 불과한 데 비해 이 편종은 64개의 똑같은 형태 · 모양 · 문양 · 장식을 지닌 종들과 그들을 매달아놓은 틀, 타종용 동봉銅棒 등이 모두 온전하게 발견됨으로써 고대의 악기 제작 기술과 청동 공예의 진수를 보여주는 생생하고 완벽한 실물 자료가 되고 있다. 편종틀의 총길이 748cm, 높이 265cm, 가장 큰 종의 높이 152.3cm, 중량 203.6kg, 가장 작은 종의 높이 20.4cm, 중량 2.4kg, 64개 종의 총중량 2,567kg, 편종틀과 편종을 지탱하는 동인銅人 장식물의 총중량 4,421kg.

전국 시대 보병 전국 초기부터는 귀족 기사騎士가 주축이 된 춘추 시대의 차전車戰, 공성전攻城戰 등은 자취를 감추고 대신 서민 출신의 보병들이 대량 전투에 투입되는 백병전白兵戰, 보병전步兵戰이 보편화되면서 전쟁 규모도 급격히 확대되었다. 일례로 전국 후기에 치러진 유명한 장평長平 대전大戰(B.C.260)에서는 진秦, 조趙 양국이 자그마치 60만 명의 보병을 동원했으며, 이중 조나라 군사 45만 명이 학살되었다고 한다. 이 그림은 진시황릉秦始皇陵 병마용갱兵馬俑坑에서 출토된 병사용兵士俑(등신상의 병사 인형)을 통해 당시 보병들의 모습을 복원한 것이다.

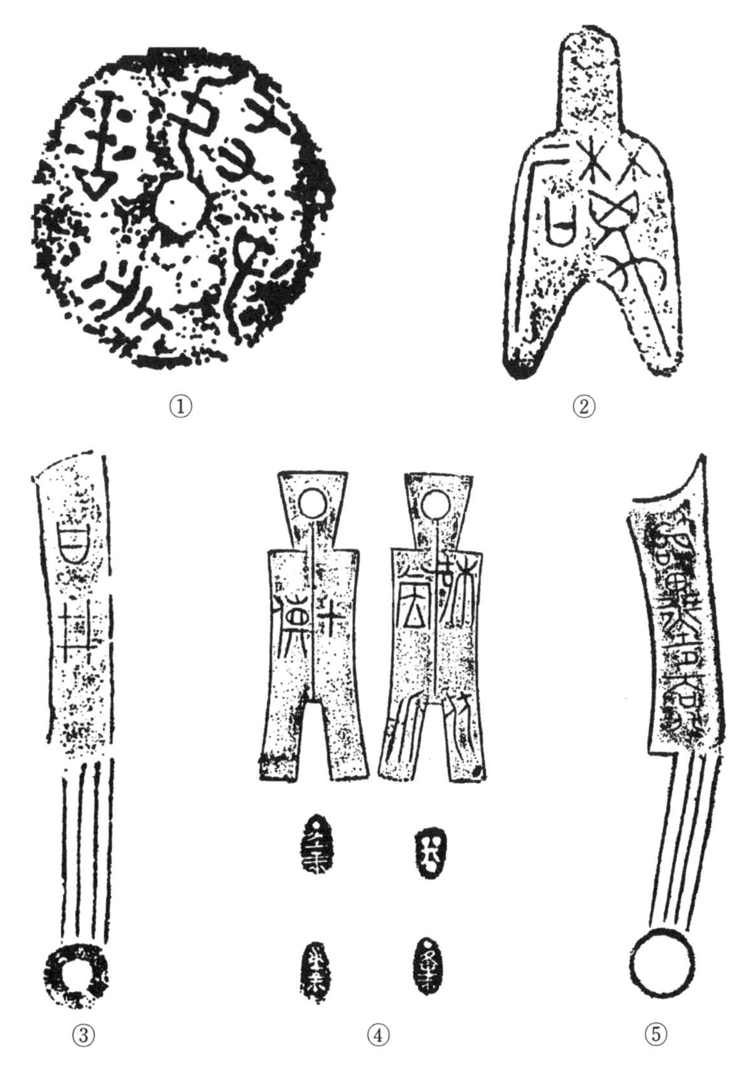

① ② ③ ④ ⑤

전국 시대의 화폐 전국 시대에는 농업 생산력의 제고와 상공업 발달의 결과 각 열국들에서 고유한 화폐가 주조, 유통되었다. ①위魏나라의 원전圓錢 ②동주東周 왕실의 화폐 ③조趙나라의 한단도폐邯鄲刀幣(한단에서 발행된 단도형 화폐) ④초楚나라의 포폐布幣(위)와 동패銅貝(아래) ⑤제나라의 즉묵도폐卽墨刀幣(즉묵에서 발행된 단도형 화폐)

전국 시대 농민들의 생활 농사짓는 광경.

전국 시대 농민들의 생활 우경牛耕 보급. 전국 시대부터 우경牛耕이 날로 확산, 보급되면서 심경深耕(논밭을 깊게 갈아 토양의 공기 소통을 원활하게 함으로써 토지 생산력을 제고하는 경작 방법)이 가능해져 농업 생산력이 획기적으로 발전하였고, 그 결과 점차 5인 1가가 주축이 된 소농민小農民 경제 체제가 정착되었다.

노비들이 곡식을 빻는 광경 사천성四川省 팽산현彭山縣 출토 화상석畵像石의 그림.

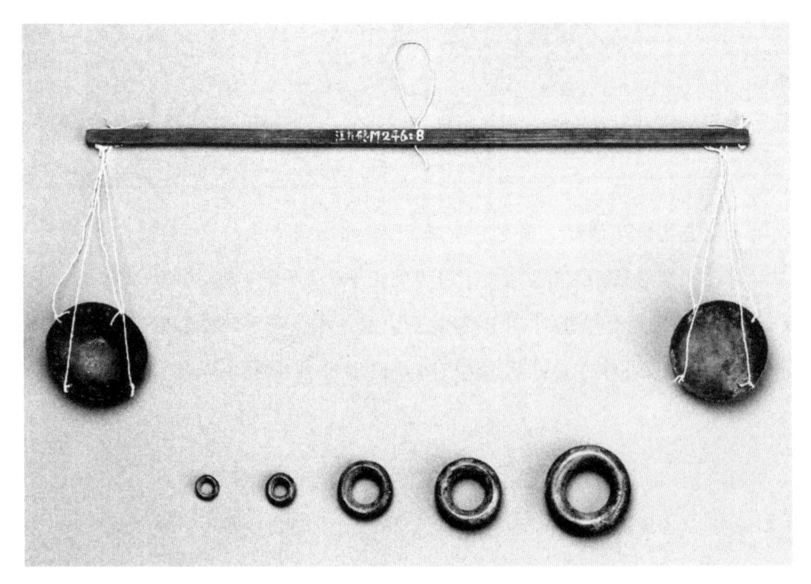

전국 시대의 천칭天秤**과 분동**分銅 호북성湖北省 강릉현江陵縣 출토. 천칭의 길이는 27cm, 분동은 5개로 1.31g, 3.93g, 15.35g, 31.12g, 62.19g으로 되어 있음.

노비들이 각종 노동에 종사하는 장면 운남성雲南省 진녕晉寧 출토의 저장기貯藏器 뚜껑 위에 있는 조소군상彫塑群像. 아래는 조소군상이고 위는 조소들을 그림으로 옮긴 것. 중앙에서 노비들에 받들려 가마를 타고 있는 이는 노비 주인.

주요 역사

양사養士　'선비를 부양한다'는 의미. 실력과 힘으로 승부하던 전국 시대에는 재력과 군사력뿐 아니라 많은 사람들의 인망과 지지를 얻어 자신의 세력 기반을 공고히 하는 것이 무엇보다 중요했음. 특히 학식과 교양을 갖춘 선비〔士〕 계층의 신뢰를 얻는다는 것은 천금보다 중요한 일로 인식되어, 각국의 유력 공족公族들과 대신大臣들은 자신의 문하에 실력과 재능을 겸비한 어진 선비들을 많이 모아 그들을 부양하고 공경하는 것을 큰 자랑으로 여겼음. 이처럼 전국 시대에는 주군의 재량과 능력에 따라 크고 작은 규모로 선비를 부양하고 동고동락하는 '양사養士'의 풍조가 보편적으로 성행했는데, 이는 단순히 문화적인 욕구만이 아니라 정치적인 지지 기반을 확고히 하려는 실리적인 목표도 중요하게 작용되었음. 특히 전국 사군자四君子로 칭송되는 제齊나라의 맹상군孟嘗君, 위魏나라의 신릉군信陵君, 조趙나라의 평원군平原君, 초楚나라의 춘신군春申君 등은 평생 수천 명의 문객門客, 빈객賓客들을 길러 양사의 대표적인 인사로 꼽힘. 전국 시대 말의 대사업가 여불위呂不韋도 진장양왕秦莊襄王(B.C.249~247 재위)의 즉위를 계기로 진秦나라의 정권과 재부財富를 좌지우지하게 된 후에는 진나라의 문화, 학술 수준을 천하에 과시하기 위해 전국 사군자들의 사적을 본받아 수천 명에 달하는 문객들을 양성하고, 그들로 하여금 천하고금의 치란治亂과 목민牧民의 문제를 심도 있게 토론하게 하여 그 성과를『여씨춘추呂氏春秋』라는 책으로 집대성하기도 했음.

전국 사군자四君子　전국 시대를 대표하는 명문 대족大族의 종주宗主이자, 널리 인재들을 우대하고 선비들을 공경하면서 대규모로 양사養士한 것으로 이름을 날린 4인의 군자를 지칭하는 말. 곧 제나라의 맹상군, 조나라의 평원군, 위나라의 신릉군, 초나라의 춘신군을 가리킴.

합종合縱**과 연형**連衡**(연횡**連橫**)**　전국 시대 중기 이후 본격화, 가시화된 전국칠웅戰國七雄 간의 치열한 외교 전쟁을 함축적으로 지칭하는 용어. 열국 간의 외교

전을 이처럼 치열하게 만든 가장 직접적인 동인은 바로 진秦의 성장이었음. 곧 상앙변법商鞅變法을 통해 빠른 시일에 부국강병을 달성함으로써 서쪽 변방의 이류 국가에서 일약 중원 전체를 위협하는 초일류의 군사 대국으로 급성장한 진秦은 천하의 주인이 되기 위해 전국 중후기부터 적극적으로 동진東進을 추진했음. 이러한 진의 동진 태세에 위협을 느낀 한韓 · 위魏 · 조趙 · 제齊 · 초楚 · 연燕의 6국은 분분하게 외교 정책을 수립하여 진의 막강한 군사적 위협을 피하고자 했음. 그 결과 제시된 것이 합종과 연형으로, 전자는 진의 동쪽에 있는 여섯 나라가 북쪽의 연燕에서 남쪽의 초楚에 이르기까지 종縱으로 연합해 공수동맹을 맺음으로써 진나라를 물리쳐야 한다는 정책론이고, 후자는 6국이 각각 개별적으로 진과 동맹함으로써 다른 제후국을 제압하고 자국에 대한 진의 공격을 유보시키려는 내용의 정책론임. 합종책을 최초로 주장하고 성립시킨 사람은 전국 시대의 유명한 유세가遊說家 소진蘇秦인데, 그의 노력으로 B.C.333년 무렵에 최초의 6국 합종이 체결되었다고 함. 그러나 이 합종은 6국의 이해 관계가 처음부터 다르고 국내외 사정도 상이했기 때문에 큰 성과를 거두지 못한 채 B.C.318년 무렵에 와해되었음. 연형책을 주장한 사람은 진나라의 탁월한 정치가인 장의張儀로, 연형책 자체가 성격상 합종보다 훨씬 더 큰 안정성, 효율성을 지니는데다 장의의 뛰어난 능력과 수완 덕분에 계속 성공을 거둠으로써 진나라 통일의 기본적인 밑거름이 되었음.

등장 인물

굴원屈原

초나라의 대신이자 애국 시인. 『시경詩經』과 함께 중국 고대의 2대 시가집이라고 하는 『초사楚辭』의 저자(시사詩辭로도 병칭됨). 초나라 회왕懷王(B.C.328~299 재위), 경양왕頃襄王(B.C.298~263 재위)의 2대에 걸쳐 봉직하면서 애국 충정을 다했으나, 공자 난과 근상 등의 참소로 경양왕의 의심을 사서 삭탈관직당했음. 이후 초나라의 국세가 기울어가고 조정에는 간신들만 득세하는 상황을 한탄하고 슬퍼하다가 멱라수汨羅水에 몸을 던져 자살함. 굴원의 충정을 기리기 위해 해마다 그가 투신자살한 5월 5일에는 멱라수에서 경도희競渡戲(배를 타고 강을 건너는 경주. 누가 굴원의 시체를 빨리 건져오나 내기하는 의미임)를 개최하고 채색 비단줄에 음식을 매달아 강물에 넣어 제사를 지내게 되었음.

맹상군孟嘗君

제나라의 공족公族이자 대부호로, 제선왕齊宣王(B.C.319~301 재위)의 동생인 전영田嬰의 아들이자 민왕湣王(B.C.300~284 재위)의 사촌 형제. 본명은 전문田文. 제나라 선왕宣王, 민왕湣王 시기에 정승직을 역임하면서 제나라의 내정을 담당했음. 위나라의 신릉군信陵君, 조趙나라의 평원군平原君, 초楚나라의 춘신군春申君과 함께 천하의 선비들을 널리 사랑하고 그들을 휘하의 문객門客, 빈객賓客으로 삼아 정성껏 우대함으로써 '전국 사군자'로 널리 회자됨. 그러나 보통 맹상군의 빈객 양성이 규모 면에서나 인덕 면에서 여타 삼군보다 훌륭하다고 평가되므로 전국 사군자 중에서도 수위로 꼽힐 만함. 천성이 너그러운 데다 사람을 끌어들이는 신비한 친화력을 지녀, 천첩의 소생이면서도 가문의 후계자가 되었고 이후 재산을 아끼지 않고 천하의 모든 선비들을 재능, 인품, 출신 성분의 고하를 막론하고 폭 넓게 받아들이면서 동고동락했음. 그 보답으로 진나라에 초빙되어갔다가 잘못되어 처형당할 뻔한 위기 상황에서 휘하 빈객들의 계명구도鷄鳴狗盜로 무사히 구출되기도 했음.

신릉군信陵君

위나라의 공족公族이자 대부호로 안리왕安釐王(B.C.276~243 재위)의 동생이고 본명은 무기無忌. B.C.276년에 형인 안리왕에 의해 신릉군으로 봉해졌음. 제齊나라의 맹상군, 조趙나라의 평원군, 초楚나라의 춘신군 등과 함께 수많은 문객, 빈객들을 정성껏 부양하고 우대함으로써 보통 '전국 사군자'로 널리 회자됨. 사군자들 중에서도 병법과 군사 전술에 가장 뛰어나 위나라를 위해 많은 군공軍功을 세웠고, 맹상군 · 평원군 등과도 깊게 교류하면서 전국 말기의 위태롭고 어지러운 상황을 잘 헤쳐나갔음. 특히 B.C.257년에는 안리왕의 병부兵符를 훔쳐내는 비상 수단을 쓰면서까지 위나라 군사들을 동원해 조나라를 구원하고 진나라 군대에게 대승을 거둠으로써 천하의 칭송을 받게 되었음. 그러나 이후 그의 세력이 확대되는 것을 견제한 안리왕과 수많은 반대파들의 참소에 환멸을 느낀 나머지 현실정치에 흥미를 잃고 주색에 빠져 실의에 찬 여생을 보냈음.

악의樂毅

연나라의 명장. 제나라가 은殷 왕실의 혈통을 이은 유서 깊은 중원中原 국가인 송나라를 멸망시킨 것(B.C.286)에 대해 충격을 받은 한 · 위 · 조 · 진 · 연의 5개국이 연합 단결하여 B.C.284년에 제나라를 대대적으로 침공했을 때 총사령관이 되어 제나라를 궤멸시켰음.

염파廉頗

조趙나라의 백전 노장이자 전국 시대를 대표하는 용장勇將 겸 의인義人. 신묘한 책략과 지혜, 달변으로 정승 지위에 오른 인상여藺相如를 처음에는 미워하다가 인상여의 깊은 도량을 알고는 감복하여 문경지교刎頸之交(목에 칼이 들어와도 배반하지 않을 깊은 우정. 목숨과도 바꾸지 않을 우정)를 맺게 되었음. B.C.260년에 진秦나라 대군이 조趙나라를 총공격했을 때 용의주도하고 신중한 방어책을 세워 대처하면서 원정遠征을 나온 진나라 군사가 지치기만을 기다리는 지구전을 구사했으나 진의 승상丞相 범저范雎의 이간책과 이를 그대로 믿은 조나라 효성왕孝成王 및 조정 신하들에 의해 파직되었음. 그 후임으로 조괄趙括이 부임하여 성급하고 무모한 공격을 펼쳤고, 이로 인해 조나라는 장평長平 대전大戰에서 대패했을 뿐 아니라 45만이나 되는 군사들이 하룻밤 만에 몰살당하는 대참극을 당하게 됨.

인상여藺相如

조나라의 명신이자 책략가. 혜문왕惠文王 시기에 천하의 보배인 화씨和氏의 옥玉(초나라 변화卞和가 발견하여 초문왕楚文王에게 바쳤다는, 세상에 둘도 없는 아름다운 보옥寶玉. 그후 우여곡절 끝에 조나라로 흘러오게 되었음)을 두고 조나라가 진나라에게 곤란한 협박을 당했을 때 진나라에 사신으로 가서 용기와 지혜로 진나라 소양왕의 무리한 요구를 슬기롭게 거절함. 이후에도 위기 때마다 진나라와의 외교에서 비상한 수완과 능력을 발휘하여 진나라로 하여금 조나라를 무시하지 못하게 만들고 국익을 지켰음. 그 공로로 재상 지위에 올랐는데, 장군 염파廉頗가 이를 시기하여 공공연히 욕하고 헐뜯었지만, 국가를 위해 사사로운 싸움을 자제하는 아량을 보임. 후에 그의 깊은 도량을 알게 되어 감읍한 염파와 문경지교를 맺게 되었고, 이후 양인이 서로 협력하여 조나라를 진의 위협으로부터 굳건히 지킴. 관중管仲과 포숙아鮑叔牙의 관포지교管鮑之交와 함께 고금을 대표하는 깊은 우정으로 널리 회자됨.

전단田單

제齊나라의 명장이자 공족의 후예. 연나라 장수 악의樂毅가 이끄는 5국 연합군의 총공격에 의해 제나라의 70여 개 성읍城邑이 한꺼번에 함락되는 전무후무한 국란을 겪을 당시 즉묵卽墨 태수를 역임하면서 망국 직전의 제나라를 지키기 위해 고군분투했음. 세자 법장法章이 거주莒州 땅에 피신해 있는 사실을 알고 그를 영입해 양왕襄王으로 즉위시킴. 그후 참소와 유언비어에 의해 당대의 명장 악의가 연나라로 소환되고 기겁騎劫이 제나라에 주둔하게 되자 그 틈을 타 신묘한 작전으로 연나라 군사를 대패시킴. 이에 호응하여 제나라 70여 개 성이 일제히 독립함으로써 연나라 세력을 제나라에서 완전히 축출하는 데 특등 공신이 됨. 제나라를 수복하고 수도 임치臨淄에 입성한 후에도 양왕을 도와 국정을 훌륭하게 운영함.

조사趙奢

조趙나라의 현명한 노장군. 매우 신중한 성격으로 수다한 전투에서 매번 혁혁한 전공을 세웠음에도 불구하고 추호도 자만하거나 나태하지 않고 병법兵法과 군사 문제를 언제나 경건하고 조심스럽게 다루었음. B.C.269년에 호양胡陽이 이끄는 진나라 대군이 한나라의 상당上黨 땅을 점령하고 알여閼與 지역까지 점령했을 때, 이를 구원하러 가서 지형을 십분 활용한 치밀하고 용의주도한 작전을 펼쳐 진에 대승을 거둠으로써 위기에 처한 한, 조 양국을 구원했음. 그 공로로 마복군馬服君에 봉해지고 죽을 때까지 최고의 작록爵祿과 명예를 누렸음.

춘신군春申君

초나라의 대부로 본명은 황헐黃歇. 초나라의 태자 웅원熊元(경양왕頃襄王의 아들)의 태부太傅(스승)를 역임했을 당시 태자가 진나라에 볼모로 잡혀가게 되자, 그를 수행해 가서 온갖 고초를 함께 겪었음. 진나라가 초나라를 위협하기 위해 태자 원元을 없앨 기미를 보이자 자신의 목숨을 걸고 비밀리에 태자를 탈출시켜 고국에 돌아가 고열왕考烈王으로 즉위하도록 도움. 그 충성심을 가상히 여긴 진의 소양왕昭襄王이 석방해준 덕분에 무사히 초나라로 돌아와 영윤令尹(초나라의 재상)이 되어 고열왕을 지성껏 보필함. 이후 강동江東 땅을 분봉分封받고 춘신군春申君이라는 봉호封號를 하사받으면서 초나라에서 최고의 명예와 부를 누리게 됨. 제나라의 맹상군, 위나라의 신릉군, 조나라의 평원군을 흠모해 그들처럼 수많은 빈객들을 양성하는 한편, 초나라의 내정을 쇄신하고 군법, 행정 편제, 법전 등을 정비해 쇠퇴일로에 놓인 초나라를 마지막으로 부흥시키고자 노력했음. 그러나 고열왕 사후 가신이었던 이릉李陵의 간계에 희생되어 억울하게 죽음을 당했음. 이로부터 초나라도 급속히 쇠퇴함.

평원군平原君

조나라의 8대 군주 무령왕武靈王(B.C.325~299 재위)의 아들이자 9대 군주인 혜문왕惠文王(B.C.298~266 재위)의 이복형. 제나라의 맹상군, 위나라의 신릉군, 초나라의 춘신군과 함께 전국 사군자로 널리 회자됨. 널리 인재를 구하고 선비를 양성하여 어진 덕과 신의를 만방에 떨쳤음. 특히 절름발이를 비웃은 애첩을 참하여 선비들과 모든 사람들을 차별없이 공평하게 대우한다는 사실을 증명한 것과, 진나라 승상 범저范雎의 원수인 위제를 위험을 무릅쓰고 끝까지 보호해준 것 등은 유명한 일화로 꼽힘.

고사

계명구도鷄鳴狗盜 글자 그대로 풀이하면 닭 울음소리를 내고 개처럼 도둑질을 한다는 뜻으로, 전국 사군자四君子 중에서도 최고로 꼽히는 제나라의 맹상군孟嘗君과 관련된 고사故事. 맹상군이 B.C.298년에 진소양왕秦昭襄王(B.C.306~251 재위)의 초청으로 진秦나라에 초빙되어 갔다가 우승상 저이질樗里疾의 참소로 처형당할 위기에 몰리자, 이전에 제나라에 있을 때 맹상군에게 많은 신세를 진 소양왕의 동생 경양군涇陽君이 소양왕의 애첩에게 부탁해 맹상군을 구해주도록 요청했음. 이때 소양왕의 애첩은 천하의 둘도 없는 보배인 백호구白狐裘(100년 묵은 여우의 흰 겨드랑이 털만을 모아 짰다고 하는 외투로, 1,000금의 값이 나간다고 함)를 요구했는데 맹상군이 단 두 벌만 갖고 있는 백호구 중 한 벌은 제나라에 있고, 한 벌은 진에 입국했을 당시 소양왕에게 이미 선물로 바쳐 어찌할 수가 없는 상황이 되었음. 이때 맹상군을 수행한 빈객賓客들 중 한 사람이 개 흉내를 내면서 진나라의 창고에 잠입해 맹상군이 바친 백호구를 도둑질해왔음. 맹상군은 기뻐하며 그 백호구를 애첩에게 바쳤고 그녀의 간곡한 주선으로 소양왕으로부터 제나라로 돌아가도 좋다는 허락을 받았음. 이에 맹상군 일행은 서둘러 제나라로 도망쳤는데, 뒤늦게 맹상군을 석방한 사실을 후회한 소양왕은 군사들을 보내 맹상군 일행을 뒤쫓게 했음. 맹상군 일행은 계속 쫓기면서 급히 말을 달려 한밤중에야 가까스로 진나라 국경 관문에 도착했는데 새벽 첫닭이 울어야만 관문이 열리기 때문에 사태가 매우 급박하게 된 중에, 역시 빈객 중 한 사람이 닭 울음소리를 낸 덕분에 무사히 진나라를 벗어나 제나라로 돌아올 수 있었음. 사지를 벗어난 맹상군은 계명구도鷄鳴狗盜한 두 빈객을 매우 치하하면서 그들을 상객上客으로 높였고 이에 다른 모든 빈객들이 부끄러워했다고 함. 본래 그들 두 사람은 닭 울음소리를 내고 개 흉내를 내는 것 외에는 달리 재주가 없어 모든 빈객들이 노골적으로 무시하고 있었는데, 결정적인 순간에 주인의 목숨을 구하는 대공大功을 세우게 되었음. 이로부터 아무리 하잘것없는 재주를 지닌 사람이라도 반드시 언젠가는, 어디엔가는 요긴하게 쓸모가 있으므로 결코 홀대해서는 안 된다는 사실을 알 수 있으며, 전국 시대의 양사養士는 그러한 사실을 염두에 둔 채 모든 선비들을 평등하고 너그럽게 대하는 포용력 있는 정신 원리를 바탕으로 해서 이루어진 것임.

연보

[기원전 298] 진秦이 초를 공격해 석析을 비롯한 10여 개 성읍城邑을 점령함. 조나라가 누완樓緩을 진에 파견해 승상이 되게 하고, 구학仇郝을 송에 파견해 재상이 되게 함. 제나라의 맹상군孟嘗君이 진소양왕秦昭襄王의 초청으로 진나라로 갔다가 우승상 저이질樗里疾의 참소로 처형당할 위기에 몰림. 제나라에서 맹상군의 신세를 크게 진 소양왕의 동생 경양군涇陽君이 미리 그 일을 알려준데다, 맹상군의 휘하 빈객인 선비들의 다양한 계책(계명구도鷄鳴狗盜) 덕분에 맹상군은 무사히 진나라를 벗어나 제나라로 돌아옴.

[기원전 297] 조나라의 주부主父 무령왕武靈王이 서하西河에서 누번왕樓煩王과 회견함. 제 · 한 · 위가 계속하여 진나라 국경 지대를 합동 공격함.

[기원전 296] 제 · 한 · 위 연합군이 진의 함곡관函谷關을 공격하자 진은 화평을 요청하고 한에게 무수武遂를, 위에게 봉릉封陵을 각각 돌려줌. 초회왕이 조나라를 거쳐 위나라로 도망하던 중 진秦나라 군사에게 붙잡혀 도로 함양咸陽으로 압송된 뒤 진나라에서 객사함. 이에 진秦은 회왕懷王의 시신을 초나라로 보냄. **조나라가 중산국中山國을 완전히 멸한** 뒤 중산국왕을 부시膚施로 강제 이주시킴.

[기원전 295] 조나라 공자 장章이 주부主父(무령왕武靈王 B.C.325~299 재위)와 혜문왕惠文王(B.C.298~266 재위)이 사구沙邱 땅의 이궁離宮으로 휴양 간 틈을 타 군위를 쟁탈하려고 난을 일으켰다가, 정승 비의肥義의 의심을 사 실패하게 되자 주부가 거처하는 이궁으로 피신함. **공자 성成과 이태李兌가** 주부궁主父宮을 수색해 임의로 공자 장章을 죽인 후 **주부궁을 포위, 주부는 그 안에서 아사餓死함**. 진秦나라의 승상丞相 누완이 파직되고 위염魏冉이 새로운 승상이 됨.

[기원전 294] 제나라의 맹상군이 점점 교만해지는 민왕湣王에게 충간하다가 미움

을 받아 위나라로 도망침. 위에서 어진 공자 무기無忌(후의 신릉군信陵君)와 극진한 교분을 맺게 됨.

[기원전 293] **진의 좌갱左更 백기白起가 한, 위 연합군과 이궐伊闕에서 싸워 대승**을 거두고 **24만 명의 군졸을 참수**한 뒤 위나라 장수 공손희公孫喜를 생포함.

[기원전 292] 진의 명장 백기가 위나라를 공격해 원垣 땅을 점령함.

[기원전 291] 진의 백기가 한나라를 공격해 완宛 땅을 점령함. 진의 좌갱 사마司馬조錯가 위나라를 공격해 지軹 땅을 점령하고 한나라를 공격해 등鄧 땅을 취함.

[기원전 290] 위와 한이 진에게 각각 하동河東 땅 400리와 무수武遂 땅 200리를 헌납함.

[기원전 289] 진나라가 위魏의 61개 성읍城邑을 점령함.

[기원전 288] 위소왕魏昭王이 조나라에 들어가 조현朝見을 드리고 음성陰城, 갈얼葛孽 등지를 헌납함. 또한 하양河陽 · 고밀姑密 등을 이태李兌의 아들에게 분봉해줌. 10월에 **진소왕秦昭王과 제민왕이 서로 '제帝'를 칭하기로 약속**해 제민왕이 동제東帝, 진소왕이 서제西帝가 되기로 함**(진, 제의 칭제稱帝)**. 그러나 국제 여론을 고려하여 양국 모두 두 달 만에 제호帝號를 취소함.

[기원전 286] 진이 위나라의 하내河內를 공격하자 **위는 옛 도읍인 안읍安邑을 진에게 헌납**함. 조나라 장수 한서위韓徐爲가 제를 공격. 진이 한을 하산夏山에서 패배시킴. 송의 강왕康王(B.C.328~286 재위)이 천하 패권을 잡겠다는 무리한 욕심으로 폭정을 실시하여 실인심한 나머지 걸송桀宋(하夏나라 걸왕桀王처럼 포악무도한 송나라 임금이란 뜻)이라는 별명을 얻게 됨, 이에 **제민왕이 제 · 초 · 위 3국 연합군을 이끌고 송을 공격해 멸망시킴**. 이로 인해 한 · 위 · 조 · 진 · 연 등이 모두 제나라를 경계하게 됨. 송강왕은 연합군에게 생포되어 위나라의 온溫 땅에서 서거.

[기원전 285] 진소양왕秦昭襄王과 초경양왕楚頃襄王이 완宛에서 회합하고, 2국 군주와 조혜문왕趙惠文王이 중양中陽에서 회담함. 여기에서 **진은 3국이 합종合縱하여 제를 공격할 것을 주모主謀함**. 진나라 장수 몽오蒙驁가 제

를 공격해 9개 성읍城邑을 점령함.

[기원전 284] 진소양왕이 위소왕魏昭王과 의양宜陽에서, 한이왕韓釐王과 신성新城에서 각각 회담함. 연소왕이 조혜문왕을 조현朝見함. **진 · 위 · 한 · 연 · 조의 5국 연합군이** 연나라의 명장 악의樂毅의 지휘 아래 **제나라를 공격해 대패시킴. 제나라의 70여 성읍城邑을 함락시키고 수도 임치臨淄까지 점령**. 제나라는 거주莒州와 즉묵卽墨을 제외한 모든 지역이 점령당해 거의 망국이나 다름없는 상황이 됨. 위魏가 송의 고지故地를 점령함. 초가 회북淮北 지역을 수복함.

[기원전 283] 거주로 피난간 제 태자 법장法章이 즉묵卽墨 태수이자 왕족인 전단田單, 왕손 가賈 등의 원조를 받아 거주에서 양왕襄王(B.C.283~265 재위)으로 즉위. 조혜문왕과 연소왕이 회담. 조가 제의 양진陽晉 땅을 점령. 진소양왕과 초경양왕楚頃襄王이 언鄢, 양穰에서 회담함. 진이 위를 공벌해 수도 대량大梁을 위협, 이에 연, 조가 위를 구원.

[기원전 282] 진소양왕과 한이왕韓釐王이 신성新城에서 회담. 진이 조를 공격해 인藺, 기祁의 2성城을 탈취. 조가 위의 백양伯陽 땅을 공격해 점령함.

[기원전 281] 진이 제나라로부터 탈취한 정도定陶를 위염魏冉에게 분봉함. 조가 황하의 제방을 터뜨리는 수공법水攻法으로 위나라를 공격.

[기원전 280] 진의 명장 백기白起가 조나라를 공격해 광랑光狼 땅을 점령함. 진이 사마司馬 조錯을 파견하여 **촉蜀 지역으로부터 초의 검중黔中**(현 호남성湖南城 서부 지역. 초나라 영토의 남서부 부분) **일대에 이르는 넓은 영토를 탈취**. 초는 한수漢水(섬서성陝西省 영강현寧羌縣에서 발원하여 호북성湖北省을 관류貫流하는 양자강揚子江의 대지류) 이북 지역과 상용上庸 지역을 진나라에 헌납함. 조가 제의 맥구麥邱 땅을 공격해 점령.

[기원전 279] 연소왕燕昭王 서거. 혜왕惠王(B.C.278~272 재위)이 즉위한 후 주위의 참소하는 말과 유언비어만을 믿고 제에 주둔하고 있는 **악의樂毅를 소환**하고 대신 기겁騎劫을 제로 보냄. 악의는 소환 도중 조나라로 도망침. **제의 즉묵卽墨 태수 전단田單은** 그간 계속 군사를 모아 **치밀하게 국토 수복 준비**를 해오다가 이 틈을 타 즉묵에 주둔한 연나라 군사를 궤

멸시키고, 이어 **전국의 호응을 얻어 70여 개 성읍을 해방시킴**. 진소양왕과 조혜문왕이 민지澠池에서 회담하여 수호修好를 체결. 진이 백기白起를 파견하여 초의 언鄢 · 등鄧 · 서릉西陵 등지를 공격해 점령함. 초장군 장교莊蹻가 검중군黔中郡으로부터 서남진하여 전지滇池(현 운남성雲南省 곤명昆明 부근)까지 진출해 **전초 정권을 수립**. 그러나 너무 궁벽한 지역이라 열국들의 영향력이 미치지 못함.

[기원전 278] **진의 백기가 초나라의 수도 영을 함락**해 이릉夷陵(초나라 역대 왕들의 능묘陵墓)을 불태우고 **종묘사직을 파괴**한 뒤 경릉竟陵, 안륙安陸까지 함락하여 **남군南郡을 설치**. 이어 남진하여 동정호洞庭湖 부근의 오저五渚, 강남江南까지 정벌함. 이에 **초나라는 진현陳縣**(진陳나라를 멸하고 설치한 현)**으로 천도**.

[기원전 277] 진나라가 촉군蜀郡 태수 장약張若을 파견하여 **초 땅에 무군巫郡**(현 호북성湖北省 서부 지역. 초 수도 영郢의 서부), **검중군黔中郡**(현 호남성湖南省 서부 지역. 초 수도 영郢의 서남부)**을 설치**. 이에 초는 세자 원元(훗날의 고열왕考烈王)을 진에 인질로 보내고 화평을 요청.

[기원전 276] **초나라가 검중군 소속 15개 성읍을 수복**하여 방어 체제를 재정비하고 진에 대항하고자 함. 조나라의 백전노장 염파廉頗가 위나라의 기幾 땅을 점령함. 진이 위의 2개 성읍을 점령함. 위나라의 안리왕安釐王이 아우인 공자 무기無忌를 신릉군信陵君으로 봉封함.

[기원전 275] 조나라 장군 염파가 위의 방릉防陵, 안양安陽 땅을 점령함. **진나라가 위를 공격해 수도 대량大梁을 포위 공격**, 한의 폭연暴鳶이 구원하러 왔으나 도리어 진에게 대패당하고 계봉啓封까지 퇴각. 이에 위는 할 수 없이 온溫 땅을 바치고 강화를 요청.

[기원전 274] 조나라가 장수 연주燕周를 파견하여 제의 창성昌城, 고당高唐을 점령. 진이 위의 채蔡, 중양中陽 등 4개 성읍을 점령.

[기원전 273] 조, 위가 연합하여 한나라를 공격해 화양華陽까지 이름. 이에 진은 장수 백기白起, 호양胡陽 등을 파견해 한을 구원하여 화양에서 대승을 거두고 대가로 권卷, 채양蔡陽 등 여러 성을 함락. 위나라 장수 맹

묘孟卯, 조나라 장수 가언賈偃 등이 모두 패배함. 여세를 몰아 진은 재차 위의 수도 대량을 포위, 위는 남양南陽 지역을 진에게 헌납하고 강화를 청함.

[기원전 272] **연의 재상 공손조公孫操가 혜왕惠王**(B.C.278~272 재위)**을 시해**하고 무성왕武成王(B.C.271~258 재위)으로 즉위. **진秦이 의거義渠를 멸하고** 그를 군현郡縣으로 편입하여 후환을 완전 제거. 진, 초가 한, 위를 도와 연나라를 공격.

[기원전 271] 조나라가 인상여藺相如를 파견하여 제나라를 공격해 평읍平邑까지 진격함.

[기원전 270] 진의 객경客卿 조竈가 제나라의 강剛, 수壽를 점령함.

[기원전 269] **진이 장수 호양胡陽**을 파견해 한의 상당上黨을 지나 **알여閼與를 공격**. 한이 조에게 급히 구원을 요청하자 조나라는 장군 조사趙奢를 파견, 조사는 치밀한 군사 작전으로 진나라 군사를 대패시킴. 조나라는 그 공로로 조사를 마복군馬服君에 봉하고 최고 직위를 내림.

[기원전 268] 진이 위나라를 재차 공격해 회懷 땅을 점령함.

[기원전 266] 진나라가 위나라의 형구邢丘를 점령함. 진이 위나라에서 무고한 누명을 쓰고 모진 형벌을 받은 뒤 구사일생으로 살아 도망쳐온 **범저范雎를 승상丞相으로 삼음. 범저는 원교근공遠交近攻**(먼 나라와 친선을 맺어 후환을 없앤 뒤 가까운 나라부터 차례로 공격하여 천하를 통일하자는 것)**의 외교, 군사 정책을 설파**하여 소양왕의 신임을 얻음. 이후 **진나라의 군사, 외교 작전은 기본적으로 범저의 원교근공 원칙에 입각**해 수립되고 진행되었음. 곧 지리적으로 멀어 공격하기 곤란한 제 · 초 · 연나라와는 우선 (임시적인) 우호 관계를 맺고, 가까운 한 · 위 · 조를 먼저 공격하여 점진적으로 천하를 석권해가기로 방향을 정함(이는 결과적으로 합리적이고 성공적인 외교 정책이었음이 훗날에 판명됨).

[기원전 265] 진이 조의 3개 성읍을 탈취하고, 한의 소곡少曲, 고평高平을 점령.

[기원전 264] **진의 백기가** 분수汾水(산서성山西省에서 발원하여 황하로 흘러들어가는 황하의 중요 지류 중 하나) 유역에 위치한 **한의 형성을 점령**.

[기원전 263] 진에 인질로 잡혀 있던 초나라 태자 웅원熊元이 태자태부太子太傅인 황헐黃歇(훗날의 춘신군春申君)의 도움으로 진나라를 빠져나가 38대 군주 고열왕考烈王(B.C.262~238 재위)으로 즉위. 진소양왕秦昭襄王은 황헐의 충성을 가상히 여겨 그도 초나라에 돌아가도록 선처함. **고열왕은 황헐을 영윤으로 삼고** 회북淮北 12현縣을 봉한 후 **춘신군春申君이라는 봉호封號를 내림**. 춘신군은 회북 12현 대신 옛 오나라 땅이었던 **강동江東**을 요청해 하사받은 후 그 **지역을 개발**. 또한 조의 평원군, 위의 신릉군에 뒤지지 않기 위해 **3,000천여 명의 선비를 양성**하는 한편, 노魯나라와 그 인근 소국 추鄒나라를 합병하고 **국가 법전과 제도를 대폭 정비**. 이로써 초나라는 다시 부강해짐. 진의 백기가 한의 남양 땅을 탈취함.

[기원전 262] 진이 한의 야왕野王 땅을 점령한 후 상당上黨에서 한의 수도 신정新鄭으로 통하는 도로를 절단해 야왕과 상당을 고립시킴. 상당 군수 풍정馮亭은 궁여지책으로 조나라로 귀순함.

[기원전 261] 진이 장군 왕흘王齕을 보내 상당 땅을 점령. 이에 조나라 장군 염파廉頗는 상당을 구원하러 가 그 부근인 장평長平에 주둔하고 진과의 지구전을 준비함. 진은 장평이 당장 함락되지 않자 우회하여 한의 구씨緱氏와 윤綸 땅을 점령. 중원의 전란을 틈타 초가 노 부근의 서주徐州 지역을 점령.

[기원전 260] 조나라의 백전노장이자 지장智將인 염파의 노회한 지구전을 당해내기 힘들겠다고 판단한 진의 승상 범저는 이간책을 써서 **염파를 참소하는 유언비어를 조나라에 널리 유포시킴**. 이를 그대로 믿은 효성왕孝成王(B.C.265~245 재위)은 당장 **염파를 소환하고 조사趙奢의 아들 조괄趙括을 파견**. 조괄은 염파의 지구전을 한꺼번에 부정하고 성급하게 속전속결을 시도. 이 틈에 진나라는 백전노장 백기를 급히 파견하여 마침내 **양군이 장평에서 교전**했고, **진나라가 대승을 거둠. 조나라 군사는 완전 궤멸되고** 용렬한 장수 조괄도 전사함. 백기는 **조나라 포로 40만 명을 하룻밤 사이에 학살**하는 만행을 저질러 조나라 조야朝野의 혼을

빼놓음. 이어 내친 김에 공포 상태에 빠진 조나라 수도 한단으로 진격해 조나라를 완전히 멸망시키려고 했으나, 백기의 공적을 내심 시기한데다 소대蘇代의 이간계에 말려든 승상 범저가 백기를 도중에 소환하는 바람에 뜻을 이루지 못함.

[기원전 259] 진이 왕흘王齕을 파견해 조의 무안武安을 점령하고 사마司馬 경梗을 파견해 조의 태원太原을 점령. 진이 왕릉王陵을 파견해 조나라 수도 한단邯鄲을 공격.

[기원전 258] 진이 왕릉의 뒤를 이어 왕흘을 파견해 조나라 수도 한단을 공격했으나 배수진을 친 한단인들의 굳은 방어로 쉽게 함락시키지 못함. 진의 승상 범저范雎가 개인적인 친분을 지닌 왕계王稽를 하동군河東郡 태수로, 정안평鄭安平을 장군으로 각각 임명함.

동주 열국지 11

새장정판 1쇄 발행 2015년 7월 25일
새장정판 3쇄 발행 2023년 8월 28일

지은이 풍몽룡
옮긴이 김구용
펴낸이 임양묵
펴낸곳 솔출판사

주소 서울시 마포구 와우산로29가길 80(서교동)
전화 02-332-1526
팩스 02-332-1529
이메일 solbook@solbook.co.kr
블로그 blog.naver.com/sol_book
출판 등록 1990년 9월 15일 제10-420호

ISBN 979-11-86634-20-2 04820
ISBN 979-11-86634-09-7 (세트)